KiWi
PAPERBACK
895

Über das Buch:
Henrik muss zur NVA, der Nationalen Volksarmee. 18 Monate wird er fort sein, getrennt von seinen Eltern, den Freunden, der gerade entdeckten Prenzlauer-Berg-Boheme, und er wird Eva nicht mehr sehen, seine erste große Liebe. Wird die Liebe halten? Mit diesem Gefühl kommt Henrik in die Kaserne. Dort trifft er auf den rebellischen Krüger, den tölpelhaften, aber herzensguten Mischke und den empfindsamen Traubewein. Keiner von ihnen möchte hier sein, aber ihnen bleibt keine Wahl. Irgendwie müssen sie diese Zeit überstehen. Während Henrik versucht, nicht aufzufallen, sucht Krüger die Provokation, und schließlich wird aus dem grotesken Spiel, dem der NVA-Alltag gleicht, bitterer Ernst. Das System aus Unterordnung und Strafe trifft Henrik und Krüger in seiner ganzen Wucht …

Der Autor:
Leander Haußmann wurde in Quedlinburg geboren und 1980 in die Reihen der Nationalen Volksarmee als Obermatrose Haußmann eingezogen. Nach einer Drucker-Ausbildung und diversen »Nischen-Jobs« studierte er an der Berliner Hochschule für Schauspielkunst »Ernst Busch«. 1991 wurde er zum besten Nachwuchsregisseur gekürt, 1995 übernahm er die Intendanz des Schauspielhauses Bochum. 1999 führte er zum ersten Mal bei einem Kinofilm Regie. Sein Debüt »Sonnenallee« wurde ein großer Publikumserfolg, zusammen mit Thomas Brussig erhielt er dafür den Drehbuchpreis der Bundesregierung und den Filmpreis in Silber. Sein zweiter Kinofilm »Herr Lehmann« wurde zweifach mit dem deutschen Filmpreis ausgezeichnet. Er führt weiterhin Regie am Theater. »NVA« ist sein erster Roman.

Leander Haußmann

NVA

Roman

Kiepenheuer & Witsch

2. Auflage 2005

Umschlaggestaltung: Barbara Thoben, Köln
Umschlagfotos: © Boje Buck Produktion
Gesetzt aus der Minion und der Myriad Tilt
Satz: Greiner & Reichel, Köln
Druck und Bindung: Clausen & Bosse, Leck
ISBN 3-462-03624-6

Für meinen Sohn Philipp,
für den ich hoffe, dass seine
Zukunft wehrpflichtsfrei ist.

Sommer

1

Es war kein Traum und dennoch: Er flog und flog und er dachte, wenn man es so weit gebracht hat, dann hat man es sehr weit gebracht. Er flog mit hoher Geschwindigkeit, bis zu einem Punkt, wo er sich selbst begegnete. Alles ging sehr schnell, und plötzlich: Stillstand. Ein Zeitkontinuum, dachte Henrik. Er schwebte wie ein Adler, zog ruhig seine Kreise über dem Ort. Es war still, absolut still bis auf ein leises Pfeifen in seinem Ohr. Bin ich jetzt tot, fragte er sich, und wann werde ich wieder landen? Es kann ja nicht unendlich nach oben gehen. Schließlich wird die Luft da oben immer dünner, und am Ende brauche ich einen Raumfahreranzug. Er trug aber nur diesen Drillich, Einstrich-Keinstrich, und der war denkbar ungeeignet für Ausflüge außerhalb der Atmosphäre. Und in diesem Moment erkannte er in einer Mischung aus Erleichterung und Schrecken, dass es wieder nach unten ging. Wahrscheinlich war sein Körper schon wieder unterwegs Richtung Erde, doch seine Seele blieb noch ein Weilchen oben und kam dem Körper nicht hinterher – so wie damals, als er acht Jahre alt war und nach einer Vollbremsung über die Gabel seines MIFA-Fahrrads raste und sein Körper schneller am Boden war als seine Seele. Diesmal war es anders, alles dauerte länger. Seine Seele genoss die Aussicht, während von allen Seiten Sanitäter mit Tragen und Geräten über den Appellplatz, vorbei am tristen Quadrat des Unterkunftsgebäudes, U500, herbeigerannt kamen. Mit Schreien und Pfiffen bahnten sie sich einen Weg durch den Rauch und die Trümmer und Krater, bis sie Henrik erreicht hatten, oder, um genau zu sein, seinen Körper. Plötzlich fielen ihm die vielen kleinen roten Fähnchen auf, warum hatte er sie früher nicht bemerkt? Und er sah, wie der russische Panzer aus dem Zweiten Weltkrieg, ein T 34, ins Rollen kam und langsam von seinem Zementsockel, auf dem er all die Jahre als Denkmal gestanden hatte, mit ohrenbetäubenden Geräuschen ausbrach. Mitten auf dem Appellplatz stoppte er, verharrte für den Bruchteil einer Sekunde, und dann bewegte sich wie von Geisterhand sein Kanonenrohr. Knirschend fiel der Rost von 45 Jahren aus dem Gelenk. Die Kanone drehte sich um sich selbst, suchte nach einem Ziel, bis im Geschützturm das rote Gesicht des Waffenwarts erschien. »Nicht, Horst! Tu es nicht, Horst!«, rief es von allen Seiten. »Es gibt für alles eine Lösung.«

Henrik oder seine Seele fanden heraus, dass er mit einem gewissen Schwung und einer gewissen Kunstfertigkeit die Richtung des Fluges verändern konnte, und so machte er sich auf den Weg zum Kompaniegebäude, das am anderen Ende des Appellplatzes stand, und als er durch das Fenster des Kompaniechefzimmers schaute, sah er Oberst Kalt, Hauptmann Stummel, Leutnant Laucke und Oberfähnrich Lenk unter dem Tisch zittern. Das war nicht weiter erstaunlich, denn die Kanone war direkt auf das Fenster gerichtet. »Da ist doch keine Munition mehr drin, oder, Genossen?«, fragte Oberst Kalt in die Unterdemtischrunde. »Natürlich nicht«, antwortete Hauptmann Stummel. »Nein, auf keinen Fall«, schloss sich Leutnant Laucke wie immer der Meinung seiner Vorgesetzten an. In dem Moment zündete etwas, dann rauschte etwas, dann knallte etwas. Eine Granate plumpste in das Zimmer. Da kreiselte sie und schien leise und konzentriert zu atmen.

Im Geschützturm stand der Waffenwart Horst, hielt eine Kalaschnikow in den Händen. Er hatte auf Einzelfeuer gestellt. »Eins, zwei, drei«, zählte Horst mit jedem Schuss. Oberst Kalt befahl, die grummelnde Granate zu entschärfen und unverzüglich aus seinem Büro zu schaffen. Der Befehl galt Hauptmann Stummel. Mit der Handkante brachte er die Kokarde auf Linie mit seiner Nasenspitze. Oberst Kalt erhob sich. Er war staubbedeckt und klopfte seine Uniform ab.

»Wir sind noch lange nicht am Ende, Hauptmann Stummel.«

»Ganz gewiss nicht«, antwortete dieser. »Bin ich jetzt tot?«, fragte sich Henrik. Er fühlte das Leben an sich vorbeiziehen und war etwas enttäuscht. Er hatte sich alles viel spektakulärer vorgestellt.

Herbst

2

Es war dunkel, es war kalt, er war müde und fror. Aber das war nicht das Schlimmste. Das Schlimmste war seine Mutter. Sie hatte es sich nicht nehmen lassen, ihn zu begleiten. Er liebte seine Mutter, noch mehr liebte er Eva. Aber Eva war nicht gekommen. Das wolle sie sich und Henrik nicht antun, hatte sie gesagt, dieses Abschiednehmen sei immer so schmerzhaft, so deprimierend, nein, in seinem und ihrem Interesse, sie werde nicht kommen. Eva war gerade 16 geworden. Sie hatte dichtes rotes Haar, sie trug lange wallende Gewänder, die sie selbst nähte. Ihr Foto steckte in der Klarsichthülle seines Wehrpasses. Von dort aus strahlte sie ihn an, mit ihrem Mund und den Augen, die immer so tiefgründig guckten.

Immer mehr junge, rot gefrorene, teils schwankende Gestalten kamen auf den Platz. Die gedämpften Unterhaltungen erinnerten an das Wartezimmer eines Zahnarztes. Henrik blickte verstohlen in den halb geöffneten Wehrpass.

»Gib mal her«, unterbrach sich die Mutter selbst, die bis dahin auf Henrik eingeplappert hatte, als wolle sie ihr gesamtes Repertoire an Lebensweisheiten und guten Ratschlägen mit einem Mal loswerden. Sie entriss ihm den Pass (so wie sie ihm immer alles entrissen hatte) und dampfte über den Stellplatz, auf zwei Offiziere zu, die dort breitbeinig standen und abwechselnd auf die Neuankömmlinge und auf eine Liste guckten. Lastwagen waren in einer Reihe aufgestellt, die Planen nach oben gerollt, und die Klappen standen offen. Junge

Männer nannten ihre Namen, kriegten ein Häkchen auf der Liste, warfen ihre Taschen auf die Ladefläche und sprangen hinterher. Henrik sah, wie seine Mutter auf die beiden Offiziere einredete und dabei mehrmals auf Henrik zeigte. Er hörte seine Mutter sagen: »Ein guter Junge, aber manchmal hat er eben Widerworte, das ist in dem Alter so, das soll man nicht so ernst nehmen …«

Manchmal war sich Henrik nicht sicher, ob seine Mutter nicht irgendwie krank war. Er hatte einmal gelesen, dass Mütter nach der Geburt für kurze Zeit geisteskrank seien, damit ihnen die Mängel an ihren Kindern nicht auffielen. Ihre Wahrnehmung sei dann so getrübt, dass ihr Verhältnis zum eigenen Kind dem Verhältnis eines Gläubigen zu Gott glich. Bei seiner Mutter könnte dieser Zustand möglicherweise nicht mehr vorübergegangen sein und ähnelte damit einer chronischen Krankheit. Anders konnte er es sich nicht erklären, dass ihm seine Mutter um so vieles peinlicher schien als andere Mütter. Warum wurde er nicht von seinen Kumpels begleitet so wie die anderen hier auf dem Stellplatz in Köpenick? Ganz einfach: weil seine Mutter diesen Wunsch nicht akzeptiert hätte. Ein großes »Quatsch« hätte es gegeben. »Deine Mutter bringt dich hin, da gibt es kein Widerwort.« Das mit dem Widerwort war so eine fixe Idee von ihr. So wie sie auch sein Leben lang Freunde und Bekannte von ihm in »guten und schlechten Einfluss« eingeteilt hatte. Eigentlich war keiner seiner Freunde »guter Einfluss«.

Henrik flüchtete sich in seinen Film. So machte er es, wenn er das Leben unerträglich fand. Es begann immer mit der Titelsequenz: *The Henrik Heidler Production proudly presents Henrik Heidler in a Henrik Heidler film written by Henrik Heidler.* Zu einem langsamen Schwenk um 90 Grad über den Stellplatz setzte die Stimme des Erzählers ein, es war Henriks Stimme, die leise vor sich hin sprach. »Da stand er nun. Bleich, aber gefasst in eine düstere Zukunft blickend. Er hatte sich auf dem Stellplatz eingefunden, um für die nächsten eineinhalb Jahre seinen Wehrdienst zu leisten. Obwohl er, seit er denken konnte, auf diesen Termin vorbereitet wurde, hatte es ihn doch so absolut überrascht. Nein, sie hatten ihn nicht übersehen, er war gemustert worden. Aber immerhin mit 18, das war besser als später. Manche denken, sie haben es geschafft, und dann erwischt es sie mit 26, und trotzdem fragte er sich: Warum bin ich hier? Warum habe ich keinen Weg gefunden, da nicht hinzumüssen? War es Angst? Angst vor dem Gefängnis, Angst vor beruflichen Sanktionen, Angst, keine Zukunft mehr zu haben? In dem Scheißland, in dem er groß geworden war, musste jeder zur Fahne. Das war Gesetz. Was hätte man machen sollen? Spatensoldat? Die machen auch nichts anderes als wir, nur eben mit dem Spaten, hatte er sich einzureden versucht. Dann lieber richtiges Männerzeug. So ne Kalaschnikow ist jetzt rein vom Ästhetischen her gar nicht so … also man weiß ja nie, wozu man so was mal braucht …«

Bei diesem Gedanken schämte sich Henrik. Dass man zur Armee ging, war so normal, wie in Italien sonntags zur Kirche zu gehen. Man musste da hin, außer man war eine Frau oder behindert. So wie sein Freund Schell, der seit kurzem an einer unbekannten Krankheit litt und im Rollstuhl saß. Schwul könnte auch klappen. Obwohl niemand so recht wusste, wie die das untersuchten. Aber schon der Gedanke daran, wie eine solche Untersuchung ausschauen könnte, genügte, um einem das Blut in den Adern gefrieren zu lassen. Henriks Schuhe hatten Löcher, der Eiswind schob sich unter die Schuhe und nahm auch gleich ein paar Eisstückchen mit hinein, so erfroren seine Zehen schon vor der Zeit. Die Scheinwerfer der mit laufendem Motor wartenden Fahrzeuge fingen sich im Qualm der Auspuffgase, und die glimmenden Zigaretten wetteiferten mit den Sternen am Nachthimmel. Am Horizont wurde es schon hell. Auf dem Platz war es still geworden, es wurde getuschelt und leise geküsst. Paare standen in langen Umarmungen wie Skulpturen auf einer Vernissage von Edward Kienholz. Henrik hatte sich den Namen Kienholz gemerkt, und er verwendete ihn oft, wenn es um Kunst ging und darum, wer mehr Ahnung hatte. Einige von den jungen Männern waren noch betrunken von der Abschiedsparty, andere hatten schon einen Kater. Eine Gruppe spielte Gitarre. Henrik kannte den Song. Es war die inoffizielle Hymne aller Eingezogenen:

Abschied von Sex und geilen Weibern
Abschied von Schnaps und LSD
Abschied von Orgien und nackten Leibern
Scheiße, wir müssen zur Armee.

Henrik kniff die Augen zusammen, drehte seinen Kopf, und als er die Augen wieder aufschlug, sah er seine Mutter, die ganz nah an die beiden Offiziere herangetreten war und auf sie einplapperte. Sie blickte sich suchend nach Henrik um. Die beiden Offiziere sahen genervt aus. Abwechselnd führten sie ihre Hände an die Schirme ihrer Mützen wie ein über die Jahre eingespieltes Händeballett, was entweder den zu sprechenden Satz einleitete oder dessen Ende markierte oder eine peinliche Pause überbrückte. Henrik fühlte, wie eine Hand von hinten auf seine Schulter flatschte. »He, Henrik, träumste wieder vor dich hin?« Henrik erschrak. Bernd Stadlmair, der größte Idiot aus seiner Schulzeit, ausgerechnet der musste hier auftauchen. »Gut vorbereitet?«, fragte der Idiot. Sein bleiches Gesicht hatte etwas Ausdrucksloses. So als könne er es mit den Eigenschaften anderer bedrucken, eine Art Chamäleonmensch, der sich auf natürliche Weise seiner Umgebung anpassen konnte. Kurz, an Stadlmair war alles unangenehm. Von seinem aaligen Händedruck bis zu seinem Mundgeruch, den er gut als Waffe gegen heranrückende Feinde hätte benutzen können. »Und?«, fragte er nochmal, »gut vorbereitet?« Er zeigte auf die Reisetasche, die neben Henrik stand, und da Henrik zögerte zu antworten, hob er die Tasche kurz an. »Uh, is die schwer!« Stadlmair ließ die Tasche zurückplumpsen. »Was hastn da drin? Schnapsflaschen? Nimm die mal gleich raus, is sowieso Taschenkontrolle.« Henrik hatte keine Lust auf diesen Typen, war aber zu höflich, um sich dieses Gefühl anmerken zu lassen. Überhaupt war Henrik ein sehr höflicher Mensch. So war er erzogen worden und so war er gerne. Deshalb antwortete er: »Sind Bücher.« Stadlmair riss seinen Mund auf und zog die Luft in sich ein, wodurch ein dumpf rasselndes, debiles Geräusch entstand. Stadlmair lachte. Mit dieser Lache geschlagen zu sein ist auch nicht einfach, dachte Henrik. »Bücher?«, presste Stadlmair hervor, »Bücher?« Stadlmair ließ wieder seine Hand auf Henriks Schulter klatschen. »Na denn man tau!«

Stadlmair ging auf die beiden Offiziere zu, die sich endlich von Henriks Mutter befreit hatten. Henrik schaute ihm nach. Was die Bücher betraf, konnte er dieses Lachen von Stadlmair nicht deuten, und weil Henrik nicht mutig war, beschlich ihn ein mulmiges Gefühl. Auf halbem Weg trafen sich Henriks Mutter und Bernd Stadlmair, den sie immer für »guten Einfluss« gehalten hatte, im Gegensatz zu Schell, der für sie (natürlich nicht weil er im Rollstuhl saß) »schlechter Einfluss« war. Die Freude auf ihrem Gesicht strahlte mit dem Gefühl von Erleichterung um die Wette. »Bernd, du hier, ach, das freut mich aber, wenn du hier bist, dann kannst du ein bisschen auf meinen Jungen aufpassen, weißt du, ihn sozusagen mitziehen, weeßte doch, der is nich so einfach ...« Den Rest konnte Henrik nicht mehr verstehen. Eine AWO, also ein von Haus aus schon sehr lautes Motorrad, raste mit ausgebautem Schalldämpfer und enormem Getöse auf den Platz, bremste, depperte seitlich hin und begrub Fahrer samt Sozius unter sich. Sie schlidderte direkt vor die Füße der Offiziere. Ein Mann rappelte sich unter der schweren Maschine hoch und baute sich selbstbewusst vor den beiden Offizieren auf. Diese blickten mit Ekel und Abscheu den jungen Mann an. Sollte es, und davon war auszugehen, eine dunkle, zweite inoffizielle Kaderakte geben, dann stand dieser Mann da nun drin. Und auf dieser Mappe war in großen Lettern zu lesen: »Schlechter Einfluss«. Schlechter Einfluss nahm seinen Motorradhelm ab, darunter trug er eine Kapuze, die seinen Kopf komplett umschloss. Die Kapuze gehörte zu einem Nylonanorak, der mit Stickern und Aufnähern dekoriert war. Der hätte lieber ne richtige Motorradjacke wie richtige Motorradfahrer, aber immerhin, er hat das Beste draus gemacht, alle Achtung, dachte Henrik und trat etwas näher heran.

Schlechter Einfluss streckte den beiden Offizieren seine fleischige Hand entgegen. Mit einer verblüffenden Geistesgegenwart krächzte einer der beiden: »Wehrdokument, Name«. »Krüger, angenehm, und ihr?« Ein eisiger Nordwind blies Henrik in den Nacken. Es wird nicht lustig werden, dachte er, vergaß seinen Film und seinen Text und schaute auf die Versuchsanordnung, die sich da gebildet hatte: ein kleiner und ein langer Offizier und ein großer Junge mit blutiger Nase, die ihm das Aussehen eines Clowns verlieh. Um ein Haar hätte der lange von beiden geantwortet, stattdessen drehte er sich Hilfe suchend zu seinem Kollegen um. Es entstand eine kurze Pause, bis sich der Druck löste, und in einem Wunder von Artikulationsvereinfachung hallte die gesamte Ladung aus Minderwertigkeit, Dummheit, Rohheit, Intoleranz, Angst und Unterwerfung über den Platz. Die Gebäude warfen das Echo wie einen wild gewordenen Flummi mit doppelter Kraft zurück, und ein scharfer Ton zischte an jedem Ohr vorbei: »Wolln Sie uns verarschen!« Verarschen! Verarschen! Verarschen … »Der Name eines Vorgesetzten geht einen Untergebenen gar nichts an!« Gar nichts an … wusch … gar nichts an … nichts an … »Soldat Krüger. Stillgestanden!« Stillgstdn … gestdn … »Das ist kein Stillgestanden, das ist … das ist …«

Nach wenigen Sekunden der Stille wurde es plötzlich wieder hektisch: Namen wurden gebrüllt, Männer kletterten ungeschickt auf die Lkws und verschwanden in einem schwarzen Loch. Schon wurden die Planen heruntergerollt und die Ladeklappe hochgeknallt. Mädchen und Mütter weinten, aber natürlich nicht so wie Henriks Mutter, die kurz vor dem Ertrinken stand und letzte mahnende Worte hervorpresste: »Der ist gemerkt, Henrik.« Sie zeigte auf Krüger, der sich ohne Eile von seinem Sozius verabschiedete, einem dicken langhaarigen Jeansträger, der jetzt den Schrotthaufen, der vor kurzem noch ein Motorrad gewesen war, wegschleifte und sich noch einmal umdrehte: »Wenn du zurück bist, dann ist die Karre wieder klar, vertrau.« Dann gaben sich die beiden geheimnisvolle, aber lässige Zeichen.

»Aufsitzen!«

»Aufsitzen«, Krüger lachte, dabei tropfte aus seiner Nase Blut, das er verächtlich mit dem Handrücken wegwischte. »Sind wir hier bei der Kavallerie, oder wat? Aufsitzen! Absitzen! Wo ist mein Mustang?« Einige lachten, viele lieber nicht. »Der ist so gemerkt, sag ich dir, da brauchen die gar keine Akte, der ist gemerkt, den haben sie auf dem Kieker. Also halte dich nicht in seiner Nähe auf, Henrik.« Henrik umarmte seine Mutter, um sie endlich zum Schweigen zu bringen. Danach ging er auf die Offiziere zu und ließ seine Mutter zurück, die schon wieder mit dem Nachschminken ihrer verweinten Augen beschäftigt war. Henrik stand vor den Offizieren. Einer blinzelte ihm zu. Vielleicht ist der doch ganz nett, dachte Henrik und blinzelte zurück. Der Offizier blinzelte wieder. Na geht doch, Henrik überreichte seinen Wehrpass.

»Alles klar, Genosse Soldat, wir wissen schon Bescheid.« Der Offizier zwang sein Gesicht zu einem Lächeln, dann zwinkerte er und Henrik erwiderte das Zwinkern.

»Wolln Sie uns verarschen?«, kam es von der Seite. Henrik verstand nicht, er hatte nicht vor, jemanden zu verarschen.

»Wolln Sie den Genossen Leutnant verarschen? Oder sich vielleicht über seine Krankheit lustig machen? Lassen Sie das alberne Zwinkern sein, sonst geht hier was ganz Unangenehmes los. Ist das klar?«Henrik wusste nicht mehr, ob er überhaupt noch einmal etwas sagen sollte. Er ahnte, dass hier andere Gesetze galten, die er im Laufe der nächsten eineinhalb (großer Schreck) Jahre lernen würde. »Der Genosse mit den zwei Sternen auf der Schulterklappe hatte mir freundlich zugezwinkert, und da ich nicht unhöflich sein wollte, habe ich zurück …«

»Das ist Leutnant Laucke, ist das klar. Genosse Soldat, für Sie ab heute der Genosse Leutnant, und für Sie, Genosse Soldat, bin ich Oberfähnrich Lenk, also ab heute einfach nur Genosse Oberfähnrich. So, und nun nehmen Sie erst mal Haltung an.« Henrik musste an den Film »Full Metall Jackett« von Stanley Kubrick denken, den er in einer 8-mm-Vorführung gesehen und der zehn Stunden gedauert hatte, weil der Film so oft und umständlich in den kleinen Projektionsapparat eingelegt werden musste und dauernd riss. Außerdem fehlte der Ton, aber man konnte sehen, dass dort sehr viel gebrüllt wurde. Leutnant Laucke schaute in den Wehrpass, wo im Grunde alles Wissenswerte über Henrik stand, blickte kurz auf über Henriks Schulter zu dessen Mutter und murmelte, »Ihre Mutter ist noch gut beieinander so alles in allem.« Auf dem Appellplatz wirkte Henriks Mutter verloren und ließ ihren Sohn nicht aus den Augen, immer auf dem Sprung zu helfen, zu richten, zu retten, so wie auf den zahllosen Elternversammlungen und Vorladungen zum Direktor, wo sie sich durchaus das Mutterverdienstkreuz Erster Klasse am Bande verdient hätte, wenn es so etwas noch gegeben hätte, oder einfach nur eine Tapferkeitsmedaille. Sie sah traurig aus.

»Sie wollen ihr doch keinen Kummer machen, Genosse …« Laucke beugte sich über die Liste und ging so nah an die Spalte heran, dass seine Augen fast auf dem Papier auflagen, wie ein

Schüler, der eine Aufgabe nicht lösen kann und versucht, physisch ins Mikrokosmische vorzudringen. Dann schaute er auf und formte den Namen: »H-e-n-r-i-k? Da fehlt ja ein ›D‹ in Ihrem Namen! Warum heißen Sie nicht Hen-d-rik wie alle, die so heißen? Oder Henry?« »Mein Vater ist Professor, an der Humbold-Universität, er lehrt skandinavische Literatur und besonders Ibsen …« Sein Gegenüber sah ihn streng an. Henrik empfand Erklärungsbedarf und fügte noch schnell hinzu: »Ibsen ist ein norwegischer Dramatiker.« »Ibsen?«, kam es zurück, »aus Norwegen?« Die Sterne waren verschwunden, der Nebel und die Auspuffgase, der Qualm der hektisch gerauchten Zigaretten, der Sound der AUFSITZEN!- und DALLI DALLI-Rufe, das »Dawei dawei, wir sind hier nicht im Schlafwagenabteil!« erfüllten den Appellplatz. Henrik fühlte, wie er schrumpfte, wie ein Kinderballon, aus dem man langsam quietschend die Luft herauslässt. »Überlegen Sie sich, was Sie sagen«, drang es an sein blau gefrorenes Ohr, »Norwegen ist in der NATO«, Leutnant Laucke zwinkerte.

Ach du Scheiße, dachte Henrik, der hat einen Tick, und als Oberfähnrich Lenk auch ihm »Aufsitzen!« befahl, war er dankbar. Er versuchte, seine Tasche auf die Ladefläche zu schleudern, aber er kriegte keinen Schwung, so schwer war sie. »Taschenkontrolle! Öffnen!« Henrik riss den ewig verklemmten Reißverschluss auf, und mit einem Befreiungsseufzer verschaffte sich der Inhalt der Tasche Luft. Die Bücher verteilten sich auf dem Kopfsteinpflaster.

»Du liest gerne?« Die freundliche Stimme gehörte zu einem Mann in einer Unteroffiziersuniform, der ein Buch in die Hand genommen hatte. Man sah sofort, dass er mit Büchern umzugehen wusste. »Ich bin der Mathias. Ich bin schon ein halbes Jahr dabei, vielleicht leihste mir ja mal das eine oder andere. Haste auch was von Kafka?« Henrik hörte sich antworten, während er bang das Gesicht dieses Unteroffiziers studierte:

»Ich lese Kafka nicht. Er wollte nicht, dass auch nur irgendeiner seine Bücher liest, deswegen beauftragte er seinen Freund Brod, nach seinem Tod alles Geschriebene zu verbrennen. Brod hat das nicht getan, er hat den letzten Wunsch seines Freundes nicht respektiert. Freundschaft stelle ich mir anders vor.« »Interessante These. Endlich mal einer, der hier nen bisschen Grips in den Laden bringt. Wir treffen uns mal und quatschen über Gott und die Welt. Wennde magst, ist freiwillig.«

Nachdem er energisch den klemmenden Reißverschluss von Henriks Tasche zugezogen hatte, führte er locker seine Hand an die Mütze: »Unteroffizier Aurich«. Er neigte sich zu ihm, etwas zu dicht, wie Henrik fand: »Im Dienst bin ich unausstehlich, aber privat kannste mit mir Pferde stehlen gehen.« Dann warf er die Tasche auf die Ladefläche. Eine Hand half Henrik hoch, sie war glatt und roch nach Motorrad. Sie fasste mit solchem Schwung zu, dass er direkt neben Krüger landete. Henrik war froh, dass Stadlmair etwas weiter hinten auf der Bank saß. Die Plane rasselte runter, es roch sofort ölig und ungemütlich. Henrik fand sowieso, dass das Wort »ungemütlich« all das hier gut beschrieb. Es war eng, es stank. Im Wagen war es still, wenn man von dem dröhnenden Geräusch des russischen Motors absah.

Henrik nestelte den Wehrpass heraus und zog Evas Foto hervor. Der W50 machte eine seiner unberechenbaren Bewegungen und das Foto flog auf den Boden. Henrik begann sich durch das Labyrinth miefender Männerbeine zu arbeiten. Eine Aura aus schnellem Sex, die noch von den Exzessen des Abschieds zeugte, die zusammengeknüllten Hoden in zu engen Jeans, die zu lange getragenen Unterhosen und diese Übelkeit, die in den Tiefen brubbelnder Mägen gärte und auf der Kippe von Dünnschiss und Erbrechen stand, all das verursachte bei Henrik Ekel. Armee war nicht nur Kämpfen, dachte sich Henrik, Armee war auch ekeln müssen. Er musste Evas Foto finden, bevor es in die Sammlung von Wichsbildern irgendeines Soldaten verschwand. Er näherte sich einem Schuh, der vom Notlicht beleuchtet war, und unter dessen Sohle schaute Eva hervor, er robbte auf sie zu. Er sah ihre Haare, er sah ihren Mund, aber er sah nicht ihre unergründlichen Augen. Ein Schuhabsatz hatte sich auf ihnen platziert. Mit viel Gefühl, als gelte es eine Bombe zu entschärfen, versuchte Henrik, Evas Augen unter dem Absatz hervorzuziehen. Es gelang ihm nicht. Henrik versuchte, den Schuh etwas zu bewegen, etwas nach oben und nach hinten zu schieben, um ja das Foto nicht zu zerstören. Da erschien der Kopf des Schuhbesitzers zwischen den geöffneten Beinen. Der Idiotenkopf grinste ihn direkt an. Zu den unterschiedlichen Gerüchen der Hexenküche gesellte sich nun auch noch der von Stadlmairs Atem. Er lupfte den Absatz gerade mal so weit, dass er sich das Foto vor Henrik greifen konnte. Wie eine Trophäe hielt er es am ausgestreckten Arm in die Höhe. »Habt ihr schon mal so ne Büchse gesehn? So was hätte man unserm Hasen gar nicht zugetraut!« Für Stadlmair hatte die Aktion nicht den erhofften Erfolg. Die Jungs ignorierten ihn, noch waren sie nicht auf derartige Späße eingestellt und viel zu sehr mit sich selbst beschäftigt. Nur ein starker Arm bohrte sich von weit hinten durch die schaukelnden Leiber. Er stoppte direkt vor Stadlmairs Nase. Hier verwandelte sich die Hand zu einer Faust, die sich sodann wieder öffnete und das Foto einforderte, was Stadlmair sofort übergab.

Krüger gefiel Henrik, obwohl er sicher keine Leuchte war und es in der Nähe dieses Mannes Ärger geben würde. Henrik schaute ihn an: die lustig und trotzig blickenden Augen, die blutige Nase, das mahlende Walzwerk in seinem Mund, das dort einen Kaugummi geschmeidig hielt. Henrik kämpfte sich zurück auf den Platz: »Sieht gut aus! Pass gut auf sie auf.« Krüger gab ihm das Bild ohne Umstände und es verschwand wieder im Wehrpass in der Innentasche seines Jacketts, nahe an Henriks Herzen.

»Kiek mal, ick hab och eene, das ist mein Moppelchen!« Die Worte kamen aus einem großen, runden Gesicht mit den schönsten und liebevollsten Augen, die ganz versunken eine Frau betrachteten, die offensichtlich einige Pfunde zu viel hatte. Sie schien sehr vergnügt auf dem Foto, wo sie vor einem Schwein posierte, das Schlachtermesser an dessen Gurgel. »Ich bin Mischke«, sagte der Dicke.

Krüger erhob sich und zog nun seinerseits ein Foto aus der Gesäßtasche. Er hielt Henrik das Foto unter die Augen: »Findste die gut?« Henrik sah eine Frau von ungefähr 24 Jahren mit offener Bluse, die dem Betrachter einen Kussmund zuwarf. Krüger zerriss das Foto in kleine Stücke und steckte sie durch die Schlitze der Plane, von wo aus sie in die Weite der Straße trullerten zurück in Richtung Berlin. »Ick hab mit meiner gleich Schluss gemacht, hält die doch gar nicht aus, wenn ick so lange weg bin.«

»Meine schon«, sagte Henrik. Er musste kurz darüber nachdenken, dass dieses Foto nicht aussah wie die anderen Fotos, eher so, als wäre es aus einer Illustrierten ausgeschnitten worden. Zum ersten Mal spürte er auch Zweifel an Eva. Panisch dachte er, dass sie ja das Einzige war, das ihm Kraft gab, die kommenden eineinhalb Jahre zu überstehen. Er schämte sich sofort und versuchte, das dunkle Gefühl zu verscheuchen. Aber es gelang ihm nicht, jedenfalls nicht ganz.

3

»Absitzen!« Sie waren angekommen. »Planen hoch, Ladeklappen runter. Alles raustreten und zu je einem Glied antreten.« Verschlafene, lustlose, bleiche Figuren entstiegen den Lastwagen, sie blinzelten, das fahle Licht traf ihre an die Dunkelheit gewöhnten Augen. Sie standen auf einem Appellplatz von der Größe eines halben Alexanderplatzes. Es zog. Hier schien es immer windig zu sein. Und da war dieses Geräusch, das Henrik durch sein Leben begleitet hatte: Die Stahlseile der Fahnenmasten schlugen in unregelmäßigem Rhythmus gegeneinander, eine Botschaft, die ein guter Freund direkt aus dem Äther an Henrik morst: Esklackwirdklacknichtklackatackeinfachtacktackfürdichwerdenhierklackklack. 300 junge Männer schlurften nun über den Platz. Unteroffiziere verlasen in einem scheinbar wirren Durcheinander die Nachnamen der Neuankömmlinge, von denen sich jeder mechanisch in Bewegung setzte. Für Henrik war es eine Szene aus dem Film »Die Körperfresser kommen«, in dem sich die Menschen auf ein merkwürdiges Signal hin auf ein unbestimmtes Ziel zubewegen. Oder aus der »Zeitmaschine«, wo eine Sirene ertönt und die Eloys in ihr schönes Refugium rennen, weil es Zeit für die Morlocks ist.

Henrik schleppte seine Tasche ein wenig ziellos umher, noch war sein Name nicht aufgerufen worden.

»Na, wohin so des Wegs, Wanderer?«, fragte Krüger grinsend und berührte ihn mit seiner Schulter. Henrik blieb stehen, um ihn vorbeizulassen, ohne etwas sagen zu müssen. »Ich muss zum Friseur, Befehl haha, bis splatter mal, wir sehen uns ja ganz bestimmt wieder!« Henrik sah Krüger hinterher. Bis splatter mal? Das war also Krügers Humor? Normalerweise, dachte Henrik, wäre ich dem draußen doch nie begegnet, und wenn, dann hätte ich wohl kaum mit ihm geredet. In diesem Moment bekam er einen Stoß in den Rücken: »Auch Sie zum Friseur, oder denken Sie, Sie sind was Besseres, Genosse Soldat!« Hinter Henrik stand Unteroffizier Aurich, der ihm zuflüsterte: »Du weeßt ja, Dienst ist Dienst, der Friseur ist da vorn, alles klar?« Er zwinkerte Henrik zu, diesmal zwinkerte Henrik nicht zurück.

Oberst Kalt und Hauptfeldwebel Futterknecht standen am Fenster im Chefzimmer und schauten auf den Hof. Hauptfeldwebel Futterknecht bewunderte seinen Chef. Unaufgefordert wachte er über die Befindlichkeit des Obersts. Wie immer stand er genau zwei Schritte hinter ihm und betrachtete dessen massige Statur. »Was für ein Mann«, stöhnte Futterknecht innerlich und wünschte sich, er wäre dessen Sohn, obwohl Futterknecht um einige Jahre älter als Oberst Kalt war.

Dieser hatte die linke Hand auf seinen Schreibtisch gestützt, während er mit der rechten Hand seine Brille am ausgestreckten Arm hielt. Mit dem einen Brillenglas verfolgte er einen jungen Mann, der unsicher über den Platz stolperte und dabei eine schwere Tasche schleppte. Der junge Mann hatte dichtes, schwarzes Haar, einen langen grauen Mantel, löchrige Schuhe, einen Rollkragenpulli und einen schwarzen Schlapphut.

Hauptfeldwebel Futterknecht verzog angeekelt seine schmalen Lippen: »Komischer Vogel.« Oberst Kalt reagierte nicht. Er betrachtete die starke Vergrößerung des jungen Mannes im Brillenglas wie ein Insektenforscher ein seltenes, möglicherweise giftiges Insekt, das er gerne mit Äther getötet, mit einer feinen Nadel aufgespießt und in einem Kasten aufbewahrt hätte, eben anderen, ähnlich gefährlichen Insekten. »Der fehlt mir noch in meiner Raupensammlung«, murmelte Oberst Kalt.

Kalt hatte schlechte Laune. Die, die ihn nur flüchtig oder gar nicht kannten, hätten meinen können, er sei immer schlechter Laune, aber das stimmte nicht. Oberst Kalt war kein Lächler, aber er konnte durchaus fröhlich und ausgelassen sein oder sich zumindest so fühlen, davon bekam nur seine Umwelt wenig mit. Kalt mochte keine Intellektuellen und traf auch selten welche. Für ihn war Futterknecht ein Intellektueller. Futterknecht seinerseits genoss diese Stellung und organisierte Lesungen und Ausstellungen, wobei es sich immer um das Thema Armee und das Leben der Soldaten drehte. Dabei hätte er sich mit Hauptmann Stummel in die Quere kommen müssen, der als Politoffizier eigentlich dafür zuständig war, aber es gerne Futterknecht überließ. Für Stummel war der Tag der Einberufung immer ein Festtag, und so stand er brüllend auf dem Appellplatz und wies die Rekruten ein. Oberst Kalt spürte nur eine unendliche Müdigkeit angesichts der 300 ungeschliffenen Zivilisten, die über den Hof stolperten, wankten und krakeelten. Er seufzte.

»Das wird eine Syphilisarbeit werden. Wie immer, wie jedes Halbjahr, hahaha«, sagte Futterknecht, aber Oberst Kalt reagierte nicht. Er kniff seine Augen zu. Im anderen Brillenglas tauchte jetzt ein zweiter, größerer, kräftigerer und ebenfalls auffällig gekleideter Junge auf, der sich zu dem Jungen mit Schlapphut stellte. Der kräftige Junge hielt eine Flasche Wodka in der Hand.

»Da haben sich ja zwei gefunden«, sagte Oberst Kalt.

»Der heißt Krüger, der wurde schon auffällig, den haben wir schon auf dem Kieker«, bestätigte Hauptfeldwebel Futterknecht. Wieder ignorierte ihn sein Vorgesetzter. »Mit dem werden wir ein Exempel stationieren!«

»Warum trägt der denn seine Kapuze so komisch, sodass sie seinen ganzen Kopf bedeckt?«, fragte Oberst Kalt.

4

»Mooooment«, sagte Krüger und umfasste das zerbrechlich wirkende Handgelenk der Friseuse. »Keinen Schnitt mehr.« Die hagere Friseuse schien zu zittern oder der Griff von Krüger war zu hart. »Ist aber noch nicht die Norm, Ihr Haarschnitt«, plapperte sie mit der langweiligsten Stimme der Welt. »Biste hier aus dem Ort?«, fragte Krüger, und als sie bejahte, merkte man, wie in Krüger die letzte Hoffnung auf ein wenig Spaß starb, »na, der Ort ist ja sicher landschaftlich sehr schön.« Dann warf er seinen Umhang ab und stampfte nach draußen.

Die Hagere stand noch eine Weile da. Die Schere war noch in Angriffsstellung, sie schnappte ein paarmal ins Leere. Die Friseuse, die Henrik »bediente«, sagte zu ihrer Kollegin, »der wird schönen Ärger kriegen«, und machte einen präzisen Schnitt an Henriks Ohr vorbei: »Fertig.« Sie gab Henrik einen Stups: »Der Nächste bitte.« Henriks Haare waren nun so kurz, wie es die Norm verlangte. Er warf einen Blick zurück in den Raum, während die Hagere ein paar rote Haare, die am Boden lagen, zusammenkehrte. Sie hatten Krüger gehört.

Auf dem Appellplatz gingen die Gruppenleiter ihre Gruppen ab, korrigierten hier und da. Henrik stand neben Mischke. »Ein dreckiges Dutzend«, flüsterte Krüger mit schrägem Mund zu Henrik, der so tat, als hätte er nichts gehört.

Am Himmel zog krächzend ein Vogelschwarm vorrüber. Henrik dachte, muss ganz schön kalt sein da oben.

Aurich stoppte vor dem dicken Mischke. »Wolln Se sich erkälten? Machen Sie mal Ihren Hemdknopf zu, und Sie?«

Henrik sah hinauf zu dem letzten Vogel, der noch einmal kurz nach unten schaute, und wünschte sich für einen Moment, dieser würde dem Idioten hier vor ihm auf den Kopf scheißen. Aber der blöde Vogel hatte es eilig aufzuschließen und verschwand mit seinem Schwarm Richtung Süden.

»Wolln wohl unsere Ordnung auf den Kopf stellen?« Aurich war bei Henrik angekommen, »drehen Sie mal Ihr Koppel um.« Jetzt erst merkte Henrik, dass er das Koppel und damit das Wappen der DDR, Hammer und Sichel, falsch herum angezogen hatte. Henrik musste unwillkürlich grinsen. »Was grinsen Sie denn da so blöd rum, Soldat?« Leutnant Laucke war an Henrik herangetreten, sein nervöses Zucken war intensiver geworden. Henrik roch sein Aftershave, Florena für den Mann, und verkniff sich das Lachen. Oberfähnrich Lenk postierte sich hinter Laucke, als wolle er ihn schützen, und wandte sich zu Henrik.

»Sie grinsen immer noch, Genosse Soldat.« Henrik wusste, dass das, was er jetzt tat, nicht richtig war. Er wusste auch, dass es gegen all seine Grundsätze verstieß, aber es sprudelte einfach so aus ihm heraus: »Ich bin kein Genosse, denn ich bin nicht in der Partei.«

Ein Schweigen lag über allem, nur das Schlagen der Stahlseile, die die Warnung an Henrik zu erneuern schienen, und das schleifende Geräusch eines Besens auf herbstlich nassem Grund waren zu hören. Irgendein Soldat, das sollte Henrik später am eigenen Leibe feststellen, fegte hier immer. Dann sagte Lenk etwas, das Henrik ihm nie zugetraut hätte, und zwar so laut, dass die gesamte Kompanie es hören konnte. »Ist es das, was Ihre Mutter meint, wenn sie sagt, dass Sie immer das letzte Wort haben, Genosse Soldat?« »Damit kommen Sie hier nicht durch«, ergänzte Laucke.

»Ich glaub es nicht!« Hauptfeldwebel Futterknecht kam

mit raumgreifenden Schritten auf die Gruppe zu und hielt direkt vor Krüger. Futterknechts Hand bohrte sich unter den Rand von Krügers Helm und nestelte dort eine rote Locke hervor. Und wieder kam es: »Ich glaub es nicht!«

Im Nacken von Leutnant Laucke bildeten sich kleine rote Pusteln. Wieder ekelte sich Henrik. Aurich brüllte etwas, das so klang wie: »Stasinapf!« Krüger, der nicht sonderlich erschrocken war, fragte nach: »Wat soll ick machen?« »Stahlhelm ab!«, brüllte Aurich nochmal. Krüger nahm seinen Stahlhelm ab. Darunter hatte er eine Frisur, die bei jedem Avantgardewettbewerb den ersten Preis bekommen hätte.

»Sie sehn ja aus wie ein Beatle«, kam es aus Futterknechts Mund. »Und Sie, Genosse«, wandte er sich an Henrik, »sind wir hier in Amerika? Nehm Se mal den Kaugummi raus, aber dalli.«

Jetzt erst erinnerte sich Henrik wieder an den Kaugummi, den er von Krüger hatte. Er nahm ihn raus und ließ ihn hinter seinem linken Ohr verschwinden. Krüger kaute demonstrativ weiter. Leutnant Laucke schrie ihn an: »Spucken Sie sofort den Kaugummi aus, sonst gehn Se in Arrest, bis Se schwarz werden, Sie Hottentott.«

Der Appellplatz war leer. Die Sonne hatte sich den ganzen Tag nicht sehen lassen. Henrik hatte eine Müllschippe in der Hand und schaute auf die roten Haarkringel, die jetzt in der Kehrschaufel lagen.

Er hatte ein furchtbar schlechtes Gewissen. Daran konnte auch Krügers grandiose Haltung nichts ändern: »He, mach dir nichts draus, du musstest es tun, war ja ein Befehl.«

Der Befehl, von dem Krüger so nachsichtig sprach, war eher so eine Art Spaß gewesen. Als Krüger vor die Truppe befohlen wurde, hatte Oberst Kalt, der hinzugetreten war, zu Aurich gesagt: »Holen Sie den linken Genossen auch raus.« Damit war Henrik gemeint und dann waren beide, Henrik und Krüger, richtig vorgeführt worden. Die Offiziere hatten sie umkreist und gebrüllt: »Hacken zusammen, Brust raus, Arme angewinkelt und das Gesicht ausdruckslos. Ausdruckslos in Erwartung des nächsten Befehls.«

Aber Krüger und Henrik hatten die Offiziere nicht zufrieden stellen können, vor allem machten ihre Gesichter große Probleme.

»Der guckt nicht ausdruckslos«, presste Hauptmann Stummel zwischen seinen Zähnen hervor.

»Der guckt wie ein Beatle«, kommentierte Hauptfeldwebel Futterknecht Krügers Gesichtsausdruck. »Und sieht aus wie ein Gammler«, ergänzte Leutnant Laucke.

»Und der hier«, und damit wandten sich alle Henrik zu, »der hier guckt, der guckt, wie guckt der denn?«

»Arrogant guckt der«, sagte Oberst Kalt gleichermaßen arrogant, »und hochmütig guckt der. Aber wenn der denkt, der kann hier einen Dünkel haben, dann werden wir den Mann schon auf unser Format zurechtstutzen.«

Da lachten alle.

Hauptmann Stummel holte eine kleine Nagelschere hervor, zeigte sie Oberst Kalt und sagte: »Wie wär's, wenn wir mit dem Zurechtstutzen gleich anfangen, Genosse Oberst?«

Wieder lachten alle.

Aurich schrie Henrik an: »Schneiden Sie dem Genossen Soldaten die Haare! Ausführung.«

Und als Henrik die kleine Schere in die erste Locke von Krügers roten Haaren grub, hatte er zum ersten Mal den Gedanken zu fliehen. Einfach gehen, umdrehen und gehen, dachte er, was würden die dann machen? Aber er tat es nicht, er schnitt einem fremden Jungen die Haare, während hundert Soldaten zuschauten. Die Zeit der Demütigungen hatte begonnen.

Krügers Locken fielen auf den Appellplatz. »Danach fegen Sie den Dreck weg«, hatte Aurich gesagt, bevor er in die Unterkünfte einrücken ließ.

Und nun stand Henrik alleine auf dem Platz und schaute auf die roten Haare. Plötzlich kam ein Wind auf, der immer kräftiger wurde. Henrik schaute nach links. Er schaute nach rechts, niemand schaute zu ihm. Er hob die Schaufel, neigte sie in den Wind und Krügers Locken tanzten in der Luft, bis sie ein erneuter Windstoß über die Mauer der Kaserne davontrug.

5

Hauptfeldwebel Futterknecht stand vor Henrik. Schmunzelnd hüpften seine Augen die Reihe der Rekruten ab, die vor ihren Spinden zur Kontrolle angetreten waren.

»Haha, was haben wir denn dort«, fragte Futterknecht. »Bücher?« Henrik senkte den Blick. Nur ihn nicht angucken, dachte er. Henrik hatte sich eine kleine Bibliothek in den Fächern für Privates und Lebensmittel eingerichtet und fürchtete, dass Futterknecht die Bücher auf die Hälfte reduzieren würde. Die Bücher waren fest aneinander gequetscht und es hatte Henrik viel Mühe gekostet, sie alle da reinzukriegen. »Der Mann ohne Eigenschaften«, Futterknecht versuchte den ersten Band herauszugreifen, dabei rutschten seine fettigen Finger immer wieder vom Hochglanzpapier des Schutzumschlages, sodass er gezwungen war, das Unternehmen nach einigen quälend langen Versuchen aufzugeben und sich darauf zu beschränken, sein Gesicht in den Spind zu halten. Seine Stimme klang dabei durch den Resonanzraum des Sperrholzspindes leicht verfremdet, dumpfer als sonst. »Der Mann ohne Eigenschaften ... ohne Eigenschaften ... ohne Eigenschaften ...«, Futterknecht wiederholte den Titel mehrmals, als suche er nach einer verschütteten Erinnerung. »Das können Sie hier gut gebrauchen«, sagte er. »Was?«, fragte Henrik. »Keine Eigenschaften«, antwortete der Hauptfeldwebel, dann zeigte er auf ein anderes, schmaleres Büchlein. »Portrait des Künstlers als junger Mann«, er pfiff, warum auch immer, durch die Lücke seiner vorderen Zähne, »damit sind Sie wohl gemeint?« Er drohte spielerisch mit dem Zeigefinger und sagte: »Vorsicht.« Henrik betete zu Gott, dass er Futterknecht doch bitte zum nächsten Spind, zum nächsten Opfer weiterschicken würde, doch Futterknecht hatte die vierbändige Ausgabe von »Auf der Suche nach der verlorenen Zeit« entdeckt. Futterknecht zog seinen Kopf aus dem Spind und schaute Henrik traurig an. Seine Augen bohrten sich in Henriks, als würden sie zu ergründen suchen, ob es sich bei den Buchtiteln um eine versteckte Lebensbotschaft handele.

Nach einer unendlich langen Pause, die Henrik besonders anstrengend fand, da ein kühler Wind ständig durch die offen gelassene Tür unter Henriks Nachthemd fuhr und die Situation noch ungemütlicher machte, kreierte Futterknecht einen seiner gefürchteten Sätze, denn tragischerweise litt er nicht nur unter einer Rechtschreibschwäche, nein, sein Kurzzeitgedächtnis war außerordentlich schlecht. Wenn sich also Hauptfeldwebel Futterknecht auf die Abenteuerreise eines gewagt langen Satzes begab, dann konnte es sein, dass er in den Irrungen und Wirrungen der deutschen Sprache schnell die Orientierung verlor und am Ende einer schweißtreibenden Reise über Wörter, Metaphern und Fremdwörter da landete, wo er eigentlich nicht hinwollte: »Genossen Soldaten. Niemand hat etwas dagegen, wenn Sie sich am Ende eines langen Tages nach der Ausbildung mit Bildung auseinander setzen, das muss nicht nur Lesen sein, da kann man auch malen und da kann man auch dies und jenes tun, ich selbst leite die AG ›Lesender Soldat‹, da kann man offen über seine Meinung zur Debatte bringen. Zurzeit lesen wir den Kundschafterthriller ›Das unsichtbare Visier‹ von Harry Türk, eine spannende Sache, auch da kann ich Ihnen aus meinem Leben Dinge befehlen, da würden Sie nicht glauben wollen, dass mir so was passiert ist, vielleicht verpasse ich auch mal eine Biologie über mich.«

Während Futterknecht seine Ausführungen beendete und sich alle das Lachen zu verkneifen versuchten, schlenderte er weiter zu Krüger. »Und Sie, Genosse Soldat, warum grinsen Sie so feist? Wolln Sie sich lustig machen?«

»Nein, Genosse Hauptfeldwebel«, log Krüger und grinste weiter wie ein Mondgesicht. Futterknecht schaute in Krügers Spind. »Hier sieht's ja aus wie bei Hempels unterm Sofa«, sagte er, »das ist ja wohl, also hier ist ja gar nichts auf Kante, die Mütze muss so und die Handtücher so und der Mantel muss grade, das Koppel so, das so und ...« Futterknecht hielt inne, er blickte mitten in die Muschi eines Pin-up-Girls, dessen Fotografie versteckt hinter einem Handtuch an der Schranktür befestigt war. Jetzt erst zeigte Futterknecht, dass er brüllen konnte: »Ich glaub es nicht, wer ist das?« »Meine Schwester«, antwortete Krüger. »Entfernen!«, brüllte Futterknecht. »Zu Befehl«, sagte Krüger. Futterknecht wandte sich an Unteroffizier Aurich, der am Stubendurchgang teilgenommen hatte: »Auskippen.«

Aurich brachte den Spind mit Schwung in einen Dreißig-Grad-Winkel. Im Nu lag Krügers Zeug am Boden und Futterknecht war weitergegangen.

»Ihre spöttische Art, Genosse Krüger, können Sie sich hier ersparen, sonst fahre ich mit Ihnen Schlitten, wenn's schneit. Sie haben eine Stunde, Ihre innere Ordnung wieder herzustellen.«

Während Krüger langsam mit dem Wiedereinräumen begann und mit trauriger Miene das »Girl des Monats Mai« sorgfältig in ein klitzekleines Quadrat faltete und heimlich unter seinem Kopfkissen deponierte, fühlte sich Henrik unendlich verloren. Das Gefühl sauste auf ihn herab, es war ein trauriges, ein peinliches, ein demütigendes, ein auf ewige Zeiten ihm innewohnendes Ich-bin-hier-weil-ihr-es-wollt-Gefühl: Ich bin fremdbestimmt von alten Omas und Opas, die mich mit ihren

Krückstöcken hierher getrieben haben und nun um mich herumtanzen und ein Kinderlied singen, in dem ich auch noch vorkomme. Ihr habt mir die Zeit geraubt, die so wertvoll ist, dachte er, die mir niemand zurückgeben kann. Statt hier zu sein, könnte ich mit Jean-Paul Sartre in einem Pariser Café sitzen und die Fliegen verscheuchen, die unsere Croissants umschwirren, könnte mit Leonard Cohen im Chelsea Hotel frühstücken oder durch die Straßen von Greenwich Village laufen und Allen Ginsberg mit seinem Bandoneon sehen, ich könnte in Afrika sein und mit Ernest Hemingway auf Großwildjagd gehen, könnte im weißen Leinenanzug auf einem großmastigen Segler stehen und aus hohen Longdrinkgläsern kühle Getränke zu mir nehmen oder mit Bob Dylan auf einer Party in London »Tomorrow Is A Long Time« singen.

Henrik war ein großer Bob-Dylan-Fan. Erst kam Dylan und dann lange, lange nichts und dann erst kamen irgendwo die Rolling Stones, dicht gefolgt von den Beatles, wobei er ein generelles Misstrauen gegenüber den Rolling Stones nie loswurde.

Futterknecht war nun bei Stadlmair angelangt und hatte sich dessen ellenlange Meldung mit heiliger Miene angehört.

»Genosse Hauptfeldwebel, ich melde Spind zur Kontrolle der inneren Ordnung bereit. Es meldet Soldat Stadlmair, erster Zug, erste Gruppe.«

Futterknecht war außer sich, er führte einen regelrechten Tanz der Freude auf.

»Das ist ja also tadellos«, Futterknecht erklärte Stadlmairs Spind zum Musterspind und befahl allen, sich Stadlmairs Spind zum Vorbild zu nehmen. »Und nicht nur den Spind, wenn nicht gar Stadlmair selbst, als Person, als Mensch.«

Aurich brüllte: »Achtung.« Dann verließen sie das Zimmer. Endlich.

Henrik legte das Foto von Eva auf sein Kopfkissen. Futterknecht hatte ihn beim Rausgehen leise gestreift und gesagt: »Ich glaube, Sie sind das, was wir hier brauchen. Genosse Heidler, in Ihnen steckt mehr Soldat, als Sie glauben.« Henrik versetzte dieser Annäherungsversuch in Panik. Futterknecht erinnerte ihn an ein Mädchen, das mit ihm in die siebte Klasse gegangen war.

Simone Glüth war Brillenträgerin, aber eigentlich ganz hübsch. Sie liebte Henrik und er hatte es verpasst, ihr die Aussichtslosigkeit einer möglichen und von Simone als höchstes Glück dieser Erde angesehenen Verbindung klar zu machen. Das heißt, er nahm ihre Geschenke an, er unterhielt sich mit ihr über Dumas' Grafen von Monte Christo, den sie gleichzeitig lasen, und ließ es zu, dass Simone eine direkte Parallele zwischen ihm und dem Grafen und ihr und Mercedes herstellte. Er ließ sie sogar für eine Weile im Glauben, er »ginge« mit ihr, nur, um eine gewisse Franziska Stenzel aus der Parallelklasse eifersüchtig zu machen. Simone Glüth aber hätte wissen müssen, dass ihre Sehnsucht nie gestillt werden konnte, da die Hindernisse höher waren als die Mauer in Julias Garten.

Zunächst einmal war es unmöglich, dass man mit jemandem aus der eigenen Klasse »ging«, dann war es total unehrenhaft, dies auch noch mit jemandem zu tun, der Klassenbeste(r) war (also Streber) und Brillenschlangen wie Simone waren sowieso nicht angesagt. Henrik hätte dies alles ignorieren können, da er sich als frei und von jeglichen Konventionen unberührt fühlte, aber er liebte zum damaligen Zeitpunkt Franziska Stenzel, was Simone praktisch chancenlos machte.

Irgendwann begann Simone Glüth zu begreifen, und ihre Liebe verwandelte sich in kranken Hass. Sie sann auf Rache. Und Henrik lernte, dass der Schlag eines enttäuschten Frauenherzens dem Ticken einer Zeitbombe glich und dass dort, wo es explodiert, kein Gras mehr wächst. Simone Glüth wusste, eine wirkungsvolle Rache benötigt Zeit, und Zeit hatte sie nun sehr viel. Simone Glüth begann das Stricken. In Wirklichkeit aber meditierte sie, sie konzentrierte sich auf eine Sache: die Vernichtung von Henrik Heidler. Das Stricken war ihre Maske, es war ihr Schild, hinter dem sie sich verbarg, um einen wirklich genialen Plan auszuhecken. Mittlerweile sah sie auch noch aus wie ein Korsar. Das linke Glas ihrer Brille war zugeklebt, um das schwächere Auge zu stärken. Simone schaute damals meist schräg wie ein Adler auf Beutezug. Sie hatte sich verändert.

»Dass mich hier keiner wichst«, rief Mischke in seinem merkwürdigen Dialekt, der wie selbst erfunden klang, den aber die Menschen sprachen, da, wo er herkam. Mischke war vom Dorf. Sein Dorf hieß Windischholzhausen und lag irgendwo zwischen Halle und Magdeburg, es war das Dorf mit dem längsten Namen der Welt oder wenigstens der DDR, ansonsten hatte es nicht allzu viel zu bieten, wie Mischke mit Stolz betonte. Mischke war ein Feinschmecker, was wahrscheinlich daher kam, dass er Schlachter gelernt hatte und über Verbindungen verfügte, leicht an entsprechende Leckereien zu kommen. Vor dem letzten Bissen Leberwurst hatte er noch einmal kurz sein jetzt schon langsam verblassendes Farbfoto hochgehalten, das mit der dicken Frau vor der Sau. »Also dis hier is mich Moppelchen, wir wollen heiraten und vülle Kinda ham, und düs hier is Olaf«, er zeigte auf einen jungen Mann, der unscharf im Hintergrund zu sehen war, »dies hier is mich Mitlehrling in der Schlächterei. Und da hinten is die Schlächterei, direkt hinter mich, dem Moppelchen und Olaf da siehstes.« Dann hatte er mit seinem Hirschfänger Leberwurst aufgespießt und allen angeboten.

Stadlmair hatte sich gleich zwei Portionen genommen, weil einer nicht wollte. Er übte schon mal, wie man eine Uniform perfekt faltet, sodass sie genau auf den Hocker passt und nichts übersteht. Das nannte man Päckchenbau, sollte aber erst morgen drankommen.

»Ihr fragt euch sicher, warum ich das so gut kann?« Keiner fragte sich das und keiner wollte es wissen. »Wir haben eine soldatische Tradition in der Familie, bereits mein Großvater war bei der Wehrmacht, also jetzt kein Nazi, denn die Wehrmacht war ja eine Armee wie jede andere auch. Darum waren da ganz normale Leute so wie wir jetzt hier bei der NVA. Mein Großvater war einer der wenigen, die aus dem Kessel rausgekommen sind. Bei Stalingrad, also eigentlich ein richtiger Held, er hat später viel darüber erzählt. Er war Küchenbulle, die standen ein bisschen weiter weg. Und weil er weiter weg stand, ist er auch lebend aus dem Kessel rausgekommen. Und er hat mir beigebracht, wie man Päckchen baut, jeden Abend ...« Stadlmair plapperte weiter ungeachtet der Tatsache, dass ihm keiner zuhörte. Henrik erinnerte sich an die Stadlmairs. Vater Stadlmair war eigentlich ein netter Kerl, aber besessen von Geländespielen aller Art. Er war Hauptmann in der Kampfgruppe einer paramilitärischen Vereinigung, die schon vor Gründung der DDR bestanden hatte und die Betriebe vor Sabotage und Angriffen aus dem kapitalistischen Westdeutschland schützen sollte. Diese Kampfgruppe gab es noch heute. Jedes Jahr legte der Herr Stadlmair seine Kampfgruppenuniform an und organisierte für die Schulen seines Wohngebiets das Manöver Schneeflocke. Die Pioniere mussten durch den winterlichen Wald robben, mit Kompass, Holzgewehr und Thermoskanne im Brotbeutel. Das meinte sein Sohn mit soldatischer Tradition. Stadlmair faltete eine Zeitung zu einem Quadrat, legte die Kampfuniform darauf und so, als würde man eine Torte garnieren, kam das zusammengerollte Koppel obenauf und zu guter Letzt sein Käppi als Zuckerguss. Dann strich er nochmal zärtlich wie ein Künstler über sein Werk. »Sag mal, is da die *Junge Welt* drunter?«, fragte Krüger, grub seine dicken Arme in das Textilpaket und wühlte sich bis zur Zeitung durch, woraufhin die gesamte Konstruktion wieder in sich zusammenfiel. Krüger blätterte die *Junge Welt* mit angewidertem Gesicht durch und warf die Seiten, die er nicht mehr brauchte, Stadlmair vor die Füße. »Hier, den Politdreck kannste behalten, mich interessiert nur der Kontaktanzeigenteil.« Krüger las laut vor: »Suche Nichtraucher mit Interesse für Tanzen und Sport ...« Inzwischen hatte Stadlmair seine Backen aufgepumpt und nach Worten gesucht, besonders schlagfertig war er ja nicht gerade. »Bei dir piept's wohl, du dummer Heini«, stieß er hervor, und das klang so schlaff, dass Krüger grinsen musste. Für Krüger war Stadlmair ein Floh, der zwar juckte, aber wenig schadete. »Halt deinen Sabbel!«, antwortete Krüger, ohne von seiner Seite aufzublicken. »Kannst dir einen runterholen unter der Rubrik: *Unter vier Augen*, da stehen doch immer so schön schweinige Sachen drin.«

Ein schmaler, langer Junge saß auf seinem Bett und war in eine Bibel vertieft. Er hieß Traubewein. Er schüttelte den Kopf und guckte kurz traurig in die Runde, um sich dann wieder in den ersten Brief an die Korinther zu vertiefen.

Henrik erinnerte sich an das Pionierferienlager in Zingst, wo es ähnlich zugegangen war. Und daran, dass er oft weinend eingeschlafen war, und wie sie um das Bett eines älteren Jungen gestanden hatten, der sein Ding als Kran benutzen konnte. Auf Kommando. Sein Vater, dem er es erzählte (auf keinen Fall seiner Mutter), hatte gelacht und gesagt: »Frühreif, der Junge, kommste auch noch drauf.« Wenn er jetzt die Augen schloss, dann war er wieder in Zingst. Der Herzschmerz, die Trennung von zu Hause und die Angst in ungewohnter Umgebung, das waren die vorherrschenden Gefühle dieser Zeit. Kinder dürften in das Kissen weinen und sie dürften einen kleinen Stoffhasen an sich drücken. Jetzt war er kein Kind mehr und die, die um ihn herumlagen, auch nicht. Es war ruhig geworden im Massenschlafsaal mit hundert Jungs in fünfzig

Doppelstockbetten, aber wären in diesem Moment alle Gedanken in den Köpfen zu Glimmerstaub geworden, dann hätte sich dieser Staub zu einem einzigen großen Wort vereinigt: HEIMWEH.

Es roch nach verschwitzten Feinrippunterhemden, nach Stoffturnschuhen, nach Kalkstein und Bohnerwachs, nach Linoleum und Latexfarbe, nach Gummi und Einheitsfraß. Und nach Jungs. Jungs rochen anders als Mädchen. Henrik versuchte sich vorzustellen, wie es wohl riechen würde, wenn jetzt in diesen Betten nicht hundert Jungs, sondern hundert Mädchen lägen. Sofort dachte er an eine Blumenwiese. So müsste es riechen, nach Blumen. Nicht dass sich Henrik ausgekannt hätte mit Blumen, aber jetzt schienen sie ihm ein passender Hintergrund für seinen Traum.

Er lag mit Eva auf einer Blumenwiese, eine Weide strich ihnen über die nackte Haut, Evas Augen strahlten wie die Sonne im Hochsommer, ihre mit Henna rot gefärbten Haare legten sich um seinen Hals und ihre vollen roten Lippen küssten ihn. Er war glücklich. Er schlief ein.

Winter

6

Die Grundausbildung war vorbei, die Vereidigung lag hinter ihnen und der Umzug in eine neue Bude war befohlen worden. Sie hatten die Seesäcke geschultert und schleppten diese einen giftgrün-scheißebraun gestrichenen Gang hinunter, vorbei an Türen, die zu den jeweiligen Unterkünften führten, vorbei an Männern, die mit Zahnbürsten und Bohnerwachs Schachmuster in den Linoleumboden bürsteten oder einfach nur dastanden, in langer Unterwäsche und eine brennende Kerze auf dem Stahlhelm. Sie waren an ihrer Bude angekommen. Traubewein hielt sein Ohr an die Tür. Nur das Klatschen von Karten, die auf die Tischplatte geworfen wurden, war zu hören. »Fotze«, schrie eine Stimme.

Sie waren die Neuen, auch Sprutze, Sprallis, Tagesäcke genannt, und die anderen waren EKs – Entlassungskandidaten, die sich ihre Zeit mit einem Kartenspiel vertrieben, das sie »Fotze« nannten und das große Ähnlichkeit mit Maumau hatte. Stadlmair, Mischke, Traubewein und Krüger standen noch etwas unschlüssig in der Tür. Die EKs glotzten in ihre Richtung.

Krüger war als Erster ins Zimmer getreten. Die Bude wirkte irgendwie eingerichtet, obwohl hier nicht anderes Mobiliar drin stand als in dem Massenschlafsaal während der Grundausbildung. Es war der Geruch, der diesen Eindruck erweckte. Es roch nach »Wir-sind-schon-länger-hier«. Der Qualm der Zigaretten tauchte alles in einen Nebel, und weil sich immer irgendeiner gerade eine Zigarette ansteckte, hielt sich der Nebel konstant. »Fehlt nur noch der Hund von Baskerville«, dachte Henrik und musste grinsen.

»Wat grinsten so«, krächzte Raschke und nahm die Zigarette aus dem Mund. Raschke war hager und hatte unter dem rechten Auge eine »Pennerträne« tätowiert. Seine Augen waren leicht zugekniffen, da ihm der Qualm in den Augen brannte.

Henrik sagte nichts, hörte aber auf zu grinsen. »Und du hör uff zu glotzen, du Fettsack«, Raschke hielt seine brennende Zigarette bedrohlich nahe an Mischkes Gesicht. Der versuchte sofort, schlanker zu werden, und schaute unverbindlich in irgendeine Ecke. Er hatte Angst, jemanden zu fixieren. Aber auf Dauer sollte auch das ihm nichts nutzen.

Stadlmair machte einen eleganten Schlenker um Raschke herum und ging direkt auf einen Typen namens Schröder zu, streckte ihm die Hand entgegen und hauchte: »Stadlmair ohne mit e, dafür aber mit a, und du bist hier sicherlich der Stubenälteste, wa? Also ich würde gern meine Koje in deiner Nähe haben, dann kann ich dir assistieren, als so eine Art Adjutant, weeßte.« Hätte Henrik dies nicht mit eigenen Ohren gehört, er hätte es nicht glauben wollen. »Willste hier rumschleimen, el Glatto?«, Raschke steckte sich wieder seine Zigarette in den Mund und schaute zu Schröder, der Stadlmair ignorierte, denn er war durch etwas anderes abgelenkt. Es waren nicht die zwei Meter Länge von Traubewein, die Schröder erschreckten, es war Traubeweins Gesicht. Überall hatte es hektische Flecken und Traubewein sah jetzt aus wie Lurchi von Salamander. Raschke hielt Schröder zurück: »Bleib ruhig, Schröder, bleib janz ruhig, ick denke, wir machen n bisschen Musikbox, mit Musik kommt Harmonie ins Haus.«

»Au ja«, rief Mischke aus, »ihr habt hier eine Musikbox? Wo is die denn?« Er schob seinen massigen Körper in den Vordergrund und schmunzelte in der Hoffnung, dass sich die Situation jetzt entspannen würde.

Sofort hatten sie sich Mischke gegriffen und in Richtung des Putzspinds gedrängt. Dort stand in Kreide auf der Tür »Musikbox«. Sie versuchten, ihn in den Spind zu stopfen. Der arme Mischke, der friedliebende Mischke, der Mischke aus Windischholzhausen kreischte mit schriller Stimme: »Bitte nicht, nicht in den Spind, ich hab Angst, ich hab Platzangst.« Tränen schossen in seine lieben Augen. Doch Mischke war nicht in den Spind zu kriegen, er war einfach zu dick.

»Lasst Mischke in Ruhe«, Traubewein tippte Schröder von hinten, nicht entschieden, aber immerhin, auf die Schulter.

Schröder drehte sich um: »Wat willst du denn, du alter Lepratigä?« Bevor seine Faust mit Schwung in Traubeweins Gesicht krachen konnte, hielt Raschke ihn zurück: »Vorsicht, Schröder! Oder willste dir an die Spralle anstecken?«

»Ist dat denn ansteckend, du, glattä Sau?«, fragte dieser verächtlich.

Es kann sich nur um einen Anfall von Lebensüberdruss handeln, dachte Henrik, als Traubewein sich vor Schröder aufbaute, seine speichelfeuchte Zunge herausstreckte und über seine Handfläche leckte. Dann führte er diese quer über Schröders Gesicht und flüsterte: »Ansteckend oder nicht ansteckend, das werden wir bald wissen.«

Eine Zehntelsekunde absolute Stille, dann krachendes Handgemenge, dann wieder Stille. Traubewein war im Spind. Raschke gab Schröder zwanzig Pfennig. Schröder ließ diese durch den Belüftungsschlitz der Tür gleiten. Sie imitierten das Geräusch eines fallenden Geldstücks. Schröder tat so, als suche er nach einem Titel, Raschke wünschte sich ein englisches Lied, und Traubewein begann zögerlich zu singen: »My bonny is over the ocean, my bonny is over the sea … oh bring …«

Schröder nahm Anlauf und sprang mit beiden Beinen gegen den Spind, der scheppernd umfiel. »Lauter, du Schwuchtelsprutz«, schrie er. Traubewein sang nicht mehr, er wimmerte und klopfte von innen.

»Entschuldigt mal, darf ich mich Ihnen vorstellen?« Krüger, der sich bisher rausgehalten hatte, wollte nun wohl ins Geschehen eingreifen. Es wirkte fast so, als hätte er die Zeit genutzt, um professionell festzustellen, wie seine Chancen standen, und er fand, sie standen nicht schlecht.

»Ick bin der Krüger und wollte fragen, wer von euch zuerst over den ocean will.«

Schröder unterbrach als Erster die Pause und streckte Krüger seine Hand entgegen. »Angenehm, ick bin Schröder. Ick werde in genau 156 Tagen entlassen, und das hier«, er zeigte auf Raschke, »ist ebenfalls ein Entlassungskandidat.« Er griff in die ausgebeulte Tasche seiner speckigen Trainingshose und zog ein bunt bemaltes Bandmaß hervor.

»Und das hier sind unsere Tage«, fuhr Raschke fort, »und davon werdet ihr, liebe Sprutze, jeden Abend einen Tag abschneiden.« Krüger nickte freundlich.

»Noch Fragen?«, kam es von Schröder. »Na klar«, sagte Krüger, »wie ist es eigentlich, wenn ihr euch in den Arsch fickt, benutzt ihr da Kondome oder macht ihr das alles ungeschützt?«

Ein gellendes Trillern hallte durchs Gebäude. Schröder hatte noch die Pfeife im Mund und seine Backen aufgeblasen, als sich die Tür öffnete und weitere sechs Männer den Raum betraten. »Probleme?«, fragte einer.

»Noch Fragen?«, fragte Schröder wieder.

Henrik blickte in die Runde, hinter ihm vier Hünen, vor ihm vier Hünen. Mit Mischke war nicht zu rechnen, Traubewein wimmerte im Spind und Stadlmair blickte stier vor sich hin und tat so, als wäre er unsichtbar. Bleiben Krüger und ich gegen acht, dachte Henrik. Trotzdem meldete er sich: »Ich hätt da noch ne Frage«, und da keiner ihn hinderte, fuhr er fort, »wieso fällt das Brot eigentlich immer auf die Butterseite?«

Schnitt, dachte Henrik, und schloss seine Augen.

Als er sie wieder öffnete, war der Alptraum vorbei. Ihn hatten sie an seinem Koppel aufgehängt. Mischke stand unbeweglich da, mit einer Kerze auf dem Stahlhelm, Traubewein schwieg im geschlossenen Spind und wartete auf den richtigen Moment, um wieder rauszukommen. Krügers Nase, die seit der Ankunft verheilt war, war nun um vieles dicker, röter und blauer als je zuvor. Aber alles in allem hatten sie sich wacker geschlagen.

Es war ganz still. Nur das kehlige Röcheln Stadlmairs war zu hören. Da man das Schleimen mehr liebt als den Schleimer, hatten die EKs sich auch Stadlmair geschnappt. »Das haben wir alles dir zu verdanken«, zischte Stadlmair Krüger zu. Stadlmair trug sein Koppel als Hundehalsband um den Hals, das andere Ende hielt die gnadenlose Faust von Raschke umfasst, und so folgte ihm Stadlmair brav auf allen vieren.

»Noch Fragen?«, griente Schröder in die Runde.

Krüger spuckte verächtlich ein Stückchen abgebrochenen Zahn aus und sagte: »Na, klar. Ich hätte noch ein paar Fragen.« Er zwinkerte den EKs zu und machte eine Blase aus dem Kaugummi.

»Und wat wär dat für ne Fragä?«, Schröder konnte nicht verbergen, dass er anfing, seinen Gegner zu bewundern.

»Ich verstehe nicht«, sagte Krüger und warf einen verschwörerischen Blick auf den immer noch am Spind baumelnden Henrik, »warum ihr euch nicht gut mit uns stellt?«

»Warum solln wir uns denn jut mit euch stellen?«

Krüger hatte gerade seinen Kaugummi lang gezogen, ihn um seinen Finger gewickelt und ihn dann wieder in seinem Munde verschwinden lassen. Der leidgeprüfte Kaugummi war kein Kirschkaugummi. Krügers Blut hatte ihn rot gefärbt.

»Wir könnten euch helfen, die achte Klasse nachzuholen«, kam es von Krüger.

»Hä?«, fiel es aus Schröders offenem Mund.

7

Henrik klopfte an die Tür der Unteroffiziersbude. Dann trat er ein. Der Luxus des Zimmers bestand darin, dass es keine Doppelstockbetten gab, sondern zwei Einzelbetten, wobei das eine unbenutzt war. Aurich hatte also ein Einzelzimmer. Über dem Bett hing ein Plakat mit einem Marxkopf, das sich locker und jugendlich gab. Darunter stand in großer Schrift: »Charly Marx«. Jetzt sah Henrik auch, dass Marx dem Betrachter zuzwinkerte.

Aurich saß im Trainingsanzug auf seinem Bett und las in einem Buch. Er sah, als Henrik eintrat, nicht auf, sondern fragte, während er eine Seite umblätterte: »Habe ich ›Herein‹ gesagt?« Und bevor Henrik antworten konnte, sagte er in einer Mischung aus Langeweile und Enttäuschung: »Komm doch einfach nochmal rein.«

Henrik ging also nochmal raus, klopfte an, wartete auf das »Herein«, öffnete dann die Tür, machte Männchen und sagte seinen Spruch auf. »Soldat Heidler meldet sich auf Ihren Befehl zur Stelle.«

Aurich, der diesmal nur kurz aufgeblickt hatte, zog seine Stirn in Falten und fragte: »Haben wir nicht was vergessen?« Henrik überlegte krampfhaft, was das wohl sein könnte, aber er kam nicht drauf. »Komm doch einfach nochmal rein«, sagte Aurich fröhlich und wandte sich wieder seinem Buch zu. Henrik ging also wieder raus, klopfte an, wartete auf das »Herein«, ging rein, machte Männchen: »Ich melde …« Henrik unterbrach sich, drehte sich um, ging selbständig wieder raus, klopfte an, wartete auf das »Herein«, ging rein, machte Männchen und sagte: »Genosse Unteroffizier, gestatten Sie, dass ich eintrete?«

»Eintreten«, kam es von Aurich, ohne dass dieser aufblickte. Henrik trat einen Schritt ins Zimmer, schloss die Tür hinter sich und machte wieder Männchen: »Auf Ihren Befehl zur Stelle, es meldet Soldat Heidler.«

Jetzt schaute Aurich von seinem Buch auf. »Na, geht doch«, sagte er und blickte freundlich auf Henrik, der sich dabei erwischte, dass er auch ganz zufrieden mit sich war. »Rührn, Genosse Soldat«, Aurich klappte sein Reclam-Taschenbuch zu und legte es deutlich sichtbar auf den Tisch. Jack Kerouac, *On the road*, las Henrik auf dem Cover. Aurich sprang mit Schwung von seinem Bett auf, fasste Henrik bei der Schulter und sagte fröhlich: »Das ist meine Bude. Alter, hier bin ich Mensch, hier darf ich sein.« Henrik hatte nur einen einzigen Gedanken: Wie komm ich hier wieder raus?

Doch eh er sich versah, saß er neben Aurich auf dem Bett. Aurich deutete auf das Buch, »Geile Schreibe, Alter.« Oh Gott, dachte Henrik, wie spricht der denn, vielleicht reden die unter FDJlern und Unteroffizieren so, gewissermaßen nach dem kürzlich erschienenen Lexikon der Jugendsprache.

»Jack Kerouac war ein großes Vorbild von Bob Dylan«, hörte sich Henrik sagen. Aurich war begeistert und zack, hatte der Unteroffizier eine Gitarre in der Hand: »Bob Dylan? Ein irrer Freak, was?« Er schlug die Akkorde zu »The Times They Are A-Changing« an und summte eine Weile nachdenklich vor sich hin. »Das ist eine Wahnsinnsschaffe, oder was sagst du, eh?«

Henrik war wie so oft in seinem Leben von dieser plötzlichen Wendung überfordert. »Hier bin ich, was ich bin, wie ich bin und wer ich bin«, sagte Aurich und tippte auf das Buch, »verstehste?«

»Na klar«, sagte Henrik, und seine Achselhöhlen füllten sich mit Schweiß.

»Was denkste denn so?«, fuhr Aurich in scheinbar jugendlich unbekümmertem Ton fort, »sag mir, was du denkst.« Henrik wusste absolut nicht, was er dachte.

»Ich glaube«, bemühte sich Aurich unaufhaltsam weiter, »du sagst nicht, was du denkst.«

»Vielleicht«, begann Henrik einen Satz zu bauen, »liegt es daran, dass man es ja deswegen denkt, weil man es nicht sagen will.« Aurich schwieg. Er blickte Henrik unverwandt an.

Nur nicht in seine Richtung gucken, dachte Henrik und schaute auf die Spitzen seiner Knobelbecher.

»Du diskutierst sophistisch«, meinte Aurich nach einer Weile traurigen Nachdenkens, »so kommst du aber nicht weiter im Leben.« Aurich schlug wieder einige Akkorde an, dieses Mal war es Neil Youngs »Hey, Hey, My, My, Rock 'n' Roll is here to stay«. Aurich schloss die Augen und schien Henrik fast vergessen zu haben. »... This is the story of Johnny Rotten ...«

»Ich muss dann mal zurück«, sagte diese fremde Stimme, die sich am liebsten nicht in diese peinliche Welt gewagt hätte. Henrik erhob sich umständlich.

»Wir sind hier privat, du kannst ruhig gehen.« Und warum dann diese Grußarie am Anfang, dachte Henrik, sagte es aber nicht. Neil Young presste seine Leidensstimme in den Raum, und von draußen hörte man das Brüllen eines Offiziers, der einen Soldaten zurückgepfiffen hatte und diesen gerade zusammenfaltete. Aurich schloss das Fenster und den Vorhang zur Hälfte.

»Eines muss ich dich noch fragen«, Aurich zog Henrik wieder zu sich aufs Bett. Henrik schaute sehnsüchtig auf den Hocker, der am Tisch stand und auf dem er lieber gesessen hätte. »Wer bist du?«

»Ich zeig dir mal was«, fuhr Aurich fort und drehte sich zum Poster. »Kennste den?« Er löste die oberen Kanten von der Wand, dahinter hing ein weiteres Poster. Henrik erkannte es. Es war nämlich als Propagandamaterial benutzt worden und zeigte das verzerrte Gesicht von Mick Jagger, der »I Can't Get No Satisfaction« ins Mikrophon speichelte. »Hab ich mir hochgezogen«, sagte Aurich. »Die wissen doch gar nicht, was das für große Künstler sind, oder?«

Henrik war in Not. In schwerer Not. SOS, funkte er an die Abteilung Eingebung, die irgendwo bei ihm zwischen Bauch und Hirn lag, aber es kam nichts.

Aurich legte die Gitarre weg. »Darf ich dich noch was fragen?« Henrik musste lächeln.

»Findest du mich komisch?«

»Nein, nein«, beeilte sich Henrik zu sagen.

»Ich finde nur, dass dieser Tag voller Fragen ist.« Aurich schaute nun argwöhnisch.

»Heute wurden viele Fragen gestellt«, beeilte sich Henrik zu erklären, »und das war nicht immer gut so, zum Beispiel meinem Freund Krüger hat das nicht viel Satisfaction gebracht.«

8

Vier EKs hielten Krüger fest und zwei weitere präparierten ihn. Man band ihm Stahlhelme an Ellenbogen und Knie. Dann griffen sie ihn am Koppel und schleuderten ihn mit Schwung über den frisch gebohnerten Flur. Wie eine Bowlingkugel krachte Krüger am anderen Ende der Bahn an den Heizungskörper. Dort blieb er eine Weile liegen.

»EKaaaas, wo seid ihr«, grölte Schröder, und aus 30 Zimmern hallte es wider »Hiiieeerr!«

»Wohin mit den EKaaaas?«

»In den Himmel«, kam prompt die Antwort.

»Was solln sie da?«

»Leuchten!«

»Für wie lange?«

»Für immer!«

»Wohin mit den Sprallen?«

»In den Gulli!«

»Was solln sie da?«

»Stinken!«

»Für wie lange?«

»Für immer!«

Nach diesem ekstatischen Frage-Antwort-Ritual musste selbst der kräftigste EK kurz nach Luft schnappen, und man hörte nur ein merkwürdiges Scheppern, als käme ein Ritter in voller Rüstung über den Flur. Krüger hatte sich langsam erhoben und ging bedächtig auf die EKs zu.

Bei jedem Schritt schlugen die Stahlhelme um Krügers Gelenke gegeneinander.

»Tut mir Leid«, sagte Krüger, und Schröder schaute gnädig zurück: »Na, nu machste uns keine Sorgen mehr, el Glatto, wa?« Krügers Augen wurden wieder hart wie Stahl: »So war das nicht gemeint, aber ich hab da noch ne Frage.«

Krügers Nase war blutig, seine Augen zugeschwollen, seine Lippen so dick wie die von Nastassja Kinski, und in seinem Kopf hallte es mächtig, aber Krüger, und das war das Wichtigste, hatte einen Sieg errungen.

9

»Wir setzen hier auf kollektive Selbsterziehung«, sagte Aurich, und war sich offensichtlich der Ungeheuerlichkeit dessen, was er da sagte, nicht bewusst. »Und dieser Krüger, das kann niemals ein Freund für dich sein, höchstens ein Kumpel.« Aurich sah dabei aus wie Henriks Klassenlehrer. Wie kann man in diesem Alter schon so alt sein, dachte Henrik.

»Aber was ich dich fragen wollte«, setzte Aurich erneut an, »kannste mir mal deinen Proust leihen?«

»Wen?«

»*Auf der Suche nach der verlorenen Zeit* würde ich gerne mal lesen und mit dir diskutieren, kannst ja dafür meinen Kerouac haben.«

»Ich bin gerade dabei, ihn zu lesen«, log Henrik.

»Wenn du beim ersten Band bist, kannste mir ja den zweiten geben«, bohrte Aurich weiter.

»Okay«, kapitulierte Henrik.

»Hast du eine Freundin?«, fragte Aurich in beiläufigem Ton, während er aus dem Fenster auf eine Gruppe exerzierender Soldaten schaute und die hereinfallende Wintersonne ihn in einen zwielichtigen Halbschatten tauchte.

Warum hat der mich bloß hierher gerufen, was will er mir sagen, was will er wissen und warum gerade ich, grübelte Henrik und bejahte die Frage nach seiner Freundin.

Gleichzeitig verstand er Krüger. Krüger machte es richtig, der war konkret, er setzte konsequent überall die Marke seiner

Persönlichkeit. Krüger würde hier nicht sitzen und diese lästigen (halb schwulen) Annäherungsversuche von Scheißhausfliegen ertragen müssen.

Als könne er Henriks Gedanken lesen, sagte Aurich, und dabei klang seine Stimme sanft und fest: »Der Krüger ist kein Echter, der ist falsch zusammengeschraubt.« Aurich blickte prüfend auf Henrik: »Jemand, der sich n Weiberbild aus dem *Magazin* abfotografiert und dann als Foto von seiner Freundin ausgibt, mit dem kann doch was nicht stimmen, oder?«

Henrik erschrak. Aber Aurich hatte Recht. Das zerrissene Foto im Lastwagen war ihm auch komisch vorgekommen, aber woher wusste Aurich davon und was wollte er Henrik damit sagen und überhaupt, worum ging es hier? Mehrere Sirenen schrillten in Henriks Kopf. Vorsicht, Vorsicht hallte es in ihm wieder, und dann kam der Blitz, der alles für einen kurzen Moment beleuchtete, und er sah die Überschrift deutlich in schwarzen Lettern auf Aurichs Stirn: ANWERBUNGSVERSUCH.

»Der Krüger«, Aurich kam jetzt sehr dicht heran, sodass Henrik ihn riechen konnte, und Aurich roch nach Waschraum, »ist eine arme Sau, verstehst du, eine arme Sau, jemand, der Annoncen in die Zeitung setzt, ist eine arme Sau!«

Aurich holte eine neue Ausgabe des *Jungen Leben* hervor und schlug den Annoncenteil auf.

Er las vor: »Krüger, interessiert an Literatur, Tanzen und Motorrädern, gut aussehend, Abitur, sucht 18- bis 28-Jährige, mit denselben Interessen.«

Henrik schämte sich. Er wusste nicht, warum, vielleicht für sich, vielleicht aber auch für Aurich, irgendwie aber auch für Krüger. Die Scham breitete sich in seinem Körper aus und ließ seinen Kopf tomatenrot werden.

Aurich stand auf und ging zu seinem Spind, wobei er mit dem Rücken zu Henrik vor sich hin sagte: »Solche Leute wie der Krüger sind ein Rostfleck am Schwert des Sozialismus.« Er griff in den Spind und holte etwas heraus.

»Wir sollten mal zusammen auf Ausgang gehen«, sagte er, während er eine leichte Tanzbewegung vollführte. »Ich kenn hier ne ganz gute Bar, mit guten Weibern, die Quisisana. So was gibt's nicht mal in Berlin. Ausgangsschein ist kein Problem.«

Aurich streckte ihm die Hand entgegen. Er hielt einen Brief. Henrik wusste sofort, wer diesen Brief geschrieben hatte.

»Der ist von Eva«, sagte Aurich in einem Ton, als wäre er Evas Bruder und Henrik bereits sein Schwager. Vorsichtig nahm Henrik den Brief entgegen und war sich fast sicher, dass sich der Brief gleich in giftige Schlangen verwandeln würde. Aber nichts dergleichen geschah.

Aurich schaltete einen kleinen Kassettenrekorder an, schloss die Augen, und Bob Dylan sang »Hard Rain's A-Gonna Fall«.

Henrik stand rum. Sollte er jetzt gehen oder nicht oder was? Aurich war wie weggetreten.

»Der hat's wirklich drauf«, sagte er leise vor sich hin. Und meinte Bob Dylan. Henrik dachte, jetzt gleich wird er die alles entscheidende Frage stellen: Soldat Heidler, wollen Sie für uns arbeiten? Wollen Sie ein Kundschafter des Friedens werden? Doch nichts kam.

»Scheiße, ist der gut«, dann sagte Aurich nichts mehr. Henrik entschloss sich zu gehen. Er öffnete die Tür und trat auf den Flur, doch einer plötzlichen Eingebung folgend, drehte sich Henrik nochmal um, führte seine Hand an das Käppi und gab seinen gut gelernten Spruch von sich: »Soldat Heidler bittet wegtreten zu dürfen.« Aurich öffnete kurz seine Augen und mit einem Mal war der Raum erfüllt von großer Traurigkeit. »Tschüss«, sagte Aurich.

Henrik schloss die Tür hinter sich. Während er langsam über den Flur zurückging, sah er vor sich das Gesicht von Aurich und er tat ihm Leid. Einfach so.

10

Man musste sich das so vorstellen: alles im rechten Winkel, die Straßen, die Ausrichtung der Gebäude, die Bewegung der Menschen, das Denken der Offiziere, die Stubenordnung, die Hindernisse auf der Elementetrainingsbahn, kurz Sturmbahn genannt, die Betten in den Unterkünften, die Karos auf den Bettbezügen. Alles hatte hier vier Ecken.

Während dieser ewigen Rumstehereien, Exerzierereien, Schulungen und all der anderen zeitdiebischen Verrichtungen, zu denen man hier gezwungen war, war Henrik oft unkonzentriert, dachte über irgendwelches sinnloses Zeug nach.

Das Zentrum des Objekts (wie es im offiziellen Sprachgebrauch hieß) war der Appellplatz. Er war umstellt von drei Gebäuden, die aussahen, als hätte der Architekt Schuhkartons umgedreht auf eine Tischtennisplatte geklebt und säuberlich Fensterchen reingeschnitten. Eine Arbeit von circa drei Stunden, um den Rest des Tages damit zu verbringen, in großen New-York-Bildbänden zu blättern und sich in architektonischen Traumwelten auszutoben. Dabei hatte er wahrscheinlich Nordhäuser Doppelkorn getrunken. Henrik kam zu dem Schluss, dass der Architekt dieser Kaserne ein Alkoholiker gewesen sein muss.

Das eine Gebäude war die Unterkunft für die Soldaten. Es beherbergte etwa 500 Mann. Rechts war der so genannte medizinische Trakt – kurz Medpunkt genannt. Vis-a-vis, mit einer Glasmalerei verziert, das Kommandeurs- und Kulturgebäude. Die Hauptstraße, die »Regimentsavenue«, führte zum Kontrollpunkt. An Lehrtafeln vorbei, vorbei auch an der Sturmbahn und der MHO (Militärische Handelsorganisation), wo man sich mit Lebensmitteln, Büchern, Platten und Briefmarken eindecken konnte. Gleich dahinter war eine Besonderheit, die es nicht in allen Kasernen gab: die Colabar, ein Privileg für alle Offiziere und Unteroffiziere, die sich dort trafen, wenn sie frei und kein Zuhause hatten. Am Kontrollpunkt gab es den Besucherraum. Um diese kleine Welt war ein grüner Gürtel mit wilder Wiese, Bäumen, Handgranatenübungsplatz, Bunkern für die Waffen und Munition, drei Reihen riesiger Garagenhallen mit großen eisernen Toren und einer Tankstelle. Hinter dem grünen Gürtel war der Zaun, der das große rechteckige Gelände absperrte. An den Ecken und in der Mitte der Zäune standen die Wachtürme. Der Zaun war aus geflochtenem Stahl und mit Stacheldraht gesichert. Jenseits des Stacheldrahts gab es ein Maisfeld, in dem eine Vogelscheuche stand.

Die Sonne ging unter und färbte den Himmel in rötlichen Glanz. Mit Stahlhelm und MP, leicht vorgebeugt, so stand Henrik da: unbeweglich, mechanisch alle 15 Minuten eine Vierteldrehung machend. Henrik dachte nach. Sein Hirn war in Bewegung, es ratterte wie ein Filmprojektor. Tage, Nächte, morgens, mittags, es kam nie zur Ruhe. Und manchmal drehte es leer wie ein Filmprojektor, daneben der schlafende Filmvorführer, und das Ende des Zelluloids schlägt eintönig gegen die rotierenden Teile.

Der Wachturm, auf dem Henrik stand, war nicht irgendein Wachturm. Es war der schreckliche, sagenumwobene, legendäre Wachturm. Es war Posten 3.

Aus all den Erzählungen, die in den nächtlichen Märchenstunden die Runde machten, kannte Henrik die Geschichte vom unbekannten Soldaten, der sich hier erschossen haben sollte. Er blickte zur Vogelscheuche, und plötzlich fühlte er sich ihr sehr nahe und ahnte nicht, dass auch sie noch eine entscheidende Rolle in seinem Soldatenleben spielen würde. Sie trug einen breitkrempigen Hut, einen langen Mantel und undefinierbare Hosen, die im Wind schlotterten. Der sieht aus wie ich früher, dachte Henrik, als ich im Winter durch das nächtliche Berlin irrte, auf der Suche nach Freunden, Mädchen, Unterkunft und Leben. Und während die Sonne ihren letzten winterlichen Seufzer tat und alles in tiefes Dunkel tauchte, dachte Henrik an Eva.

Henrik fasste mit klammen Fingern in die Beintasche seines Einstrich-Keinstrich und holte einen gefalteten Brief heraus. Die zierliche, kleine Schrift war Evas Schrift. Die Blumengirlanden, mit denen sie ihre Buchstaben umrankte, waren Evas Blumenranken, und der Geruch nach Veilchen war Evas Geruch. Unzählige Male hatte er den Brief gefaltet und entfaltet, gelesen und gestreichelt, seine Nase an das Papier gepresst und daran gesogen, als wolle er mit Evas Geruch nicht nur seine Erinnerung an sie konservieren, sondern auch ihre ganze Seele in sich aufnehmen. Da stand er auf dem Wachturm und machte Liebe mit Eva, indem er ihren Brief auswendig lernte.

Es war der einzige Brief, den er bisher von Eva bekommen hatte und in dem sie ihm erklärte, warum sie nicht zur Vereidigung hatte kommen können. Ihre Tante war, so hatte sie geschrieben, gestorben. Es war ihre Lieblingstante gewesen und sie hatte ins Vogtland fahren müssen zur Beerdigung. Sie hatte so geweint, wegen dieser so früh, viel zu früh verstorbenen Tante, die sie so geliebt hatte. Henrik fand es zwar merkwürdig, dass sie nie von dieser Tante erzählt hatte, aber ansonsten fand er alles plausibel. Krüger hatte ihm, als er Evas Brief zum ersten Mal geöffnet hatte, über die Schulter geblickt, einige Zeilen gelesen und lakonisch gesagt: »Vergiss sie.« Und als Henrik weiterging in Richtung Toilette, wo er die Kabine zum Alleinsein nutzte, hatte er ihm wieder hinterhergerufen: »Ich hab mit meiner gleich Schluss gemacht! Hat doch keinen Sinn, die warten doch nicht auf unsereinen.« Henrik brauchte ja nur den Brief zu lesen, um sich Evas Liebe sicher zu sein. Sie hatte in die Ecken folgende Worte geschrieben:

In allen vier Ecken

soll Liebe drin stecken

Eva liebte ihn, das war klar. Außerdem hatte es ihm Schell in einem seiner Briefe bestätigt, dass Eva ihn liebte, stärker noch als je zuvor. Und Schell passte auf Eva auf, dessen war sich Henrik sicher. Wenn jemand geeignet war, auf ein Mädchen aufzupassen, dann war es Schell, der im Rollstuhl saß. Gebt eure Liebsten in die Hände von Schwulen oder Behinderten, rief Henrik innerlich allen zu, die ähnliche Probleme hatten wie er, und schämte sich sofort dafür.

»Genosse Soldat, was machen Sie denn da!« Die knödelnde Stimme Lauckes zerriss die Stille der Nacht.

»Nichts«, parierte Henrik instinktiv.

»Sie lesen da doch!«

»Nein, Genosse Leutnant«, Henrik verbarg seine Hand, die den Brief hielt, auf dem Rücken.

»Genosse Soldat, was verbergen Sie da hinter Ihrem Rücken, mit Ihrer rechten Hand.«

»Nichts, Genosse Leutnant.« Henrik ließ den Brief los.

»Zeigen Sie mir Ihre rechte Hand, Genosse Soldat.«

»Zu Befehl, Genosse Leutnant.« Henrik hob seine Hand. Evas Brief war festgefroren, er klebte noch am Handschuh und flatterte trostlos im Wind.

»Wachvergehen!«, brüllte Laucke. »Noch so ein Ding und Sie sind dran.«

Fürs Erste ließ er die Sache auf sich beruhen.

11

Alle Jahre wieder sah Hauptfeldwebel Futterknechts Büro aus wie eine Spirituosenhandlung.

Wie alle Jahre hatte es auch diesmal den großen Rundgang gegeben, und die so genannten Granaten waren entschärft worden.

Die Granaten wurden aus Klospülungen, dem Marschgepäck, aus Gummistiefeln und Bettdecken, unter Stahlhelmen und aus Lampenschalen herausgezogen. Hauptmann Stummel, der scharfe Hund, wusste, wo das Zeug steckte. Das Angebot war, wie jedes Jahr, überwältigend.

Über dunkle Kanäle war Alkohol ins Objekt gekommen. Vor den Festtagen waren vor allem die Kraftfahrer, darunter auch die Cheffahrer, begehrte und beliebte Leute.

Im Prinzip war die Kaserne mit Granaten dermaßen vermint, dass, wären sie nicht mit Alkohol gefüllt gewesen, sondern mit Sprengstoff, das ganze Objekt schon vor der Zeit mit einem großen Knall in die Luft hätte fliegen müssen.

Futterknecht betrachtete seinen Schnapsladen. Tims Saurer, eine merkwürdige hochprozentige Spirituose mit Zitrone versetzt, oder ein blind machendes Getränk namens Prima Sprit, 90-prozentig, das gerne halbiert wurde und gestreckt mit Honig durchaus wohlschmeckend war, oder der gute alte Goldbrand, ein braunes Zeug, das sich Cognac-like gab, in dem aber verborgene Kräfte brodelten, die die Zunge der Konsumenten und deren Augen so derart in Bewegung bringen konnten, dass der Kommunikation keine Grenzen mehr gesetzt waren, oder der allseits beliebte Kaffeelikör, auch Kali genannt, neben dem Pfefferminzlikör (auch Pfeffi genannt) eines jeden DDR-Jugendlichen Einstiegsgetränk, weil sie auf Grund der Süße und kleineren Portionen gut geeignet waren, einen sanften, dann aber doch brachial im Kotz- und Schwindelalptraum endenden, frühpubertären Großrausch zu erzeugen.

Das Warenangebot war sehr groß und verschaffte dem Interessierten einen fundierten Überblick über die in der DDR und den Bruderländern geschaffenen unterschiedlichsten Erzeugnisse an geistigen Getränken.

Hauptfeldwebel Futterknecht seufzte, als er auf die Flaschen in den Körben blickte, die je zwei Soldaten vor ihm hertrugen. Auf dem Appellplatz hatte er die Truppe mal wieder angetreten lassen.

Weiße Weihnachten, dachte Futterknecht an diesem sonnigen Wintermorgen. Und er sah, wie die Schneeflöckchen zu Boden tanzten und seine Soldaten bedeckten, wie der Puderzucker die frisch gebackenen Lebkuchenmännern seiner Mutter, die sie jeden dritten Advent in Reih und Glied auf dem Küchentisch aufgereiht hatte. Damals reifte in Futterknecht der Wunsch, zur Armee zu gehen.

Henrik fühlte eine leichte Grippe und schwere Niedergeschlagenheit.

Er dachte an zu Hause, an seine Eltern, die ihm ein rührendes Päckchen geschickt hatten mit Weinbrandbohnen und der Mahnung, nicht alle auf einmal zu essen. Aber auch die waren da vorne im Korb mit all den anderen bösen Sachen.

Er dachte an Eva, die eine kleine Karte mit einem Osterhasen geschickt hatte und der ironischen Zeile: VIELLEICHT OSTERN. Henrik interpretierte diese Bemerkung dramatisch, und noch nie hatte er sich so hilflos gefühlt wie in dieser Zeit um Weihnachten herum.

Krügers Gesicht hatte den Schalk für sich gepachtet, ein kleines Sahnehäubchen aus Schnee hatte sich auf seiner Nasenspitze platziert. Es begann im selben Augenblick zu schmelzen und an seiner Nasenspitze herunterzutropfen.

Er stieß Henrik unauffällig in die Seite: »Wenn das alles an Alk ist, dann fress ich einen Besen. Die richtigen Verstecke kennen die doch nicht.« Krüger freute sich, es bedeutete ihm viel, diese Tyrannen, wo und wann auch immer, reingelegt zu haben.

»Ruhe!«, dröhnte es von den Zugführern, »Stillgstdn!«

Hauptmann Stummel ließ es sich nicht nehmen, auch dieses Jahr wie jedes Jahr höchstpersönlich das kostbare Nass vor den Augen der Soldaten zu entsorgen.

»Wenn das mal nicht gegen die Menschenwürde verstößt«, murmelte EK Schröder vor sich hin, und Raschke antwortete voller Gram: »Wir sollten uns bei der UNO beschweren, Folter ist doch gegen die Genfer Konvention.«

Der Alkohol plätscherte in den weißen Schnee und bildete einen größer und größer werdenden schwarzen Kreis.

Wie ein dunkles Loch, dachte Henrik und versuchte sich vorzustellen, wie es aussehen würde, wenn die Typen dort hineinfallen und auf ewig verschwinden würden.

»Weihnachten, Weihnachten steht vor der Tür, ist das nicht wunderbar, jaja. Weihnachten, Weihnachten steht vor der Tür …«, knackte es durch den festlich geschmückten Clubraum. Auf den Tischen lagen Tannenzweige.

Bunte Teller mit einem Apfel, einer Apfelsine, drei Walnüssen und einem Schokoladenweihnachtsmann erzwangen Weihnachtsgefühle. Jedem stand eine Flasche Bier zu und es gab Goldbroiler.

Henrik hatte Hunger. Er blies das Hühnchen in Gedanken

zu einer Weihnachtsgans auf. Es gelang ihm nicht, der Goldbroiler arbeitete gegen ihn. Der Geruch, das Aussehen, oh nein, er bekam es nicht hin, sich die herrliche Gans vorzustellen, die es auch dieses wie jedes Jahr bei den Heidlers geben würde. Die Großeltern wären da und der Christbaum, es gäbe die gleichen Gespräche, dieselben Anekdoten und dieselben Geschenke. Henrik sehnte sich nach Hause. Natürlich dachte er an diesem Abend, dem 24. Dezember, vor allem deshalb an seine Eltern und den Rest der Familie, weil er den Gedanken an Eva verdrängen wollte und musste, um nicht irre zu werden. Denn Henrik fühlte, dass er kurz davor war.

Die Tische im Clubraum waren zu einer hufeisenförmigen Tafel zusammengestellt worden, darauf lagen Papiertischdecken. Die Soldaten saßen an den langen Armen des Hufeisens. Am kurzen, dem oberen Teil thronten die Offiziere: Oberfähnrich Lenk, Leutnant Laucke und Hauptmann Stummel. Die Unteroffiziere, einschließlich Aurich und Hauptfeldwebel Futterknecht, hatten sich zwischen die Soldaten gesetzt.

Die EKs hatten die Sprutze vor diesen Feierlichkeiten mit Ratschlägen und Unterlassungsanweisungen präpariert.

»Die werden auf Familie machen, mit nun packt mal eure Probleme auf den Tisch und so. Aber denkt immer daran, wir sind keine Familie und haben auch keine Probleme, ist das klar«, beendete Schröder seinen Vortrag.

»Der Entlassungskandidat Schröder«, ergänzte Raschke, »will damit sagen, dass alle frischen Geräte den Schnapper dicht machen, sonst sitzen die nämlich den ganzen Abend bei uns rum, die haben kein Zuhause, versteht ihr? Vor allem Hauptmann Stummel, der wartet doch nur auf eine Gelegenheit, uns vollzuquatschen, der Politnik kann gar nicht anders, also, macht euren Brotladen zu, dann sind die in zwei Stunden weg und wir können alle gemeinsam das heilige Fest begehen.«

»Oh, du fröhöhliche, oh du sehelige…«, kam es von Platte.

»Genosse Hauptmann, ich habe eine Frage.« Nichts hatte Traubewein abhalten können, sich zu melden. Nicht, dass Schröder ihm eine Gabel in den Rücken gebohrt hatte, nicht, dass Raschke ihm den kleinen Finger umgedreht hatte, auch nicht die bösen Blicke, die wie aus Kadjuschas geschossen überall um Traubewein herum einschlugen, nichts hatte Traubewein davon abhalten können, diese Frage zu stellen.

»Heute ist das Fest des Friedens, also Christi Geburt«, hatte Traubewein seine Einleitung begonnen, »doch nicht weit von hier befindet sich die Waffenkammer.«

Hauptmann Stummel legte seine Mütze ab und beugte sich weihnachtlich lächelnd nach vorn: »Nur zu, Genosse Traubewein, fragen Sie, fragen Sie!«

Traubewein brauchte diese Ermunterung nicht: »Ist es nicht ziemlich verlogen, hier an diesem Ort Weihnachten, das Fest des Friedens, zu feiern?«

Hauptmann Stummel war glücklich, er warf seinen Motor an.

»Eine sehr interessante Frage, Genosse Traubewein ...« Was nun folgte, war ein langer Ausflug durch die marxistische Weltgeschichte, in der gut und böse genau definiert waren.

Hauptmann Stummel begann seine Zeitreise im Urkommunismus, ging weiter zum Römischen Reich, über die Schaffung von Manufakturen mit einem kleinen Ausflug zu den Bauernkriegen (Thomas Münzer!), Reformation (Luther!) bis zur industriell-wissenschaftlichen Revolution in England, Erster Weltkrieg, Zweiter Weltkrieg und einem möglichen dritten Weltkrieg.

Henrik empfand zum ersten Mal tiefe Sympathie mit den EKs. Sie hatten Recht gehabt, seit zwei Stunden saßen sie alle vor den bis jetzt unangetasteten Hähnchen. Jeder war in seine Welt immigriert und es war noch lange kein Ende abzusehen. Henrik beobachtete den Sekundenzeiger auf seiner Armbanduhr, der sich mühselig, beladen von Stummels weltgeschichtlichem Ballast, von Strich zu Strich schleppte, ohne die geringste Lust, ans Ziel zu kommen.

Das, dachte Henrik, muss die endgültige Hölle sein. Zeit, die nicht vergeht, Zeit, die nicht vergeht, sprach er in sich hinein, während Hauptmann Stummel sich in Rage redete. Sogar Traubewein schritt in den unendlichen Weiten seines Glaubens umher und Stummels Stimme nahm er nur noch wie aus dem Äther kommend wahr, wie den Singsang des Pfarrers am Sonntag.

Der Rest war träumen, schlafen und meditieren.

»Noch Fragen?«, hallte Hauptmann Stummel in die hufeisenförmige Runde, die aussah wie ein Treffen jüngst Verstorbener.

»Oh«, sagte Hauptmann Stummel, der ernsthaft eine Frage erwartet hatte. »Oh«, sagte er, »wie die Zeit vergeht, drei Stunden und fünf Minuten.« Genau, resümierte Henrik und löste seinen starren Blick vom Ziffernblatt seiner Uhr.

»Tja«, sagte Hauptmann Stummel, und er erhob sich und mit ihm mühsam seine Offiziere. »Dann wünsche ich Ihnen noch schöne Weihnachten!« Hauptmann Stummel verließ den Clubraum, die anderen Offiziere folgten ihm. Es war still, die Nadel des Plattenspielers rauschte über die letzte Rille und die Stiefel der sich entfernenden Offiziere verhallten einsam über den Flur.

Als klar war, dass die Offiziere nun endgültig weg waren, tauchte plötzlich wie von Zauberhand aus allen Ecken und Nischen, aus Verstecken, die so originell wie unauffindbar waren, ein Angebot an Alkohol auf, das noch größer war als das, was das draußen auf dem Appellplatz in den Schnee gesickert war. Innerhalb einer halben Stunde waren über 70 Prozent dieser Flüssigkeiten die Kehlen der Soldaten heruntergeflossen.

Überall rollten Soldaten über den Boden, einige fest ineinander verkeilt, wieder andere kotzten aus dem Fenster. Ein lebender Tannenbaum stand schwankend im Chaos. Traubewein hatten sie mit allem behängt, was vorher auf den Tischen gelegen hatte, und ihm Tannenzweige an die Uniform geklebt. In den Händen hielt er zwei Kerzen und auf seinem Kopf stand ein Nussknacker. Er war festgebunden. Unter dem Weihnachtsbaum saßen einige EKs und lallten unverständliches Zeug.

Die Sprutze, denen die Flucht nicht gelungen war, schoben Doppelstockbetten über den dunklen Flur aneinander vorbei, auf ihnen saßen die EKs und spielten Heimreise, wobei ihre Taschenlampen die Rücklichter der Züge darstellten.

Henrik, Mischke und Krüger waren auf das Dach des U500 geflohen, hatten sich dort in Decken gehüllt und besinnlichen Gesprächen hingegeben. Der Wind fegte kleinere Schneegestöber über das Dach. Die Gruppe ließ sich treiben inmitten des mittleren Sturms, der um sie herum tobte, und redeten über Gott und die Welt und die Frauen. Die Zeit verging und es wurde Silvester.

12

Sie saßen in ihren Betten. Es war kurz vor elf. Es gab keinen Alkohol mehr, den hatten sie restlos zu Weihnachten verzehrt. Außerdem war es auf Grund des übermäßigen Alkoholkonsums zu Vorfällen gekommen, die in der gesamten Kompanie disziplinarische Maßnahmen erfordert hatten, was zu einer erhöhten Zahl an Kontrollgängen, der Erneuerung der Urlaubssperre im gesamten Objekt und damit auch dem Verlust der Trinklaune geführt hatte. Entsprechend trostlos war die Stimmung auf der Bude.

Krüger fragte: »Kennt jemand einen Witz?«

Und Henrik begann den Trompeterwitz zu erzählen. Mit dem Trompeterwitz war es so eine Sache. Man musste wirklich gut drauf sein, um ihn zu erzählen. Er war sehr schwer, es hing viel von der Art und der Wortwahl des Erzählenden ab. Mit Wehmut dachte Henrik an die Trompeterwitzabende, die er mit seinen Freunden verbracht hatte, und daran, wie es sie jedes Mal zerriss, wenn wieder einer eine gelungene Trompeterwitzvorstellung gegeben hatte.

Die Art des Vortrags war frei, allerdings musste die erste Zeile immer so anfangen: Das Londoner Symphonieorchester plant einen großen Auftritt zum Geburtstag der Königin. Doch zwei Tage vorher fällt der erste Solotrompeter aus.

Henrik holte Luft.

»In dem großen holzgetäfelten Saal hatte sich eine dreißigköpfige Jury zusammengefunden, die aus Spezialisten auf dem Gebiete der Musik im Allgemeinen, aber der Blasmusik im Besonderen zusammengesetzt war.

Darunter waren so berühmte Leute wie zum Beispiel Chet Baker oder auch Ian Anderson, Emerson war da und Lake und Palmer, aber auch Karajan und James Last. Also ihr seht, wie wichtig diese ganze Sache für England und nicht zuletzt für die Welt war.

Da öffnete sich die Tür und herein trat ein Mann, was sag ich, eine Gestalt, nein, eine Lichtgestalt, gewandet in schwarzes Nappaleder mit einem schwarzen Nappalederhut, und darunter pechschwarzes Haar. Seine braunen Augen brachen sofort die Herzen der anwesenden Damen und Herren. Unter dem Arm trug er einen Nappaledertrompetenkoffer, der, was man sehen konnte, als er ihn aufmachte, ganz mit rotem Samt ausgeschlagen war. Er entnahm diesem Gedicht von Koffer ein Poem von Trompete. Ganz aus Silber, brachen sich die Hunderte von Scheinwerfern der verschiedenen Fernsehanstalten in dem Instrument, es blitzte und funkelte und es war schon eine Freude zu sehen, wie er dieses wertvolle Blechblasinstrument an seine Erdbeerlippen drückte und wie der erste Ton die Welt erblickte, ein lang gestreckter, wundervoller, heller Silberklang, der den Raum, die Atmosphäre und jeden, der es hörte, zum Schwärmen brachte, die Herzen tanzten, die Augen leuchteten, und es war klar, schon der erste Kandidat war ein Treffer. Das Land atmete auf, die Findungskommission trank Champagner, und alles wäre in Ordnung gewesen, wenn sich die Tür nicht ein zweites Mal geöffnet und den Blick auf einen Unbekannten freigegeben hätte, der jetzt den Saal langsamen, lässigen, sehr selbstsicheren Schrittes durchquerte. Schon sein bloßes Auftreten verursachte Atemlosigkeit, einige sensible Seelen fielen sofort in Ohnmacht, während die Stärkeren, die Professionelleren den Anblick, die Aura und natürlich die überirdische Schönheit des Fremden bewunderten. Er war strahlend blond wie einst Siegfried. Sein goldenes Haar fiel ihm lockig bis auf die Schultern, über die lässig ein purpurner Mantel aus Zobelpelz hing. Sein adonishafter Körper war während des Vorwärtsschreitens ein einziges antilopenhaftes Muskelspiel. Seine Hosen waren so geschlechtsbetont geschnitten, dass sich das anwesende Publikum und der Rest der beobachtenden Welt sehr beherschen musste. In seiner Hand hielt er einen zinnoberroten, damastenen Koffer mit Edelsteinen und Stickereien besetzt, die die Augen der Zuschauer verblitzten. Als er ihn öffnete und die Trompete, was sag ich Trompete, dieses Kunstwerk eines unbekannten Künstlers, die Mutter aller Trompeten an seine überdimensionalen vollen Lippen setzte, die sich wie ein Naturereignis, wie die Urmutter in einem vaginalen Aufschrei, um das Mundstück legten und zu blasen anfingen, hielt die ganze Welt den Atem an. Himmlische Heerscharen durchbrausten den Saal und umkreisten das Rund der getäfelten, mit Fresken verzierten Decke der Albert Hall. Auch hier Ohnmacht, Schreien, Tränen. Karajan, der sich plötzlich als mittelmäßig empfand, wurde am Selbstmord gehindert. James Last, der immer seine Trompete dabeihatte, warf diese umgehend aus dem Fenster und gab seinen Beruf auf.

Der Vortrag des ersten Kandidaten war längst vergessen, der neue Solotrompeter wurde weltweit gefeiert. Der Tag ging in die Trompetergeschichte als ein großes und bedeutendes Ereignis ein.

Und was soll ich euch sagen, die Tür ging wieder auf und ein dritter Mann betrat den Saal. Er war in ein Licht getaucht, ein gleißendes, ihn begleitendes Licht. Ja, ein göttliches Licht, ein Licht, das alle Sünden der Menschheit verwandelte. Die Menschen fielen auf die Knie und beteten. War der Gott der Trompete selbst auf die Erde gekommen, um sich der armen Seelen anzunehmen und sich hier zu bewerben für das große Konzert zum Geburtstag der Queen?

Wollte das Göttliche, das Einzigartige, das Vollkommene, das überirdisch Schöne die Welt auf ihren Ursprung verweisen? Strebe dem Vollkommenen zu? Dem Schönen, dem Reinen? Ist die Musik nicht die Verkörperung des solchen?«

Henrik hatte sich in Ekstase geredet. Er stand auf dem Doppelstockbett, hatte die Arme ausgebreitet und predigte den Trompeterwitz. Traubewein und Mischke waren sehr gespannt auf den Ausgang des Witzes und dachten sich, bei einer solchen Länge und einem solchen erzählerischen Aufwand müsste der Witz eigentlich ziemlich reinhauen. Also freuten sich schon alle auf das große Lachen am Schluss, wenn die Pointe kam. Krüger mochte solche Witze nicht, er war mehr für die kurzen knackigen, so auf einen Lacher hin erzählten Witze, und obwohl ihm der Ausdruck Henriks beim Erzählen gefiel, überfiel ihn allmählich eine gewisse Schwere.

»Er öffnete den aus Licht genähten Koffer und entnahm ihm eine aus silbernen Atomen und Molekülen gefertigte Trompete, deren Teilchen beständig um sie herumtanzten, als wäre sie von Manet gemalt und die Punkte hätten sich in reines Licht verwandelt, und, immer in Bewegung, materialisierten sie für den Moment des Spielens die wahre und geistige Seele des Trompetenspiels. Und was danach folgte, ist nicht mehr zu beschreiben. Die Menschen fielen sich in die Arme, auch wildfremde, und wo auch immer Kriege auf dieser Welt stattgefunden hatten, sie wurden beendet. Kirchen und Gemeinden entstanden, die für sich die Schöpfungsgeschichte neu definierten und für welche dieser Tag das wurde, was für die Christen Weihnachten ist.

Es war nun endgültig, das Londoner Symphonieorchester hatte einen neuen Solotrompeter gefunden.

Und da öffnete sich die Tür ein viertes Mal.«

»Ach du Scheiße«, rutschte es Mischke heraus. Er stopfte sich schnell selbst den Mund mit einer Gurke. Traubewein, der über die religiösen Metaphern ein wenig irritiert war, fragte: »Wie will der denn die noch toppen?« Krüger war inzwischen eingepennt.

»Soll ich weitererzählen oder nicht?«

»Nur wenn du uns versprichst, dass jetzt die Pointe kommt.«

»Mal sehen«, sagte Henrik.

»Na, wie gesagt, die Tür öffnet sich ein viertes Mal und herein tritt ein Typ. Sein zerknitterter Trenchcoat war seit Jahren nicht gewaschen worden, der Hut, den er trug, war in besseren Tagen ein Wischmopp gewesen, seine Augen waren traurig und seine Zähne fielen aus. Der Rest seiner Erscheinung war so eintönig, dass man gar keine Lust hat, überhaupt darüber zu berichten. Während er auf die Findungskommission zuging, erzählten die Urinflecken im Schritt seiner Hose und die Rotwein- und Schnapsstraßen in den Karos seines alten Jacketts eine Geschichte von Saufen und Raufen und Krankheit und Tod. Sofort versank alles in Depression. Dass, was vorher hell und licht gewesen war, wurde nun zum Gegenteil. Unter dem Arm hielt er einen Schuhkarton, dem er einen Schrotthaufen entnahm, der früher mal eine Trompete gewesen war.

Mit einem schäbigen Grinsen öffnete er den Mund, aus dem sich blitzschnell eine Kakerlake in Sicherheit brachte. Der Penner erfüllte mit seinem stinkenden Atem die Räume der ehrenhaften Akademie. Sein Odem, der die Gerüche aller Müllplätze dieser Welt vereinigte und als kolossaler Gestank wieder freigab, drang aus seinem Mund, bevor er das Mundstück an seine fauligen Zähne presste. Der Ton, der sich aus den Windungen des Schrotthaufens hervorquälte, belästigte die Findungskommission, was sag ich, bedrohte, was sag ich, quälte, was sag ich, ruinierte sie und deren Gehör auf ewig.

Denn er blies so grauenhaft, wie man es nie zuvor gehört hatte, er blies so wie jemand, der gar nicht Trompete spielen kann, er war einfach schlecht.«

Henrik machte eine Pause und schaute auf seine ermatteten Zuhörer.

»Und«, schrie Mischke. Mischke war vor lauter Neugierde aggressiv und knackte die letzte Gurke. Traubewein wartete geduldig.

»Also, was ist mit dem?«

»Was ist mit dem letzten Trompeter?«

»Was soll schon mit dem sein«, sagte Henrik beiläufig, »den haben sie nicht genommen. Gute Nacht.«

Frühling

13

Da standen sie, breitbeinig, gut aussehend, Zigarre rauchend, in der weiten staubigen Ebene von Arizona. Sie waren nach dem letzten Schrei gekleidet. Ihre Helme sahen nicht aus wie die Abgüsse von Fliegenpilzschirmen, sondern umschmeichelten ihre Köpfe. Die Spitzen ihrer geschnürten Stiefel wippten lässig auf und ab. Die chromblitzenden Rohre ihrer Panzer richteten sich stolz in die Weite des Horizonts, wo eine Wolke aufgewirbelten Staubes Bewegung verriet. Aus dem Kofferradio erklang Richard Strauss' »Also sprach Zarathustra« und die Hände lagen auf den Colts der Marke Single-action, Smith and Wesson.

Das waren sie: die Feinde, die Panzergrenadiere, die Ledernacken und Marines, so hat man sie sich vorzustellen, unrasierte Wegelagerer, hoch motiviert, aber vollkommen gelassen. Verspiegelte Sonnenbrillen und ein Riesenbunny am Panzer.

Die Staubwolke näherte sich, die Augen verengten sich zu Schlitzen, das Radio war inzwischen ausgeschaltet, nur ein klitzekleiner Wüstenmoskito summte in der Atmosphäre.

Henrik rannte auf den Feind zu, um ihn herum nichts als Staub. Die Maschinenpistole im Anschlag, das Seitengewehr aufgepflanzt, der Helm verrutscht, die Knobelbecher schwer an den Füßen, als sei man versehentlich in Buddeleimer getreten, die voller Sand waren. Auf dem Rücken das Sturmgepäck, das am Tragegestell befestigt war, das wiederum am Koppel hing, das wiederum so fest geschlossen war, dass einem die

Luft wegblieb und alles klapperte, als seien Topfvertreter auf Kundenfang.

»Hurra, hurra«, krächzte es aus hundert sandigen Kehlen. Neben Henrik stand Hauptfeldwebel Futterknecht, der weinend zusammenbrach. Vor ihm Hauptmann Stummel, »Vorwärts!« und »Hurra!«. Hinter ihm Mischke, der schnell noch eine Wurst verdrückte, und Traubewein, der ein letztes Gebet gen Himmel schickte, und Stadlmair mit entstelltem, kriegsbemaltem Gesicht.

Und der Feind kam immer näher. Das Durchladen der Waffen. Er sah das Rohr der Kanone vor sich, er hörte die Schüsse, und plötzlich: Arizona ist verschwunden, alles grün.

Henrik hatte die Orientierung verloren, mitten in der Bewegung auf den Feind zu. Alles um ihn herum war schwarz geworden, so hörte er nur noch die Sirene und das Gebrüll: »Gefechtsalarm, Gefechtsalarm!« Henrik dachte noch, klar ist das hier ein Gefechtsalarm, warum bin ich wohl hier, und stand plötzlich vor dem Feind. Er blickte in die kalten Augen eines Panzergrenadiers, der gerade sein hypermodernes Sturmgewehr nachlud. »Dir komm ich zuvor«, brüllte Henrik, und rammte dem Feind das Seitengewehr in den Bauch.

Blut spritzte in einer hohen Fontäne. Der Panzergrenadier sackte vor ihm zu Boden, sein Mund stand offen, fassungslos. Seine Augen blickten Henrik an. Henrik hatte bis dahin gehofft, dies alles sei ein Traum, aber er spürte die Berührung der sterbenden Hand, die sich immer fester in Henriks Kampfuniform krampfte. Jetzt erkannte Henrik, wer da vor ihm lag.

»Henrik«, stöhnte es aus dem erlöschenden Körper, »ich bin's doch, dein Onkel Theo aus Castrop-Rauxel, der dir immer die schönen Pakete geschickt hat.« Henrik ließ die Waffe sinken, die Hand von Onkel Theo krampfte sich immer fester in die Uniformjacke, deren Stoff ihm plötzlich so dünn vorkam. Henrik bemerkte, dass er keine Uniformjacke trug, sondern eine Stoffjacke, besser noch ein Hemd, ein Nachthemd.

Henrik kriegte einen Mordsschreck. Warum bloß habe ich ein Nachthemd an? Die Nägel des Sterbenden hatten sich in sein Fleisch gebohrt.

Für einen Sterbenden, dachte Henrik, ist noch ziemlich viel Kraft im Arm. Er schaute auf die Hand, die an ihm rüttelte. Henrik stand nicht, sondern er lag, und der, der an ihm rüttelte, war kein Sterbender, sondern Aurich: »Warum, Genosse Soldat, haben Sie noch ein Nachthemd an? Legen Sie Ihre Kampfausrüstung an, sonst zieh ich Ihnen die Hammelbeine lang«, schrie Aurich in sein Ohr.

»Hier, dein Zeug«, sagte Krüger, der sich schon etwas weiter angezogen hatte, das heißt, er hatte seine Hose, die immer etwas zu eng war, schon über seinen gut gewölbten Bauch gezwungen. Damit er sich nicht bücken musste, hatte er seine Sachen oben auf Henriks Bett geworfen. Unaufhörlich ging die Sirene.

Mischke drehte sich in einem fort um sich selbst: »Geht's denn jetzt los, geht's denn jetzt los?« Er machte sich große Sorgen. Mischke wollte nicht sterben. »Gefechtsalarm!«, donnerte es mit der Sirene um die Wette. Stadlmair, wie sollte es anders sein, war bereits vollständig angezogen und rannte an Henrik vorbei, der immer noch unter Orientierungslosigkeit litt. Es roch nach Schlaf, nach Gummi, nach Stahlhelm, nach dem letzten feuchten Traum. Es roch nach Angst. Krüger versuchte gerade, die befohlene Kleiderordnung auf die Reihe zu bringen, dabei geriet er, der Henrik vorher so behilflich gewesen war, selbst in Bedrängnis. Er durchwühlte, nun schon ein wenig in Panik, den Kleiderberg. Der Raum leerte sich, selbst Mischke war angezogen und rannte oder besser stolperte auf den Gang, wo sich die Gruppen an der Wand zwischen den Türen sammeln und aufstellen mussten, um dann geschlossen zur Waffenkammer zu rennen und ihre Waffen in Empfang zu nehmen. Henrik versuchte, sich zunächst zu beruhigen.

Erst Hose, dann Stiefel, dann Jacke, dann Teil 1, dann Teil 2, dann die Schutzausrüstung, dann Stahlhelm, Koppel nicht vergessen. Er griff seine Hose, zog sie an, Hosenträger über Feinrippunterwäsche, schwapp, nun die Jacke. Scheißjacke, plötzlich viel zu groß.

»Scheißjacke«, ächzte es von ihm aus rüber, »die ist eingelaufen.« Henrik riss ihm die Jacke vom Leib. Vom Flur her brüllte es: »Soldat Heidler, Soldat Krüger, raustreten!«

»Was legst du deine Sachen immer auf mein Bett«, schnauzte Henrik Krüger an, der seinen riesigen Kopf so lange in einen Helm zu stopfen versuchte, bis Henrik ihm auch diesen wegnahm.

»Das hier ist dein Helm.«

Inzwischen war es sehr still geworden. Auf dem Flur war nur noch das sich entfernende Stiefelgetrappel zu hören. Aurich hechtete ins Zimmer.

»Brauchen Dick und Doof eine Extraeinladung«, schrie er mit blau angelaufenem Kopf. Er griff die beiden und schubste sie vor sich her über den Flur bis zur Waffenkammer.

Die Waffenständer waren leer. Ein total erschöpfter Waffenwart saß auf einem Schemel. Vor sich ein Buch mit verschiedenen Listen. »Rin, raus, rin, raus …«, murmelte er vor sich hin, »und am Ende bin ich schuld, nur weil keener weeß, was er will.« Henrik stand vor seinem leeren Waffenständer. »Meine Waffe ist weg«, stellte er kühl fest.

Das Trinkergesicht des Waffenwarts wurde plötzlich konturenlos, der Schweiß strömte literweise aus ihm und ergoss sich in seinen Hemdkragen.

Krüger hatte seine Waffe bekommen und war bereits auf dem Weg zum Stellplatz. Nur Henrik, der Waffenwart und Aurich standen noch ratlos vor den leeren Regalen. Der Waffenwart blickte um sich, im hintersten Winkel der Kammer stand ein Rohr mit einem Holzgriff. Des Waffenwarts Gesicht hellte sich auf. »Du bist ab heute Panzerbüchsenschütze.« Und schon hatte Henrik dieses schwere, unhandliche, unelegante Rohr auf dem Rücken.

Henrik rannte über die leere Regimentsavenue, dicht gefolgt von Aurich, der ihn von hinten antrieb.

Der Mond stand niedrig. Die Luft roch nach schwerem Benzin, mit einer Beimischung von Frühlingsblumen, denn der Winter war vorbei, und der Frühling drängte nach vorn.

»Mach schon, sonst krieg ich Ärger, heute ist ernst«, keuchte es hinter Henrik.

Und Henrik begriff, was Aurich meinte, denn auf dem Platz vor den Garagentoren breitete sich eine gespenstische Szene aus. In düsteres Licht getaucht, standen wie eine mächtige Anordnung von dunklen Fliegenpilzen Hunderte von Soldaten schweigend da.

Hinter den Garagentoren vibrierte es gefährlich, und das Knurren und Fauchen von im Zaum gehaltenen Monstern lag über allem.

Oberst Kalt stand vor einem Mikrophon und brüllte etwas hinein. Wobei der Inhalt dessen, was er brüllte, schwer zu verstehen war. Es piepte, es gab Rückkopplungen, es knarzte und schrillte durch die Lautsprecher des Beschallungswagens.

Henrik lief unter den hasserfüllten Blicken der Offiziere und Unteroffiziere auf seinen Platz zu, dabei begleitete ihn der fanatisierte Wahnsinn von Oberst Kalt:

»Wir haben Krieg, Genossen … piiiieeeep… knar… revanchistische Kräfte … Volksrepublik Pole … so genannte … tsssssss… knaaaarz… piiiieppkrieg … die Konterrevolution … wir als Speerspitze der Partei …«

Henrik füllte seine Lücke und war nun ein Teil der Fliegenpilzarmee.

Links neben ihm Mischke, rechts Krüger, hinter ihm Traubewein. Alle bleich, verschlafen und um Jahre gealtert, hätten eigentlich was Besseres zu tun, als hier zu stehen und nach Polen einzumarschieren.

Traubewein flüsterte von hinten: »Meint ihr, wir marschieren jetzt in Polen ein?«

»Das wär ne schöne Scheiße«, gab Krüger wie ein Bauchredner durch den geschlossenen Mund zurück, »dann hätten wir einen dritten Weltkrieg, Leute.«

»Armer Onkel Theo«, flüsterte Henrik mit schiefem Mund zu Krüger.

»Wer?«, fragte Krüger zurück.

»Na, Onkel Theo aus Castrop-Rauxel.«

»Ach so«, nickte Krüger, der nichts verstanden hatte.

»Wenn's durch den Wald geht, dann könn se mich sowieso vergessen«, jammerte Traubewein, »ich hab ne Gräser-, Pollen- und Insektenallergie.«

»Und der hier«, Krüger blickte zu Oberst Kalt, bei dem sich vor Eifer weißer Schaum in den Mundwinkeln gesammelt hatte, »hat ne Polenallergie.« Krüger fand seinen Witz gelungen und wunderte sich, dass keiner darüber lachte.

Die Tore öffneten sich. Aus dem Dunkel blendeten Scheinwerfer auf. Das hochtourige Geräusch der Motoren klang, als sei man einer Raubkatze auf den Schwanz getreten.

Die gesamte Kompanie rannte im Dauerlauf zu den bereitstehenden W50, sprang auf und wie damals vor langer Zeit, als sie an diesem Tor ankam, fuhr sie nun hinaus. Die ersten hellen Flecken erschienen am ansonsten noch dunkelgrauen Himmel.

Es wird ein schöner Tag werden, dachte Henrik bitter. Er schaute beleidigt hinaus in die trostlose Landschaft zwischen Thüringen und Sachsen.

Und während der W50 über das holprige Pflaster fuhr und alle mal wieder so richtig durchschüttelte, schlief der Rest der Menschheit in seinen Häusern, hinter den noch dunklen Fensterscheiben in seinen Betten und träumte von besseren Zeiten.

Die graugrüne Fuhrparkkolonne ratterte durch das kleine

Städtchen, wo vereinzelt angehende Lichter in den Fenstern darauf hindeuteten, dass sich einige arme Wichte zur Frühschicht bereitmachten.

Am Abend vor dem Gefechtsalarm hatte Henrik in seiner Lieblingstoilettenkabine gesessen und versucht zu onanieren. Er hatte sich diese Sache schon lange vorgenommen, aber immer wieder verschoben.

Ehrlich gesagt, war es ihm vor sich selbst peinlich. Normalerweise saß er, wenn es auf den Abend zuging, ein bisschen in der Kabine rum. Er hatte sich einen kleinen Haken in das Holz geschraubt, an den er dann seine Taschenlampe hängte, die ein einigermaßen gemütliches Licht gab. So konnte er unbehelligt lesen, schreiben und nachdenken. In der Regel war es dort sehr ruhig, wenn man mal von den normalen Geräuschen absieht, die so einen Raum ausmachen.

Natürlich war es dem einen oder anderen aufgefallen, dass Henriks Aufenthalt auf der Toilette den normalen Zeitrahmen meist überschritt, aber es war üblich, in diesem und ähnlichen Fällen Diskretion walten zu lassen. Nur Stadlmair war sich nicht zu blöd, schon in den ersten Tagen seine Entdeckung laut rauszuposaunen.

»Na, Henrik, was machste denn immer so lange auf dem Klo? Gehste wichsen? Na, du brauchst vielleicht lang.« Stadlmair hatte dann wieder sein Lachen gegluckst, das so klang, als würde ein Fisch rülpsen, und Krüger, der so was nicht durchgehen lassen konnte, hatte Stadlmair in seinen muskulös fettigen Schraubstock gespannt und ihn so gequetscht, dass dieser sich kaum noch bewegen konnte.

»Solche Worte wollen wir hier aber gar nicht hören, weil das doch total phantasielos ist, erfinde ein anderes Wort, mein Sohn, etwas Blumigeres, oder wie sagt man, Henrik?«

Henrik war mal wieder dankbar für Krügers Hilfe. Mittlerweile war Krüger zu einer moralischen Instanz auf der Bude geworden, wenn nicht gar auf dem ganzen Gang. »Poetisch oder auch metaphorisch«, schlug Henrik vor.

»Vielleicht das Rohr polieren«, sagte Krüger, »das ist doch gut. Das Rohr polieren, da muss erst mal einer drauf kommen.« Krüger war stolz auf sich.

Und dann war etwas losgegangen, das sich zu einer wahren Manie hochgeschaukelt hatte.

»Den Otter baden«, rief einer.

»Den Fisch fangen«, ergänzte ein anderer.

»Sich einen gönnen«, kam es aus einer anderen Ecke.

»Nach Schmierseife gehen«, hallte es über den Flur.

Und so ging es über Tage und Wochen. Während des Marschierens, des Politunterrichts oder des Appells, als stille Post von Mann zu Mann weitergegeben, beim Frühsport, beim Frühstück, im Waschraum, beim Mittagessen und Abendbrot, vor dem Einschlafen. Ein endloses Angebot an Wortfindungen.

Und während diese Worte Henrik umkreisten, saß er mit heruntergelassener Hose in seiner Lieblingskabine, sein heißes pochendes Glied von seinen Fingern fest umschlossen und fest entschlossen, es zu tun.

Er hatte erwogen, Evas Foto zu benutzen, diesen Gedanken von Selbstekel begleitet, aber wieder verworfen. Es schien ihm eh unsportlich, dafür ein Foto zu verwenden, und sei es das aus dem *Playboy*, das Krüger ihm mal mit den Worten, kannst sie haben, Brüder teilen alles, angeboten hatte.

So durchschwärmte Henrik seinen Kopf nach einer passenden Gelegenheit. Da begegneten ihm einige Damen, die er flüchtig, gar nicht oder nur im Wegschauen kannte. Aber Henrik war zu wählerisch, um die Erstbeste zu nehmen, und da war ja auch noch Eva, die ihm schon lange nicht mehr schrieb und nach der er sich Nacht für Nacht verzehrte: Eva – an der Weide, am Fluss, auf der Blumenwiese, sie schaute ihn an und sprach, es soll doch schön sein, das erste Mal. Ihre Augen blickten vorwurfsvoll. Nicht hier auf einem Klo am hässlichsten Ort der Welt. Zwei dicke Tränen so groß wie Glasmurmeln fielen schwer zu Boden. »Ich will keine Wichsvorlage sein.« Dann rannte sie über die Gummiwiese davon und verlor sich im Nebel. Henrik blieb nichts anderes übrig, als weiter durch die Straßen seiner Phantasie zu laufen, wo er Franziska Stenzel traf. In sie war er einst verschossen gewesen und sie sollte er nie bekommen. Franziska war die Tochter von Zahnärzten und hatte so eine süße, umständliche Art von lustiger Erotik. Henrik stellte sich vor, wie sie ihr braunes Haar zurück und sich selbst in eine verführerische Pose warf.

»Komm«, hauchte sie durch den Hagebuttenstrauch, hinter dem sie lag.

»Komm, ich will dich, nur dich«, und er sah sein Spiegelbild in ihren Mickey-Mouse-Augen.

Und während er auf sie zurannte und dabei seinen pochenden Schwanz in der Hand hielt und sich alles Mögliche und Unmögliche vorstellte, machte Henrik sich bereit, und dann geschah es. Henrik begriff, dass er seit der siebenten Klasse unter einem Trauma litt, und das Trauma hieß Simone Glüth.

Sie hatte auf Piratenart das Phantasieland geentert und ihre Stricknadel direkt in die Hirnwindungen von Henrik gestoßen. Das Schöne, das Erstrebenswerte, das Großartige, das Helle, das Positive verschwand, stattdessen blies sich vor Henriks innerem Auge Simones Kopf auf wie ein Luftballon und versperrte ihm die Sicht. Ihr hämisches, böses, triumphales Lachen hallte in ihm wider und ließ seinen Schwanz in Rekordzeit auf ein Minimum schrumpfen.

Jetzt quälte sich am Horizont weit hinter den frisch gepflügten Äckern die Sonne lustlos in den Tag. Während Henrik mit den anderen synchron auf und nieder und seitlich nach rechts und links hüpfte, was ihm diesmal nichts mehr ausmachte, versuchte er, den Gedanken an Simone Glüth loszuwerden.

14

Das System war sehr umständlich. Einfach so einen Brief auf dem Schulhof zu überreichen, das wäre irgendwie albern gewesen. Also musste der Liebesdienstweg eingehalten werden, und der war so: In der großen Hofpause wurde Dietmar, Henriks bester Freund, von einer grauen Maus namens Manuela Zerbst angesprochen, die eine beste Freundin der besten Freundin von Franziska Stenzel war.

Dietmar, ein Pechvogel von Geburt an und mit einer viel zu großen Nase geschlagen, überbrachte Henrik folgende Botschaft: Henrik solle sich hinter der Sporthalle einfinden, dort, wo die heimliche Raucherecke der Oberstufe war.

Henrik ging dort hin und traf auf Birgit Bergemann, auch eine ganz Hübsche, die dort rauchte und ihm ohne Umschweife ein kleines kunstvoll gefaltetes Papier übergab, dann davonrannte, sich noch einmal umdrehte und ihm zurief, sie wartet auf Antwort.

Hastig riss er das Papier auf: »Heute möchte ich dich sehn«, stand da, »im Wald, dort, wo der kleine Pavillon steht.« Kein Zweifel, es war ihre Handschrift, ihre Engelshandschrift. Es war so weit, Henrik schien am Ziel zu sein. Hastig kritzelte er auf einen Zettel, »ich werde da sein«, und gab diesen Dietmar, der ihn Manuela reichte, die diesen dann an Birgit Bergemann weiterbeförderte.

Was Henrik nicht wusste, war, dass Simone Glüth in dem Moment, als Henrik den Brief in seinen Händen hielt, an Birgit Bergemann eine Schachtel »Juwel«, ihre bevorzugte Zigarettenmarke, übergab.

Simone hatte sich ihren Plan einiges kosten lassen. Zehn Schachteln waren bereits in den Besitz von Birgit übergegangen. Zehn Briefe hatte Henrik bekommen. Zehn Briefe, deren Inhalt für Henrik erfreulich war und die ihn zwei Wochen lang im seligsten Taumel durch sein Leben hatten tanzen lassen. Zehn Briefe, die Simone selbst verfasst hatte. Zehn Briefe, die sie ehrlich meinte, nur eben mit anderem, nämlich Franziskas, Namen unterschrieben hatte. Und so, wie sie Henrik auf dem Gipfel des Glücks hatte ankommen lassen, so wollten sie ihn nun in den Abgrund stürzen sehen.

Henrik rannte in den Wald, er suchte das kleine Waldhäuschen. Der Pavillon stand auf einer Lichtung. Der Wald war zum Naherholungsgebiet erklärt worden und aus diesem Grund hatte man überall diese kleinen, offenen Häuschen aufgestellt. Eigentlich für Familien, die picknickten, gedacht, dienten sie oft anderen Zwecken, vor allem abends oder in der Nacht.

Henrik sah Franziska nicht gleich. Wahrscheinlich kam es ihm auch später nur so vor, als sei der graue »Vorhang des Begreifens« ganz langsam aufgezogen worden, um den Blick auf eine Szene freizugeben, wie sie sich nur der Teufel erdacht haben konnte. In Wirklichkeit aber wurde der »Vorhang des Begreifens« einfach weggerissen. Für Henrik begann eine Ewigkeit. Jedenfalls sah er, was er sah, und verstand erst später, was es war: Franziska nackt und auf ihr (etwas ungeschickt zwar, aber eben doch *auf ihr*) Frank Schmitt. Franziska starrte Henrik mit aufgerissenen Augen an. Während sich Frank Schmitt mit hochrotem Kopf und halb verrutschter Unterhose auf Henrik warf, um diesen zu verprügeln, lachte Franziska. Sie lachte und lachte und Henrik fragte sich unter den verzweifelten, etwas ungeführten und darum besonders schmerzhaften Schlägen von Frank Schmitt, warum sie lachte.

Endlich konnte sich Henrik befreien und rannte davon, todunglücklich und voller Scham.

Irgendwo, mit guter Sicht aufs Ganze, saß Simone mit ihrer halben Brille und schaute zufrieden auf ihr Werk.

Von diesem Zeitpunkt an gelang es Henrik nicht mehr, sich zu verlieben, bis er 16 war und Eva traf.

Futterknecht und Aurich und eigentlich die ganze Armee erinnerten ihn an Simone Glüth. Mit Liebenden ist nicht zu spaßen, vor allem dann nicht, wenn man sie enttäuscht.

15

Eine Dampframme drückte sich in Henriks Rippen und er erwachte. Krüger sah erregt aus, er zeigte nach draußen auf ein frei stehendes Haus an der Landstraße. Ein Neonschild leuchtete noch in den Morgen hinein: Quisisana. »Das ist die Nachtbar«, sagte Krüger, »und ick sage euch, ick will nicht mehr Krüger heißen, sondern Ole, wie ick wirklich heiße, wenn ick da nich bald tanzen gehe.«

Mischke war nicht danach zumute, über mögliche Freizeitveranstaltungen nach dem Krieg zu sprechen, und Traubewein hatte seinen Helm abgenommen, darunter hatte sein kreisrunder Haarausfall begonnen.

Am Straßenrand stand ein Mann und kotzte in den Fahrtwind der vorbeirauschenden Fahrzeuge, der das Erbrochene ordentlich über die Felder verteilte. Bevor der Mann dem Drang nachgab zu fallen, rief er das Wort, das für Krüger die Welt bedeutete: »Quisisana!« Dann übergab er seinen Körper dem Straßengraben.

»Quisisana«, wiederholte Krüger träumerisch, schloss die Augen und überantwortete sich einer anderen Welt, einer Krügerwelt mit Frauen, Alkohol und den vergänglichen glitzernden Gütern der Jugend.

Glitzernde Güter der Jugend, dachte Henrik, was für eine schöne Wortkombi. Dann stützte er sich auf seine Panzerfaust und dämmerte vor sich hin, während der Konvoi in den Wald einfuhr.

Irgendwo schien die Sonne, aber niemand sah es, der Wald war zu dicht. Nach einem Marsch war man endlich in einem Zwischenlager angekommen, das eine Vorhut bereits am Vortag aufgebaut hatte. Aus der Gulaschkanone rauchte und stank es. Das Feldgeschirr wurde ausgepackt. Einige Soldaten, unter ihnen Mischke, Henrik und Krüger, gruben mit ihren Feldspaten ein weitläufiges, zwei Meter tiefes Loch in den moosigen Boden des Waldes, dann legten sie einen Baumstamm darüber und fertig war der Donnerbalken. Hauptmann Stummel und Hauptfeldwebel Futterknecht setzten sich gemeinsam darauf und schissen in die Grube. Dann gab es Bohneneintopf.

Futterknecht stopfte ein so genanntes Atombrot in sich hinein. Er war der Einzige, der das gerne aß. Atombrot war Brot mit einem Anteil an Sägespänen, in runde Scheiben gepresst, und lag dem so genannten E-Pack bei, dem Verpflegungspack in Ernstfällen. Futterknecht stand neben Hauptmann Stummel, der irgendwie glücklich aussah.

»Wissen Sie, was heute für ein Tag ist«, fragte ihn Futterknecht, »ausgerechnet heute?«

»Manöver«, antwortete Stummel einsilbig, »Manöver Lawine.«

»Das meine ich nicht«, lachte Futterknecht neckisch, »heute ist der 8. März.«

Hauptmann Stummel antwortete etwas abwesend: »Man könnte meinen, es ist der 1. Mai, so warm ist es heute.«

Henrik und Krüger hatten sich auf einem kleinen moosigen Hügel niedergelassen. Sie löffelten ihre Suppe hastig in sich hinein, denn sie hatten seit dem Morgen ihrer Abfahrt nichts mehr zwischen die Zähne bekommen. Irgendwo konnte man durch das Rauschen der Blätter die eifrige Stimme Stadlmairs hören, der sich in langen Vorträgen erging über Zweck und Ziel eines Gefechtsalarms in so schwierigen Zeiten wie diesen.

Irgendein Ek donnerte ihm die Faust auf den Stahlhelm, den er als Einziger auch während des Essens trug, und Stadlmair schwieg von diesem Moment an.

Krüger fummelte seine Schutzmaske aus der Gummitasche. Dann schraubte er den Schlauch von der Maske und nahm die kleine flache Membrane heraus, durch die nur ungefähr 60 Prozent der eingeatmeten Luft kamen, und durchstach diese mit einer kleinen Nähnadel. »So, jetzt hab ich 100 prozent Luft«, sagte er befriedigt und schraubte wieder alles zusammen.

Henrik fand, dass das eine gute Idee war, und tat es ihm gleich. Niemand hatte Stadlmair bemerkt, der im Schutze eines Holunderstrauches den ganzen Vorgang beobachtet hatte.

16

Gaas!!! Gaasalarm!!! Vollschutz anlegen!!!

Die Offiziere rannten durchs Gesträuch. Sie warfen mit kindlichem Vergnügen Rauchbomben und Knallkörper unter die Soldaten.

Oberst Kalts Augen strahlten. Er hüpfte durch das Farnkraut mit einer Stoppuhr in der Hand und schrie: »Schneller, schneller, schneller!« Lenk und Laucke prüften jeden einzelnen Soldaten auf korrekten Sitz der Latexkluft und Hauptmann Stummel blickte ernst in eine Karte, die er in großem Bogen aus seiner Kartentasche gezogen hatte. Oberst Kalt schwang sich in einen Trabantgeländewagen und fuhr, ganz Feldherr, die Reihe der sich in ihren Ausrüstungsgegenständen, den Schlaufen und Schleifen ihrer Waffen und Gehänge verfangenden Soldaten ab.

Wer fertig war, trat zur Seite und meldete sich. Seine jeweilige Bestzeit wurde notiert. Krüger hatte gerade noch Zeit, Mischke zu beruhigen. »Siehste, das ist ein Manöver, eine Übung, es geht noch nicht ans Sterben oder denkste, die würden im E-Fall noch unsere Bestzeit nehmen?«

Nach ein paar Minuten rannten Hunderte von Soldaten durch den Wald. Sie sahen aus wie Riesenbabys in zu groß geratenen grauen Strampelanzügen. Wie man damit einen Krieg überleben, geschweige denn gewinnen wollte, erschien Henrik als ein großes Rätsel.

Krügers Idee, die Filter zu durchstechen, hatte zwar durchaus den erwünschten Effekt – Henrik konnte tatsächlich freier atmen –, aber es kam nicht nur mehr Luft durch den Filter, sondern auch mehr Feuchtigkeit in das Innere der Maske. Die Gläser beschlugen von innen, sodass Henrik bald nichts mehr sehen konnte. Er hörte die Kommandos, das Knacken der Äste, das Explodieren der Knallkörper. Es wurde leiser und leiser um ihn. Nur Krüger schien noch ganz in der Nähe zu sein. Jeder normale Mensch hätte jetzt die Maske abgenommen. Aber es war ja chemischer Alarm und es hätte den Tod bedeutet, sich die Maske abzuziehen, was hieß, man musste mit gleich mehreren Strafverrichtungen außer der Reihe rechnen.

Daher stolperte Henrik nun auf gut Glück voran, leise nach Krüger rufend, der auch nichts mehr sah und sich in kurzen Abständen mit »Hier bin ich!« meldete. Dann verlor sich auch Krüger. Es wurde still.

Henrik war zigmal gegen Bäume und Äste gerannt, und sein Kopf hätte das Ganze sicher nicht überlebt, wäre nicht der Stahlhelm gewesen, dessen Doing-doing immer wieder durch den Wald hallte. Kindheitserinnerungen wurden wach.

Vor 15 Jahren hatten Henriks Eltern endlich einen Urlaubsplatz erwischt. Nicht nur das, sondern auch gleich noch in Warnemünde im Hotel Neptun. Jeden Tag lag man am sonnigen Ostseestrand. Hier ist mein Platz! Sandburg an Sandburg, Mensch an Mensch. Ein buntes Gewimmel. Windschutz, Schatten spendende Decken, kleine architektonische Vergänglichkeiten für einen Sommer. Henrik hatte sich zum ersten Mal alleine (ohne seine Eltern) ans Wasser getraut. Er war durch das Labyrinth der Burgen gerannt, gedankenlos glücklich, einfach nur baden gehen, eine Kleckerburg erschaffen, sich vom Wasser umspielen lassen, kleinen Fischen zusehen, dann zurück zu seinen Eltern. Zwischen den Fähnchen, Sandburgen, den Menschen, den fröhlich »Moskauer Eis« essenden Kindern, hier einer, da einer, ob groß oder klein, lachend, grölend, Ball spielend. Am Wasser stand ein Hund, der sich die Tropfen aus dem Fell schüttelte.

Klein-Henrik hatte sich verlaufen, Klein-Henrik weinte, Klein-Henrik geriet in Panik, er wurde hysterisch, er schrie, er rannte, keiner beachtete ihn, er zitterte, es musste eine Ewigkeit vergangen sein, vermissten ihn seine Eltern schon?

Das Zwitschern der Vögel, das Krachen der Äste, das Gestrüpp von Sträuchern, die sich Fußangeln gleich um seine Knöchel schlangen, um ihn zu Fall zu bringen, das klebrige Laub, das fiese Farnkraut, das hinterhältige Moos, die stinkenden Pilze. Das war Wald in seiner feindlichsten Gestalt: Die mächtigen bedrohlichen Bäume, auch die dünnen biegsamen, die wie mittelalterliche Schleudern zurückschnellten, waren unberechenbare Hindernisse, die kleinen bösen Hügel, erst steil aufsteigend, mit Ameisen bevölkert, die plötzlich in Gruben faulender Wildschweinexkremente herabfielen. Alles aufgeboten gegen Henrik. Eine zynische Variante des »Spiels ohne Grenzen« oder der Ostantwort MACHSMIT-MACHSNACH-MACHSBESSER. Einfallsreiche Natur und inmitten davon einem Blindgänger gleich, die Arme nach vorne gestreckt, tastend, in Panik, ein einzelnes japanisches Monster, eine billige Miniausgabe von Godzilla, stolpernd zum Abschuss freigegeben: Henrik allein und voll von einem einzigen, von ihm mehr und mehr Besitz ergreifenden Gefühl: ANGST.

Henrik blieb stehen. Er lauschte. Nichts. Kein Geräusch. Außer einem sich in den Vordergrund schreienden hämischen Vogel.

Henrik musste sich eingestehen: Er hatte sich verlaufen. Nur diesmal nahm ihn kein freundlicher Bademeister an die Hand und führte ihn zu einem Turm mit Lautsprechern.

»Der kleine Henrik Heidler möchte von seinen Eltern bei der Strandaufsicht abgeholt werden.«

So wie er sich damals nach seinen Eltern gesehnt hatte, so

sehnte er sich nun nach seiner Einheit. Was ihn erschreckte. Gleichzeitig war er sauer auf Krüger, der ihm das eingebrockt hatte.

»Der kleine Soldat Henrik Heidler möchte von seinen Vorgesetzten abgeholt werden, er wartet an irgendeinem Baum, an irgendeiner Stelle im Wald.«

Henrik durchfuhr ein Schreck. Es war der Meine-Zukunft-ist-versaut-auf-alle-Zeiten-Schreck.

Was, wenn sein Verschwinden schon bemerkt worden war. FAHNENFLUCHT. Hier gilt Standrecht. Ab nach Schwedt.

FAHNENFLUCHT hämmerte es gegen seine Schläfen, der Druck der Maske verursachte in ihm einen starken Kopfschmerz und er lehnte sich gegen einen Baum.

STANDRECHT und SCHWEDT.

17

Wer da war, schweigt, hieß es. Man musste auch nicht Strafkompanie Schwedt oder Straflager Schwedt sagen, es reichte einfach SCHWEDT. Dieser Städtename hatte einen Klang wie ein Donnerhall und brachte sogar den Hartgesottensten zum Zittern.

Henrik sollte gleich zu Beginn seiner Armeezeit, kurz nach der Grundausbildung, einen eisigen Hauch aus dieser Stadt abbekommen. Man hatte sich nämlich die auffälligen, die potenziellen Unruhestifter rausgepickt.

Das waren die, die man auf dem Kieker hatte, und Henrik war der Meinung, dass er sich zu lange in der Nähe von einem aufgehalten hatte, den man auf dem Kieker hatte: Krüger. So sah Henrik die Situation, allerdings war er es, der die Heeresleitung mehr verwirrte, als es Krüger jemals tun konnte: Man verstand Henrik nicht. Wer war dieser Soldat Heidler? War er für uns? War er gegen uns? Wer war der lesende, verschlossene Genosse? Wie ist seine Haltung? Seine Haltung zu unserem Staat? Finden Sie es heraus, hatte Oberst Kalt damals zu Aurich gesagt. Deshalb war Henrik zu diesem merkwürdigen Gespräch auf Aurichs Bude bestellt worden. Aber Aurich hatte damals nichts rausbekommen, deswegen teilte man ihn als Präventivmaßnahme der Gruppe der unsicheren Kantonisten zu. Diese Gruppe bestand aus: Traubewein, weil er ein Kreuz um den Hals hängen und die Heilige Schrift im Spind liegen hatte, Krüger, weil er nichts von dem, was man ihm sagte, ohne Murren machte und eine große Klappe hatte. Und eben Henrik und einige andere, die als dem System unsicher gegenüberstehend eingeordnet wurden.

Es war Hauptmann Stummels Idee, diese Gruppe zu einer Gerichtsverhandlung zu schicken.

Sie fand im Kultursaal statt. An einem mit einer roten Fahne bedeckten Tisch saß wie die heilige Inquisition das hohe Militärgericht. Der Militärstaatsanwalt, der die einzelnen Kasernen in Sachen »Schwerer Disziplinarverstoß« betreute, war extra angereist, und damit seine Zeit nicht zu sehr in Anspruch genommen wurde, stand das Urteil schon fest. Die Verhandlung war eine Abfolge von Ritualen, die den angeklagten Soldaten demütigen und das Publikum in Schrecken versetzen sollte. So jedenfalls erklärte sich Henrik diese Veranstaltung, die so gar nichts mit seiner Lieblingsserie »Rechtsanwalt Petrocelli« zu tun hatte.

Der Staatsanwalt brüllte sofort los, als der Delinquent, natürlich in Handschellen, hereingeführt wurde, und die Schreierei setzte sich fort über die ganze Zeit der Aburteilung, die der Soldat im Stillgestanden über sich ergehen lassen musste. Mit schreckensweiten, hoffnungslosen Augen und in seiner Ausgehuniform, die an ihm schlotterte, weil er zitterte, nahm er das Urteil entgegen. Der Staatsanwalt hieß Kreisler. Reimt sich auf Freisler, dachte Henrik, und sein Herz schlug ihm bis zum Hals, weil ihn in genau diesem Moment der eiskalte Blick von Kreisler traf. Ich weiß, wer du bist, ich weiß, was du denkst, und ich werde dich kriegen, sagte er ihm. Henrik stellte sein Gesicht sofort auf ausdruckslos, die Tarnung, die er schnell gelernt hatte.

Der Delinquent hieß Remus. Remus war Tontechniker und für die Beschallung des Objekts an Samstagen und während der Übungen und Manöver verantwortlich, auch für die Durchsagen und Musik. Remus hatte seine Freundin aufgrund der rigiden Ausgangs- und Urlaubspolitik von Oberst Kalt über ein halbes Jahr nicht gesehen. Seine Sehnsucht nahm zwanghafte Züge an, der Urlaubsschein wurde für ihn zum begehrenswertesten Objekt seines Lebens. Doch da war Oberst Kalt vor. Also sah er keine andere Möglichkeit, als sich an einem frühen Sonntagmorgen in seinen Beschallungswagen zu setzen und zum Kontrollpunkt zu fahren.

Die Schranke hatte sich ihm ohne Probleme geöffnet, weil sich der Dienst habende Offizier nichts dabei dachte. Remus lenkte den Wagen Richtung Rostock und bei Parchim, wo seine Angebetete wohnte, hielt er am frühen Abend vor ihrem Haus.

Das von ihm begehrte Mädchen saß gerade beim Abendbrot und hatte seine Lottozahlen vor sich auf den Tisch gelegt, während im Fernsehen die Sendung Telelotto lief. Als die dritte Kugel über die Spirale rollte und einen Kegel umstieß, erklang vor ihrem Fenster plötzlich wie aus anderen Sphären ein bisschen kratzig zwar, doch wunderschön IHR Lied.

Und als sie erstaunt ans Fenster trat, sah sie dort ihren Remus. Er stand vor dem Beschallungswagen, aus dessen zwei Lautsprechern die Beatles ihr »Michelle« sangen, denn genauso hieß das Mädchen. Er hielt einen Feldblumenstrauß in seinen Händen und ließ sich auf die Knie fallen. Genau in diesem Moment betrat die Militärpolizei die Szene und führte Remus ab. Während dies geschah, rief das Mädchen ihm nach, sie werde ihm auf immer und ewig treu sein. Remus war glücklich, im Abfahren hörte er weiter das Lied und das halbe Wohngebiet stand an den Fenstern und applaudierte.

Die Militärpolizei, technisch ungeschult, bekam das Bandgerät nicht zum Stillstand, und so hörte er das Lied, das seine Freundin besang, bis der Ort schon weit hinter ihnen lag.

Kreisler hatte Remus in Grund und Boden gebrüllt und ihn bezichtigt, ein Volks- und Staatsfeind zu sein. Außerdem gebrauchte er mindestens dreimal das Wort Lump. Und mindestens zehnmal das Wort Fahnenflucht.

Noch während man Remus abführte, rief Kreisler ihm nach: »In der Strafeinheit Schwedt können Sie Ihre so genannten bürgerlichen Rechte an den Nagel hängen, Sie haben die Verachtung unseres Volkes verdient, und es wird Sie die ganze Härte der Gesetze unseres Arbeiter- und Bauernstaates treffen.« Remus wurde abgeführt, und als er an Henrik vorbeikam, glaubte dieser, etwas gehört zu haben. Remus summte vor sich hin.

Er ging für ein Jahr nach Schwedt.

18

Fahnenflucht, hörte Henrik den Militärstaatsanwalt Kreisler schnarren, der als Rabe verkleidet auf einem hohen Baum saß. Schweeeedt, das gibt Schweeeeedt! Aber ich habe es doch nicht gewollt, verteidigte sich Henrik gegen den Raben, ich hatte doch nur meine Gasmaske manipuliert und – Aha, auch noch die Schutzmaske manipuliert, Schwedt hoch drei, krächzte es zurück. Henriks Tränen vermischten sich mit seinem Schweiß unter der Maske, die nun mit seinem Gesicht verwachsen zu sein schien, und dazu schnürte ihm ein fetter Kloß die Kehle zu.

Inzwischen gab das Bäumchen, an das er sich mit seinem ganzen Gewicht gelehnt hatte, nach. Die Wurzel riss aus dem Boden, und Henrik konnte gerade noch den Wipfel greifen. Nun hing er über einem 20 Meter tiefen Abgrund. Unter ihm schlängelte sich ein Fluss. Das Flussbett bestand aus rotem eisenhaltigen Sand und ließ das Wasser wie Blut erscheinen.

Die Welt hörte auf, sich zu drehen. Der Fluss stand still.

Henrik raste, eine dicke Wolke roten Staubes aufwirbelnd, den Abhang hinunter und schlug im Wasser auf. Doch anstatt unterzugehen, blies sich sein Vollschutzanzug wie ein Schlauchboot auf, und Henrik schwamm. Er ging nicht unter. Noch nicht.

Ruhe, endlich wurde er ruhiger. Und Henrik, es blieb ihm irgendwie auch nichts anderes übrig, ließ sich treiben. Stillhalten, sagte Henrik zu sich selbst, nur nicht bewegen, sonst gehst du unter. Er schwamm auf dem Rücken und machte auf »Toter Mann«. Er sah die Wolken über sich dahinziehen: einfach nur treiben lassen. Einfach mal nur treiben lassen. Nur – wohin wird's mich treiben? Wohin? Aber Henrik war denn doch nicht der Typ, der sich einfach so dem Fluss übergeben konnte. Also versuchte er mit einer Art Kraulbewegung, gegen den Strom zu schwimmen. Das Wasser drang nun durch die undichten Stellen seines Anzugs, und Henrik begann unterzugehen. Nun ist es vorbei, dachte er, und war doch merkwürdig ruhig. Also nicht Schwedt, sondern Tod. Henrik musste lachen, natürlich nur innerlich.

Langsam schwebte er dem Grund des Flusses entgegen. Da sah er durch die inzwischen nicht mehr beschlagenen Gläser seiner Schutzbrille wie durch eine Taucherbrille etwas, das man als Grenzerfahrung bezeichnen könnte: Zwei nackte Nixen schwammen eilig auf ihn zu.

Das ist doch ein Fluss, dachte Henrik. Nixen kommen doch nur im Meer vor, deswegen nennt man sie doch auch Meerjungfrauen … Dann schwanden ihm die Sinne.

19

»Lassen Sie den ersten, den zweiten und den dritten Zug zu Linien zu je einem Glied antreten!«

Oberst Kalt ließ den Arm, den er von seinem Beobachtungspunkt über seine Truppen geschwenkt hatte, befriedigt sinken. »Und dann lassen Sie durchzählen!«

»Zu Befehl«, gab Hauptmann Stummel zackig zurück, machte eine Pirouette und schritt zum Kampfgeschehen hinab an den Fluss, über den ein Seil gespannt war, an dem sich gerade Mischke als Letzter hinüberhangelte. Das Seil hing so durch, dass sein Rücken bereits das Wasser berührte, was ihn nicht gerade beruhigte, denn wie sich herausstellte, konnte Mischke nicht schwimmen.

»Ich will nicht ertrinken«, wimmerte Mischke laut und Traubewein feuerte ihn an: »Hab Mut, Mischke, gleich hast du es geschafft!«

Und als Mischke endlich sicheren Boden unter den Füßen hatte, ließ er sich wie ein Kloß fallen und dankte Gott, dass er dies alles überlebt hatte. Traubewein umarmte ihn und nannte ihn Bruder. Dann rannten sie beide zu den anderen Soldaten, die sich nacheinander ihre Schutzmasken vom Gesicht herunterrissen.

Hauptmann Stummel war mit weit ausholenden Schritten auf die angetretenen, schwitzenden, rotgesichtigen Soldaten zugekommen, die kaum noch atmen, stehen oder laufen konnten. Irgendein göttlicher Kulissenschieber ließ im Hintergrund die matte rötliche Sonnenscheibe am Firmament herunter, und das unterdrückte Wimmern der Soldaten lag in der Luft.

Lenk, Laucke, Aurich und ein paar andere Unteroffiziere riefen die Namen auf, von allen Seiten jammerte es: »Hier! Hier! Hier!« Langsam wurde es dunkel.

Laucke rief Henrik auf: »Soldat Heidler!«

Niemand meldete sich.

»Soldat Heidler!«

Mischke, dem immer noch der Schreck des nahen Todes in den Gliedern saß, stieß Traubewein an: »Hast du ihn gesehen?«

In Traubewein ratterte es wie wild, denn eins war klar: Henrik saß in der Scheiße, man musste für ihn Zeit gewinnen. Also meldete sich Traubewein, ohne dass ihm genau klar war, warum.

»Wissen Sie, wo der Genosse Heidler ist, Genosse Traubewein?«, fragte Hauptmann Stummel, und unter seinem Mützenrand sammelte sich noch mehr Feuchtigkeit, er sah jetzt aus, als hätte ihm jemand einen Eimer Wasser über den Kopf gekippt.

»Ich sah ihn noch gerade eben hinter einem Baum, ich glaube, er musste mal!«

Hauptmann Stummels Alarmglocken schlugen sofort an: »Er musste mal?«

»Jawohl, Genosse Hauptmann, ich denke, er musste groß.«

»Ich hab's doch gewusst, irgendeine Gefechtsschlampe gibt's immer«, Hauptmann Stummel ließ seine Augen über die desolate Kompanie schweifen.

»Rufen Sie weiter auf, Leutnant Laucke, und dann führen Sie die Belobigung für den Genossen Krüger durch.«

Krüger grinste, von diesem Tag würde er noch seinen Kindern und Kindeskindern erzählen.

20

Henrik wurde langsam wach.

Zuerst war da das Lachen, Glucksen und Kichern von Frauen. Die ganze warme Luft war erfüllt davon. Die Strahlen der Sonne rüttelten an seinen geschlossenen Augenlidern.

Doch Henrik war noch nicht bereit, seine Augen zu öffnen. Er genoss es, die Geräusche in seinem Kopf tanzen zu lassen. Es war eine friedliche, sanfte, andere Welt, voller Licht und Schönheit, und wenn er die Augen jetzt öffnen würde, so dachte er, dann verwandeln sich die Stimmen in knarrende Stiefel und furzende Männerärsche, dann riecht es nicht mehr nach Veilchen und Rosen, sondern nach Öl und Diesel. Nein, sagte er sich, halte deine Augen geschlossen, genieße den Moment, da sie dich im Paradies dulden, und bevor sie dich vertreiben, koste es aus, einer von ihnen zu sein.

Dann spürte er den Hauch von jemandem, der sich über ihn beugte. Er spürte zarte Finger, die seine Augenlider anhoben, und durch den Schleier sah er sie und war auf Anhieb verliebt. Und alle Frauen, die ihm jemals in seinem Leben begegnet waren, wurden durch eine plötzlich eintretende Teilamnesie gelöscht. Es gab für ihn von diesem Moment an nur noch sie, diese eine, die sich jetzt zu ihm beugte, und er erkannte in ihr eine von den Nixen, denen er unter Wasser begegnet war.

Das Mädchen war blond und hatte die schönsten blauen Augen auf der ganzen Welt. Um ihren Kopf war ein Strahlenkranz, als leuchtete das Licht, das sie innen trug, mit voller

Kraft aus ihr heraus. Es lag aber wohl eher daran, dass sie direkt vor der Sonne kniete und diese, als sie sich zu Henrik beugte, verdeckte. Aber Henrik wäre niemals auf die Idee gekommen, die Situation derart zu hinterfragen oder sie gar auf natürliche Phänomene hin abzuklopfen. Für ihn war sie heilig. Und ihre Blicke trafen sich und verschmolzen miteinander, sodass zwischen ihnen kleine Sonnensterne tanzten, was aber auch der Sandstaub gewesen sein könnte, der durch die Mädchen, die nun von allen Seiten kamen, aufgewirbelt wurde.

»Der ist aber niedlich«, sagte eine, und mit ihr wehte eine kleine Fahne alkoholischen Getränks der Art Likörchen in Henriks Nase.

»Der könnte mir richtig gut gefallen«, sagte eine deftige Dame, die ihre Pfunde mit Stolz trug und die jetzt, als sie sich zu Henrik beugte, von ihrem mächtigen Busen nach unten gezogen wurde und ihn leicht damit berührte.

Doch Henrik hatte nur Augen für das Mädchen mit dem Sonnenhaar.

»Wer bist du, woher kommst du?«, säuselte Henrik benommen, und während die Worte aus ihm perlten, spürte er den schlammigen Geschmack des Flusses im Mund.

»Na, nu werden wir mal nicht üppig«, sagte das Mädchen in einem eigenartigen fremden Akzent, zwischen Thüringisch, Sächsisch und etwas anderem, das Henrik nicht einordnen konnte.

»Ich werd dir noch sagen, wer ich bin und wo ich herkomm, da könnt ja jeder kommen. Und du, was ist mit dir?«

»Ich weiß nicht«, antwortete Henrik verstört, denn das Mädchen sprach nicht gerade wie ein Engel.

»Musst du nicht kämpfen«, fragte sie streng, »du bist doch Soldat, du musst uns beschützen!«

»Klar, aber meine Einheit, sie ist weg«, Henrik war wieder in der Realität angekommen, aber er empfand keine Angst, sondern eher Neugierde, wie es nun weitergehen könnte.

»Oho«, kam es da von allen Seiten.

»Wo ist meine Einheit?«, äfften ihn gleich mehrere Frauen nach, irgendwo spielte eine Dame auf der Gitarre ein Lied: »Jetzt fahrn wir übern See, jetzt fahrn wir übern See …«

Da fiel ein kleines dünnes Mädchen mit einem ziemlich großen Hintern flach auf ihn, in der einen Hand eine Flasche Kaffeelikör, die sie in einer rettenden Geste von sich weg hielt.

»Wer bistn du«, lallte sie, »ich bin de Sonja, musste wissen.« Und dann verdeckte sie ihm endgültig den Blick auf das Sonnenmädchen.

»Ich hab dich mit rausgezogen, war gar nicht so einfach, aber wir ham halt son Helfersyndrom.«

»Jetzt mach dich mal vom Acker, Sonja.« Das Mädchen mit den blonden Haaren stupste sie kumpelhaft an. Sonja rollte den Berg hinunter und blieb irgendwo zwischen Fluss und Wiese liegen.

»Du musst schon entschuldigen«, sagte das blonde Mädchen mit den blauen Augen und kam so nah an Henrik heran, dass er sie hätte küssen können, wenn er sich getraut hätte.

»Heute ist der 8. März. Frauentag, nur Frauen, da machste was mit.« Sie lachte. Es gibt nicht sehr viele Frauen, die gut klingen, wenn sie lachen, aber dieses Mädchen klang definitiv gut.

»Wir waren baden«, sagte das Mädchen. Sie hatte sich inzwischen neben Henrik gesetzt und beachtete nicht, dass ihre Kameradinnen bereits 50 Meter von ihnen entfernt mit Gegröle auf schaukelnde Boote stiegen. Henrik, der sich inzwischen aufgerichtet hatte, konnte sehen, wie Sonja sich über den Rand des Bootes beugte und kotzte.

»Da sehen wir doch plötzlich in der Mitte der Mulde, so heißt der Fluss hier nämlich, falls du es nicht weißt, einen Mann in einem Ganzkörperkondom auf uns zutreiben. Ich denk, ich spinne, und plötzlich geht dieses Ganzkörperkondom zappelnd unter. Also haben wir dich wie einen gestrandeten Wal an Land gezogen und erst mal alles gemacht, was man so macht. Mund-zu-Mund-Beatmung, stabile Seitenlage, Herzmuskelmassage, na ja weeßte und so.« Damit stand das Mädchen auf und machte sich daran, zu den anderen zu laufen, die sich mit den Rudern vom Ufer abstießen.

Henrik starrte ihr hinterher und beobachtete, wie sie den Sand von ihrem roten Sommerkleid abklopfte. Dabei war ihr der mittlerweile etwas kühl werdende laue Frühlingswind behilflich, der das Kleid sanft bewegte. Sie rannte den steilen Abhang zum Fluss hinunter. Sie rannte nicht so, wie Mädchen normalerweise rennen, nein, sie rannte wie jemand, mit dem man Pferde stehlen konnte.

Da die Sonne langsam hinter ihr unterging, konnte Henrik durch den Stoff ihren zarten Körper sehen, den er von jetzt an begehrte.

Henrik sprang auf und rief ihr hinterher: »Wie heißt du denn?«

Sie drehte sich kurz um und drohte ihm mit dem Finger: »Nana, nicht so stürmisch, mein Freund, Namen gibt's doch immer erst beim zweiten Mal.«

»Kann ich dich mal wiedersehen?«, rief Henrik verzweifelt, doch da war sie schon mit ihrem überfüllten Boot hinter der Biegung des Flusses verschwunden. Was blieb, war das Lachen, das Glucksen, das Singen.

Henrik bemerkte erst jetzt, dass er vollständig nackt war, und er musste lachen, vor Glück, vor Freude, vor Hysterie, vor Angst. Er hörte Lärm, Lärm aus der anderen, hässlichen Welt, aus der er für einen kurzen Moment geflohen war.

Kaum 150 Meter von dem Ort seiner Landung entfernt, sah und hörte er, wie diese hässliche Welt gerade den Fluss an seiner breitesten Stelle mit großem Getöse überquerte.

Über einen knorrigen Baum hatten die Mädchen seine Ausrüstung zum Trocknen gehängt. Henrik zog sich an, diesmal in Rekordzeit, so wie er es gelernt hatte. Dann rannte er, die natürliche Deckung nutzend, zurück.

21

Henrik schaffte es tatsächlich im allgemeinen Durcheinander des Antretens, Aufrufens, des Keuchens und des Durchzählens sich wieder einzureihen.

»Auch zum Scheißen melden wir uns hier ab, Genosse, ist das klar«, brüllte Oberfähnrich Lenk und schaute dabei zärtlich zu Leutnant Laucke. Er hätte Laucke so gerne in den Arm genommen und ihm gesagt: »Ist doch nicht so schlimm, ist doch nicht so schlimm.« Noch während die Gefechtsalarmsirenen heulten, hatte Laucke schon von seiner Auszeichnung geträumt: »Das riecht nach Beförderung, Lenk, das riecht verdammt nach Beförderung. Nach solchen Manövern gibt es in der Regel eine Auszeichnungsausschüttung.« Aber Krüger hatte die letzte Hoffnung, noch in diesem Jahr befördert zu werden und sich den Oberleutnantspickel auf die Schulterstücke setzen zu dürfen, zunichte gemacht.

Oberst Kalt hatte sich vor der Truppe aufgepflanzt. In seinen schweren, etwas bleichen gichtigen Händen hielt er ein kleines blaues Schächtelchen. Als er Krüger dann das Abzeichen für gute Leistungen in der militärischen Ausbildung an die Felddienstuniform heftete, war Henrik baff. Was war denn hier passiert? Krüger bekam die Kratzerplatte, ausgerechnet Krüger?

»Weeßte, det war wie Räuber und Pupe«, beugte sich Mischke zu dem staunenden Henrik.

»Also wir mussten uns ranschleichen, weeßte, wie die Räuber an die Pupe, und dann haben wir auf die Roten geschossen und die Roten haben auf uns geschossen, und dann sin wir mit einem mageren ›Hurra!‹ nach vorne jestürmt und sollten die Truppenfahne erobern, die Oberfähnrich Lenk fest umklammert hielt, natürlich wollte Stadlmair unbedingt das Ding als Erster zu fassen kriegen, also ist der mit Ellenbogen und allet, wat er hatte, mir nischt, dir nischt nach vorne jestürmt, is och über Leichen und hat die Höhe, also da wo Lenk mit die Fahne stand, erklommen. Wenn die nicht mit Platzern jeschossen hätten, wär der längst dod, wenn de mich fragst, und wie der also der Fahne zum Greifen nahe is, da kommt plötzlich wer ausm Hintergrund, jantz ruhig und jelassen?«

Mischke schaute Henrik triumphierend an, wie ein Cowboy beim Pokern, der gleich ein Ass aus dem Ärmel zieht: »Der Krüger! Und der nimmt die Fahne an sich, einfach so, der Krüger, da brat mir einer nen Storch, wo der jetzt herkam, keener weeß dis.«

Henrik schaute auf Krüger, der da stand mit seinem Orden, und dessen mächtiger Körper so angefüllt mit unterdrücktem Lachen war, dass er kurz vor der Explosion stand. Die Sonne war untergegangen und die Soldaten humpelten zu den bereitgestellten W50. Da stellte Traubewein die entscheidende Frage: »Sag mal, Henrik, wo ist eigentlich deine Waffe?«

Es trug nicht gerade zur Stärkung von Henriks Popularität bei, dass die gesamte Kompanie kehrt machen, den ganzen Weg zurückhumpeln und den Flussrand mit Taschenlampen absuchen musste. Todmüde, schwerstgenervt durch die Schwellungen und Blasen, die jeder an seinen Füßen trotz Fußlappen und ähnlichen Vorsorgemaßnahmen hatte.

Lichter tanzten am Ufer des Flusses. Im Schein einer Taschenlampe stand IN ALLER RUHE Henriks Panzerfaust. Noch immer da, wo er sie vergessen hatte, am knorrigen Baum.

»Ich hab sie, ich hab sie, Genosse Hauptmann, ich hab sie«, Stadlmair riss die Waffe an sich wie eine Mutter ihr verlorenes Kind und apportierte sie Hauptmann Stummel. Dieser sagte nur einen Satz zu Aurich: »Morgen schleifen Sie den Genossen Heidler, bis er lernt, was es für einen Soldaten heißt, seine Braut stehen zu lassen.«

Er hatte tatsächlich Braut gesagt.

22

Es war Samstagnachmittag, kurz nach Dienstschluss. Am Freitagabend, als das Manöver zu Ende und alle wieder zurück in der Einheit gewesen waren, die Waffen und Soldaten geputzt und die Blasen gekühlt, waren alle sofort eingeschlafen, doch am nächsten Tag nach dem großen Reinemachen, wollten sie nun doch alle Krügers Geschichte hören, die jetzt schon unter den Soldaten im gesamten Objekt zu Mutmaßungen und damit zur frühzeitigen Mythenbildung geführt hatte. Der lebende Mythos saß auf seinem Bett und sprach zu seinen Jüngern:

»Wahrlich, ick sage euch, wenn ick eine Tür sehe, muss ick die uffmachen, das ist, wie wenn ick eine Flasche Bier sehe, da muss ick die uffmachen und dit muss rin.«

Krüger schaute zum Fenster hinaus, von wo aus man sehen konnte, wie Aurich einen Soldaten in Vollschutz über den Appellplatz schliff. Alle aus der Bude hatten sich um Krügers Bett versammelt, nicht einmal die EKs waren sich zu schade und lauschten der unerhörten Geschichte.

Während Henrik durch den Wald irrte, dachte Krüger, klappt doch, als er merkte, wie schön frei es sich atmen ließ, und nicht ohne Schadenfreude hörte er, wie die anderen Blödmänner keuchten, als hätte man ihnen Kissen auf die Gesichter gedrückt. Tja, dachte Krüger, man muss sich eben seine kleinen Privilegien selber schaffen.

Doch dann beschlugen seine Gläser von innen und auch

Krüger verließ den befohlenen Weg und verirrte sich. Mit einem lauten »Scheiße!« riss er sich die Maske ab, setzte sich und nahm seinen Kaugummi, den er vorsorglich in das Silberpapier zurückgewickelt hatte, heraus und kaute erst mal eine Runde. Dann schaute er sich um. Rechts: Wald. Links: Wald. Hinter ihm: Wald. Vor ihm: Wald und, man glaubt es nicht: eine Tür. Getarnt mit einem Tarnnetz.

Eine Tür. Krüger dachte kurz nach. Eine Tür im Wald, ist ja merkwürdig. Und dann watschelte er auf diese Tür zu.

Na, die wird doch nicht offen sein, dachte er, und drückte die Klinke nach unten. Quietschend öffnete sich die Tür und Krüger schaute, nachdem er sich an die Dunkelheit gewöhnt hatte, direkt in die Mündung einer Kalaschnikow und hörte den Klassiker:

»Hände hoch oder ich schieße!«

Krüger hob seine Hände hoch und ließ sich abführen.

»Also ick kieke in den Lauf von der Kalaschnikow und denke, man, da drin isset ja so dunkel wie in Aurichs Arschloch ...« Alle lachten und erhoben ihre Tomaten, die Mischke während Krügers Erzählung verteilt hatte.

»Und eine für Henrik«, sagte Mischke liebevoll und legte die größte Tomate auf das leere Bett über Krüger. Dann stießen sie mit den Tomaten an, als seien es Gläser. In die Tomaten hatte nämlich Mischkes Moppelchen, die mit richtigem Namen Mandy Mopp hieß, mit einer Spritze Wodka hineingefüllt, sodass der Alkohol trotz der strengen Paketkontrollen doch noch sein Ziel erreicht hatte.

»Bloody Mary, nature«, lachte Mischke, und alle zutschten an ihren Tomaten, was ein ziemlich ekliges Geräusch ergab. Stadlmair verließ die Bude. Er hatte genug gehört. Schließlich hatte er die ganze Zeit, da er Krüger ertragen musste, auf diesen Moment gewartet. Und Stadlmair ging direkt zum UvD, der seinerseits Lenk und Laucke benachrichtigte, die es dann

Hauptmann Stummel berichteten, der danach eilig über den Appellplatz, vorbei an dem schwitzenden Henrik, schritt und sich bei Oberst Kalt anmelden ließ. Stadlmair hatte Krüger verraten und kein schlechtes Gewissen.

Noch wusste Krüger nicht, dass seine Stunden, auf jeden Fall die glücklichen, gezählt waren. Jetzt saß Krüger noch mit dem abgezutschten Rest seiner Tomate in der Hand auf seinem Bett und berichtete von seinem Abenteuer. Er hatte gerade eine lange Kunstpause gemacht, doch als Schröder ihm vor Neugierde fast an die Kehle ging und Traubewein vor Müdigkeit fast abkippte, musste er einsehen, dass Geschichtenerzählen auch etwas mit Timing zu tun hatte.

»Da war ick wohl in einen Bunker geraten, also son Ort, von dem keiner wat weiß. Da waren Duschen in den Ecken, wo Soldaten geduscht und abgespritzt wurden, wahrscheinlich entseucht oder so, und überall hohe Tiere, eines höher als det andere. Da waren Schulterklappen, Mann, Alter, die hab ick mein Leben nicht zu sehen bekommen. Also det muss ick euch mal jenauer erzählen ...«

Und während Krüger erzählte, wurde Henrik über die Sturmbahn gehetzt.

Aurich war unerbittlich: »Wenn wir mit dem Elementetraining fertig sind, dann gehen wir noch in den Luftschutzkeller und üben Schutzmaske anlegen.«

Eigentlich war es ja auch eine Strafe für Aurich, dachte Henrik. Hier den ganzen Abend rumhängen, kann ja auch nicht so schön sein. Dieser Gedanke verschaffte Henrik in gewisser Weise Genugtuung. Ein Gefühl, das sich wohl auch in seinem Gesicht zeigte, wenn man es sehen konnte, und das konnte man nur, wenn es gerade nicht von der Schutzmaske bedeckt war, die Henrik alle zehn Sekunden auf- und absetzen musste. Jedenfalls bemerkte Aurich, dass da irgendetwas Schönes in Henrik vorging, das sich seiner Kontrolle entzog.

»Mensch, Henrik, ich muss das hier mit dir machen, dass du mich nicht falsch verstehst. Aber morgen können wir uns nach Dienstschluss mal treffen und 'n bisschen über Proust quatschen.«

Henrik war wieder auf Ausgangsposition gegangen und wartete auf das Kommando.

»Gas«, rief Aurich, und Henrik tat sich die Maske wieder vors Gesicht und dachte: Leck mich.

Es war kurz vor der Nachtruhe, als Henrik endlich ins Bett kam. Er war müde. Krüger rauchte seine Betthupferlzigarette. Die Rauchschwaden zogen nach oben und mit dem Rauch kamen Krügers Worte, die sich nun flüssiger und minimalistischer auf die Schnur einer Erzählung fädelten. Währenddessen lagen die anderen ermattet in ihren Betten. Das Manöver steckte ihnen noch in den Knochen.

Die übliche Polyphonie von Schnarchgeräuschen bildete den Hintergrund zu Krügers haarsträubender Geschichte, die Henrik nur so halb mitbekam, weil auch er bereits in seinem Zwischenreich angekommen war.

»Ein richtiger Bunker, untertage, mit allem Drum und Dran, voll auf Neon, mit technischem Nau Hau vom Feinsten.« Krüger drückte seine Zigarette am Untergestell seines Bettes aus, und da er merkte, dass Kunstpausen in der Geschichte keine Wirkung mehr erzielten, und auch weil er fürchtete, seine Zuhörer noch vor der eigentlichen Pointe an den Schlaf zu verlieren, fuhr er diesmal flüssiger fort: »Überall Gänge, in alle Richtungen, Henrik, verstehste? Der janze Wald ist unterwandert von Gängen, und es ging immer tiefer runter und ick dachte mir, wenn hier nich der Führer och schon jewesen ist, also, ick will dich nicht uff die Folter spannen, weeßte, wat ick entdeckt hatte? Den Führungsbunker!!! Also nicht Führerbunker, sondern FührUNGSbunker, verstehste!«

Von Henrik kam keine Reaktion mehr, obwohl er die Geschichte durchaus spannend, ungewöhnlich und verfilmenswert fand, konnte er gerade nicht die nötige Konzentration aufbringen, denn seine Gedanken schweiften immer wieder ab zu ihr. Nur noch dann und wann, aus weiter Ferne, schien das Bild eines Mädchens auf: Es stand an der Weide im Erpetal an der Erpe an der Blumenwiese und wartete auf … ihn?

So wie bei einer Überblendung ein Bild ins andere übergeht, tauchte das Bild des anderen Mädchens auf und schien ihn zu locken: Namen gibt's beim zweiten Mal! Die Sonne, das Gegenlicht, ihre Brüste, ihr schmaler, schlanker Körper, ihre sinnlich fordernden Lippen und ihr schöner, kleiner, runder, apfelgleicher Arsch, der, als sie wegrannte, nicht so ungeführt und ziellos hin- und herschwappte wie bei anderen Frauen, die beim Rennen immer aussehen wie übermütige Schwuchteln. Gerade und die Balance haltend schwebte dieses runde Wunder über die Wiese wie ein Pass von Gerd Müller, präzise und zielbewusst, aber auch weg von Henrik, dem sich ein stummer Schrei aus der Tiefe seines Bauches entwand. War das jetzt ein Samenkoller, der hier wohl jeden irgendwann ereilt, oder LIEBE?

Ja, natürlich Liebe, dachte Henrik und bemühte sich einzuschlafen, um von DIESEM Mädchen zu träumen, von ihren blonden Haaren, ihrem merkwürdigen Dialekt und diesen Augen. Deswegen konnte er jetzt mal gerade nicht auf Krüger reagieren, auch wenn Krüger sich darüber ärgerte.

Krüger stoppte beleidigt seine Erzählung. Jetzt merkte er, dass er auch ganz schön müde war, und dämmerte in eine Geschichte hinein, in der es irgendwie um ganz viele Frauen ging.

Und so schwirrten die Träume umeinander wie ausgeworfene Angelschnüre im Meer und verfingen sich in der Dunkelheit.

Mischke träumte von seinem Dorf Windischholzhausen, das er nun seit Monaten nicht gesehen hatte, und der Frau, die sein Herz besaß, aber auch seine Verbindung zur Welt der Genüsse darstellte. Genuss war für Mischke nicht nur einfacher und unkomplizierter Geschlechtsverkehr, sondern auch zum Beispiel, äh, »wie ein Schwein, gezüchtet zum Verzehr und aufjeteilt in leckere Zonen des Geschmacks, weeßte, mit dem zarten, feinfasrigen Fleisch, weeßte.« Er träumte vom Bolli, mit dem der Sau das Licht ausgeblasen wird, und von der Blutwurscht in Säckchen aus Naturdarm. Er träumte von einem Picknick mit Moppelchen am Rande des dorfeigenen Fußballplatzes, wo der TSC Windischholzhausen gegen FC Hausnienwohld spielte und während sich ihre gewaltigen Körper ineinander verfingen und ihre Lippen sich in einer Orgie aus Blutwurst, sauren Gurken und Obstwein aneinander saugten, schoss der TSC Windischholzhausen das erste Tor seiner Geschichte.

Traubeweins Schlaf dagegen war unruhiger. Um ihn kreisten die Gestalten und ballten sich zusammen zu einem einzigen großen Vorwurf, der aussah wie eine mutierte Motte, die mit ausholenden Flügelbewegungen auf ihn zuflog und aus deren nach Schwefel riechendem Fratzengesicht die Worte in seine Seele drangen: »Warum bist du hier?«

»Weil ich schwach und feige bin«, kam es so klein zurück, als würde er als Fliege an der Decke hängen. Tatsächlich, jetzt spürte er, dass es wahr war. Traubewein hing mit dem Rücken nach unten an der Decke und eine Riesenfliegenklatsche, wusch, zertrümmerte sein weiches Rückgrat.

»Und das kommt von Gott, du Weichei«, kam es mit furchtbarer Stimme aus dem unbekannten Reich, und Traubewein war nur noch ein Fleck, der nach Angstschweiß roch.

»Oh ja, sie haben Recht, du bist kein Christ. Christen lassen sich von Löwen zerfleischen, du aber, Traubewein, du bist nicht da, wo du hingehörst, sondern dienst ihnen, den Atheisten, den Materialisten, Traubewein, du bist schlecht.«

Traubewein wälzte sich im Bett. Auf seinem Kopfkissen ein Büschel Haare, die ihm ausgefallen waren.

Niemand bemerkte, wie sich etwa um die Geisterstunde die Tür zur Bude leise öffnete und jemand das Zimmer betrat. Es war Stadlmair, der, ein Handtuch über seinen feuchten Haaren, auf Zehenspitzen zu seinem Spind hüpfte, um sich dort noch einen kräftigen Bissen Schokolade zu gönnen, die er sicher vor den gierigen, ausgehungerten Augen seiner Mitbewohner gelagert hatte und die er sich nun derartig schnell in seinen Mund schob, dass sie ihm niemand mehr hätte wegnehmen können. Stadlmair empfand zum vierten Mal Glück. Das erste Mal, als er die Panzerfaust fand, das zweite Mal, als er Krüger verriet, das dritte Mal, als er sein geheimes Bad nahm, und das vierte Mal jetzt, als die Schokolade der Marke Crack weich in seinen Mund floss und die Ränder seiner Lippen bräunlich einfärbte, als hätte ihn ein Arschloch geküsst.

»Das ist schön.«

Dann ging er zu Bett und schlief ein. Er träumte mal wieder nichts, er hatte keine Träume.

23

Es war Sonntag und Henrik saß schlecht gelaunt auf einem Hocker und sah zu, wie Krüger sich seine Ausgehuniform bügelte. Krüger war der Erste, der tatsächlich Ausgang erhalten hatte. Er war schließlich der Beste der Kompanie, aber nicht deswegen war Krüger stolz, sondern weil er es auf die merkwürdigste Art geschafft hatte, und so erzählte er Henrik ein weiteres Mal sein Abenteuer.

»Die Kalaschnikow war immer noch auf mich gerichtet von zwei jungen Offiziersschülern, die ihre Aufgabe sehr ernst nahmen, verstehste ...« Dieses »verstehste« von Krüger ging Henrik heute besonders auf die Nerven, und während er überlegte, ob er Krüger nicht bitten sollte, mal ein anderes Wort als Brücke über unwillkommene Pausen zu verwenden, zog sich Krüger seine Hose an und strich prüfend über die Bügelfalte.

»Verstehste, Henrik, die hätten mich glatt weggeballert, wenn ick nur jeschnauft hätte, hab ick natürlich nich, sondern mich brav abführn lassen, und wat ick da jesehen hab, das hat mir glatt die Sprache verschlagen. Da unten war mächtig was los, lauter Dr. Seltsams, irre beschäftigt, an großen Karten und Leuchttischen, Nachrichten wurden durch kleine Schlitze in den Wänden gereicht und über die Gänge getragen und Soldaten in Vollschutz wurden abgespritzt mit Wasserschläuchen in so genannten Schleusen, dann wieder neu eingekleidet. Das alles schien sehr geheim zu sein, total geheim, ick meine so geheim, dass da nur Offiziere ab Fähnrich aufwärts ooch einfache Dienste verrichteten, wie Wache und so, und wie wir also auf einen Raum zugehen, der irgendwie ne total wichtige Ausstrahlung hatte, öffnete sich mir rechter Hand eine Tür und ick sehe verschiedene Uniformen aus verschiedenen Ländern des Ostblocks. Hohe Tiere, also Tagesäcke, Chinesen, Ungarn, Russen natürlich und weeßte, ick könnte mich och irren, aber ick gloobe, Fidel Castro war auch da.«

»Wer?«, fragte Henrik vorsichtshalber nach.

»Na Fidel Castro, der aus Havanna, verstehste.«

Henrik war jetzt wirklich sauer, denn ab nun glaubte er Krüger kein Wort mehr.

»Ja, ich verstehe, du Spinner, aber glauben tue ich dir kein Wort.«

Krüger musste lachen: »Das verstehe ich nun wieder gut, mein Freund, denn was ich erlebt habe, das ist nun mal einzigartig.«

Jetzt musste auch Henrik lachen.

»Mein Abenteuer war nicht minder einzigartig«, sagte er.

»Kannste ja gleich erzählen, aber hör erst meine Geschichte zu Ende, denn jetzt kommt die positive Wendung.« Und während Krüger sich die Hosenträger überstreifte und seine blütenweiße Kragenbinde aufbügelte, fuhr er mit seiner Geschichte fort.

»Wie gesagt, da unten war viel los, überall waren Monitore und in einigen konnte ich sehen, was oben los war, da hab ich auch unsere Einheit gesehen und wie Hauptmann Stummel sie zum Angriff sammelte, und obwohl ja alle in Vollschutz waren, konnte ich sogar Mischke erkennen, ich meine, den erkennt man ja immer. Und in anderen Monitoren waren die laufenden Fernsehprogramme des Westfernsehens zu sehen, in einem lief die Tagesschau, und dann waren da drei Uhren mit der normalen Zeit, der Moskauer Zeit und einer Zeit, die sie X-Zeit nannten, und dann waren da diese überirdisch hohen Tiere. Ein General kam direkt auf mich zu und sprach ganz ruhig mit mir, verstehste, der hatte so viel Macht, dass er nicht brüllen musste.«

Krüger stellte seine Stimme abwechselnd auf einen tiefen Bass und dann wieder auf seine normale Stimme um, was ein wenig albern wirkte, weil Krüger nicht gerade eine Schauspielerbegabung war.

»Genosse Soldat, was machen Sie denn hier?«

»Genosse General, ich melde, ich hab mich verlaufen.«

»Sie wissen, was das hier ist, Genosse Soldat?«

»Nein, Genosse General, das weiß ich nicht.«

»Dann haben Sie das hier auch nicht gesehen, ist das klar?«

»Klar, Genosse General.«

»Und dann führte mich ein anderes hohes Tier durch die verschiedensten Gänge, vorbei an einer ganzen Fernmeldestation, Mannschaftsräumen und einem Billardsaal, zu einer Tür. Dann mahnte er mich noch einmal, niemandem etwas davon zu sagen, öffnete eine Tür, und ich stand plötzlich hinter der Front, direkt hinter der Front, genau da, wo die Fahne stand. Und so eroberte ich die Fahne, bekam die Auszeichnung und darf nun in Ausgang gehen, und du kannst dir ja vorstellen, wo ich hingehen werde: in die Quisisana, alles klar?«

Die Tür wurde aufgerissen, Aurich stand plötzlich vor Krüger. »Genosse Krüger, zum Chef, und zwar schnell, und Genosse Heidler, warum Sie hier noch rumgammeln, ist mir ein Rätsel, Sie haben in zehn Minuten Wachdienst.«

So endete der Sonntag. Henrik ging auf Wache, und Krüger kam nicht in den Ausgang, sondern in den Arrest.

Von der Zelle, die im gleichen Gebäude lag wie der Kontrollpunkt und das Besucherzimmer, konnte Krüger Henrik auf dem Wachturm sehen und den frühlingshaften Himmel, der langsam ins Nachtblau wechselte. Einige Kraniche, die über Henriks Wachturm hinwegzogen, schienen wie die düsteren Vorboten von Unheil, das so sicher auf ihn zukam wie das Amen in der Kirche.

Krüger machte sich keine Illusionen darüber, dass es dicke kommen würde. Er saß in einer Fünf-mal-fünf-Meter-Zelle und beobachtete einen kleinen Vogel, der auf das Fensterbrett kackte. Er hatte ja nicht nur seine Schutzmaske manipuliert, sich von der Truppe entfernt, nein, er hatte ein Militärgeheimnis verraten und nicht irgendeines, jedenfalls hatte sich das alles wie ein Lauffeuer in der Kaserne ausgebreitet und jeder wusste nun etwas über einen Führungsbunker im Wald, der streng geheim war. In Gedanken daran musste Krüger wieder lachen.

O. K., sein Leben war bisher kein Zuckerschlecken gewesen, aber er war er selbst geblieben, er war Krüger, der geradeaus durchs Leben lief, und irgendwann, dachte Krüger, wird der Zeitpunkt kommen, wo der Krüger Recht behält. Krüger war kein Philosoph, aber seine Intuition konnte, präzise wie ein Vergrößerungsglas, die Ungerechtigkeit dieser Welt deutlich erkennen. Und während die Sonne am Himmel unterging, stellte er sich vor, wie er mit einer Winchester 73 in diesen Sonnenuntergang fuhr und niemand es schaffte, ihn von seiner Harley zu schießen.

Als Henrik an diesem Sonntag Wache schob, wusste er noch nicht, dass Krüger im Arrest saß und darauf wartete zu erfahren, welche Strafe man sich für ihn ausgedacht hatte.

Auch Henrik sah die Kraniche, es waren ja eigentlich Krähen, aber keiner hatte hier derart präzise ornithologische Kenntnisse, außerdem waren Kraniche dramatischer und nicht so alltäglich, und Henrik deklamierte kurz »Die Kraniche des Ibykus«:

»Des Ibykus, den wir beweinen,
Den eine Mörderhand erschlug!

Was ists mit dem? Was mag er meinen?
Was ist mit diesem Kranichzug?

Doch dem (jetzt kam seine Lieblingsstelle) war kaum das Wort entfahren, möcht ers im Busen gern bewahren.«

Henrik hatte heute doppelten Wachdienst. Die Strafen für die vergessene Waffe würden sich noch über die ganze Woche hinziehen. Dass man ihm Ausgang und Urlaub gestrichen hatte, tat nichts zur Sache, denn was man sowieso nie hatte, kann einem eigentlich nicht weggenommen werden.

Es war ihm auch nicht so schlimm vorgekommen, beim Morgenappell vor die Truppe treten zu müssen und sich von Oberst Kalt anschreien zu lassen, denn sein Leben hatte jetzt einen Inhalt bekommen. Er musste zu ihr.

Aurich hatte ihn danach auf seine Bude bestellt und ihm Vorhaltungen gemacht. Von FDJler zu FDJler sozusagen.

»Mensch, Henrik, das ist doch gar nicht deine Art so was, denkste, ich weiß nicht, dass du dich wie ein Dieb eingeschlichen hast? Oder denkste, ich bin blöd? Wie ist wohl deine Panzerfaust an den Baum gekommen, so weit weg von uns? Henrik, wenn du dich an den Krüger hältst, bist du verloren, verstehst du. Ich habe das für mich behalten, aber beim nächsten Mal bist du wirklich dran, wirste sehn.«

Henrik war sich im Klaren darüber, dass er sich etwas einfallen lassen musste, um hier rauszukommen. Denn er musste sie suchen, das Mädchen finden, das er da unter Hunderten von Frauen, am Frauentag, an der Mulde getroffen hatte und das ihm seinen Namen nicht hatte sagen wollen.

Der Mond schickte sein Licht durch das Einschussloch und erinnerte ihn an den liebeskranken Soldaten.

Und Henrik fragte sich: Müssen Geschichten immer schlecht ausgehen? Schließlich war er ja irgendwie glücklich. Er war verliebt, hatte ein Ziel, für das es sich zu leben lohnte, und deshalb wollte er nicht auf so einem Wachturm stehen mit so einer tragischen Geschichte, und deshalb schrieb er die Geschichte vom unbekannten Soldaten um, wie sie wirklich war oder wie er sie gerne gehabt hätte, was am Ende für eine wirklich gute Geschichte ohne Belang ist.

24

Nach mehreren Versuchen, den Lauf an verschiedene »todsichere, haha« Stellen seines Kopfes zu halten, ertönte das metallene Geräusch der Kalaschnikow, das einige Spatzen aufscheuchte. Ein Schuss ging los, die Kugel durchschlug das Dach des Wachturms und zog eine Feuerspur in den Himmel, wo sie das Schicksal eines Menschen bestimmte, der danach sein Glück fand.

Aber zunächst stand der unbekannte Soldat da, ging in sich und war schließlich froh, dass er nicht tot war. Er begriff, dass es sich nicht gelohnt hätte, tot zu sein. Der beste Freund, der ihm das Mädchen weggenommen hatte, war nicht sein bester Freund, das Mädchen hatte ihn nicht geliebt, warum also für etwas sterben, was er gar nicht besessen hatte. Er fühlte sich plötzlich albern in seinem Zorn und in seinem Selbstmitleid und er beschloss, sich bei nächstbester Gelegenheit wieder zu verlieben. Während er dies dachte und sein ganz persönliches Happyend fand, passierte über ihm am Himmel etwas, das sich seinem Blick entzog.

Eine MIG war auf Erkundungsflug gewesen und auf dem Weg zurück ins Basislager, da durchschlug die Kugel den Tank und brachte das Flugzeug zum Explodieren, was der Pilot aus einer sich rasant vergrößernden Entfernung beobachten konnte, denn er hatte sich mit seinem Schleudersitz gerettet. Nachdem er den Sessel unter sich abgekoppelt hatte, öffnete sich sein Fallschirm, und während er langsam zur Erde schwebte, sah er unter sich die Häuser des Städtchens erleuchtet, wie die Häuser seiner Modelleisenbahn, die er als Kind besessen hatte. Und sein Wunsch, in einem dieser erleuchteten Fenster seine Liebe zu erblicken, den Hof zu bestellen und Kinder zu zeugen, war so groß, dass er es kaum erwarten konnte, den Erdboden zu erreichen.

Als er auf einer Wiese landete, blieb er noch eine Weile im Weich der Fallschirmseide liegen, die sich um ihn bauschte wie ein Wolkenbett, sah zu den Sternen auf, und er, der nur das Brüllen der Vorgesetzten und der Motoren seiner Jagdbomber kannte, genoss die Stille um ihn herum.

Er wusste nicht, ob sein Ohr ihn täuschte, denn längst schon hatte er einen Hörschaden durch den Lärm seiner Maschine, aber er vernahm ein Geräusch. Es war ein Schluchzen, das an sein geschädigtes Ohr drang. So erhob er sich, versteckte seinen Fallschirm, wie er es gelernt hatte, und bewegte sich in Richtung Schluchzen. Wie er eine Böschung hinaufkam und ins Tal blickte, sah er seine MIG, die mit der Spitze im Dach einer Scheune steckte, und die Scheune brannte in der einsamen Landschaft. Nur das Knistern des Feuers, das sich durch das morsche Holz schmatzte, und das Weinen waren zu hören.

Ein Mädchen saß im Nachthemd inmitten merkwürdigerweise schweigender Gänse und wiegte etwas in ihren Armen wie ein Baby, und als der Soldat näher kam, sah er, dass es eine tote Gans war.

Der Pilot sprach tröstende Worte, dann nahm er ihre Hand, Stunden vergingen, bis sie sich schließlich küssten, Wochen vergingen, da heirateten sie. Ein Jahr sollte vergehen und das erste Kind wurde geboren, nach zwei Jahren sprang es über den schönsten Hof, den man in dieser Gegend je gesehen hatte. Und wenn sie nicht gestorben sind, dann leben sie noch heute, der Pilot und sein Gänselieschen.

25

Das Rühren in den Kaffeetassen hatte keinen gemütlichen Klang mehr. Im Gegenteil, die Aluminiumlöffel schlugen laut gegen die Keramiktassen und die Runde schwieg schicksalsergeben. Oberst Kalt hatte zuvor mit der Faust auf den Tisch gehauen. »Genossen, wir sind ja selbst schuld.« Dann hatte er sich auf seinem Drehstuhl von dem Tisch weggeschraubt und aus dem Fenster gestiert, von wo aus man die Einheiten vom Mittagessen zurückkommen sah.

Sie sangen die üblichen Lieder, doch diesmal konnte Oberst Kalt die verfehlten Töne genau hören, und er bedauerte zutiefst, dass er dem Einstudieren der Gesänge nicht größere Aufmerksamkeit gewidmet hatte. Er beschloss, den Dienstplan zu überprüfen.

Dann schraubte er seinen Stuhl wieder zurück und blickte in die Runde, gedankenschwer und streng. Futterknecht fummelte am Saum der gelblichen Tischdecke und hoffte, nicht angesprochen zu werden. Er hatte von Anfang an gewusst, dass dieser Krüger Ärger machen würde, und nun hatte er keine Lust, an der Bestrafungsdiskussion teilzunehmen. Eigentlich hatte er sowieso keine Lust mehr, ihn befriedigte das alles nicht, er wäre gerne Museumsdirektor geworden. Ich würde sogar, dachte er, ab und zu eine Führung machen, an Feiertagen oder so, wenn die Belegschaft freihat, und er träumte sich weg von diesen ungehobelten kulturlosen Banausen wie Lenk und Laucke, Hauptmann Stummel und Oberst Kalt. Er saß im alten Museum in Berlin und sprach zu den Besuchern: »Dies ist die Venus von Milo, deren Hintern so ebenmäßig und marmorn ist, dass man ihn lebenslang berühren und liebkosen möchte.« Futterknecht bekam eine Erektion. Aha, dachte er, Marmor macht mich also geil, und hoffte, dass jetzt kein »Achtung« oder ein ähnliches Kommando käme, was ihn zum Strammstehen zwänge und damit in eine Situation brächte, die er nicht erklären konnte und im Prinzip auch nicht wollte.

Oberst Kalt aber rechnete schon lange nicht mehr mit Futterknecht, darum wendete er sich an Hauptmann Stummel: »Was machen wir mit Krüger?«

»Kurzen Prozess«, antwortete Stummel sofort und sicherheitshalber.

Oberst Kalt verzog schmerzvoll das Gesicht: »Sollen wir die Geschichte wirklich an die große Glocke hängen?«

Stummel war in seinem Element. »Wir müssen handeln, wenn wir nicht handeln, verlottert uns der ganze Haufen«, sprudelte es eifrig aus ihm heraus.

»Sie wissen«, mahnte Oberst Kalt, »dass ich kein Aufsehen wünsche.« Alle nickten. »Dass ich die Dinge gerne intern löse.« Alle nickten.

»Ein Mann in Schwedt pro Jahr reicht.« Jeder hier im Raum wusste, was Oberst Kalt damit sagen wollte. Die Kasernen standen miteinander im Wettstreit, beste Kompanie des Jahres zu werden, und Oberst Kalt war scharf auf jeden Titel, den er für seine Kompanie bekommen konnte.

»Was machen wir denn dann mit ihm?«, hakte Oberfähnrich Lenk nach, einfach nur, um auch mal was zu sagen.

»Wir müssen ein Exempel stationieren«, sagte Futterknecht lustlos, der in Gedanken auf großen Pantoffeln über spiegelndes Parkett durch einen Saal glitt und glücklich Pirouetten drehte.

Leutnant Laucke zwinkerte: »Wir könnten ihn degradieren.« Begeisterung kam auf, man hielt das für eine wirklich gute Idee, bis Hauptmann Stummel zu bedenken gab, dass der Soldat Krüger noch gar nicht befördert war und dass es daher schwer möglich sein würde, ihn zu degradieren.

»Ist ja gut, Genosse Hauptmann«, hatte Oberst Kalt Stummel unterbrochen und Futterknecht ergänzte, »Sie müssen uns nicht immer Ihre Überlegenheit unter die Nase binden.« Das Thema Degradierung war damit erledigt und es mussten andere Lösungen gefunden werden, wenn ein Marschbefehl nach Schwedt für den Soldaten Krüger nicht in Frage kam.

»Verrat von militärischen Geheimnissen, da steht normalerweise Erschießen drauf«, versuchte Stummel noch einmal.

»Erschießen?« Leutnant Laucke klang entsetzt und er zwinkerte noch heftiger.

»Ich wollte doch nur die Größe des Vergehens nochmal darstellen«, verteidigte sich Hauptmann Stummel und setzte sein Gesicht »Ausdruckslos« auf.

Dass es so einen Bunker gibt, lachte Futterknecht in sich hinein, wer hätte das gedacht, ich bin jetzt schon zwanzig Jahre dabei, aber von dem Bunker habe ich nichts gewusst. Er schüttelte den Kopf, und dies tat er noch eine ganze Weile, während Oberst Kalt das Wort ergriff: »Ich, Oberst Kalt, entscheide ...«

Während die Kaffeerunde stattfand und Krüger im Arrest auf sein Urteil wartete, überlegte Henrik, wie er aus dem Scheißladen rauskommen könnte, ohne erwischt zu werden oder zu Schaden zu kommen. Es schien dafür keine Lösung zu geben.

Und dann war es auch gar nicht so leicht, wenn nicht sogar unmöglich, dieses Mädchen wiederzufinden. Er wusste ja noch nicht mal, wie sie hieß. Henriks Euphorie ging über in Verzweiflung.

26

Es ging auf den 8. Mai zu, den Tag der Befreiung, und es war nach langer Zeit wieder ein rosa Brief gekommen. Ein Brief von Eva. Henrik fegte die Regimentsavenue, schön langsam, denn früher fertig zu werden hätte sowieso keinen Vorteil gebracht, nur dass Henrik für eine andere Arbeit eingeteilt worden wäre. Ihm war diese monotone, gleichförmige Arbeit ganz recht, denn dabei konnte man schön in sich ruhen und unbehelligt seinen Gedanken nachgehen. Und Henrik hatte viel zu denken, weswegen er auch keine Störung gebrauchen konnte. Der rosa Brief steckte ungeöffnet in Henriks Beintasche, da hatte er ihn zwischengelagert.

Es war nicht wie sonst. Henrik empfand nicht dieses Kribbeln und Magensausen. Er hatte auch nicht das dringende Bedürfnis, allein zu sein, nur er und Evas Brief. Das Gefühl, das er jetzt empfand, war irgendwie fad. Ehrlich gesagt konnte er sich nicht einmal mehr so genau erinnern, wie Eva aussah. Klar, rothaarig, aber wie war der Ausdruck ihrer Augen und ihrer Lippen? Augen grün? Lippen voll oder mehr schmal und wie groß war Eva? Henrik erinnerte sich nicht mehr.

Also hatte er den Brief in seine Beintasche getan und sich gedacht, den kann ich später ja auch noch lesen, und mechanisch weitergefegt. Ich kann glücklich sein, hier zu fegen, dachte sich Henrik, aber was macht Krüger?

Oberst Kalt hatte beschlossen, Krüger mehr oder weniger verschwinden zu lassen. Im Keller gab es eine Lackiererei, und in diese Lackiererei steckte man Krüger, der zunächst gar nicht traurig darüber war.

Oberst Kalt hatte sich diese Entscheidung schwer abgerungen. Wenn er gekonnt hätte wie er wollte, Krüger wäre nach Schwedt abgegangen, und da hätte man ihn, da war sich Oberst Kalt hundertprozentig sicher, schon zum Soldaten hingebogen.

Aber so war Krüger fernab von allem Trubel mit dem Lackieren von Straßenschildern beschäftigt, und er gab sich den berauschenden, ja teils euphorisierenden Dämpfen und Gerüchen der Farben und Lacke hin. Wenn ihm schlecht wurde, was nach einer Überdosis schnell passieren konnte, schlüpfte er in den Vollschutzanzug, der hier wirklich gute Dienste leistete.

In der Lackiererei wurden alte Straßenschilder zunächst weiß übermalt und dann mit neuen Straßennamen versehen. Diese Sache ging auf einen so genannten Neuerervorschlag von Hauptmann Stummel zurück. Im E-Fall, wenn man in feindliches Gebiet vordringen würde, sollte man auch einige der, wie er sich ausdrückte, »scharfen Straßenschilder« gegen die vorsichtshalber mitgeführten eigenen, sozialistischen Straßenschilder austauschen. Es könne unmöglich sein, dass im Falle eines Sieges der »Konrad-Adenauer-Platz« weiter so heißen dürfe, weshalb genau für diesen Fall ein Erich-Honecker-Schild gemalt wurde. Niemand im Stab konnte sich vorstellen, eine Militärparade auf der »Straße des 17. Juni« abzuhalten. Schon beim Gedanken daran, meinte Hauptmann Stummel, würde einem das Messer in der Hosentasche aufgehen. Also wurde kurzerhand eine Abteilung »Lackiererei« geschaffen, die die Gefechtsaufgabe hatte: Bereinigung der auf imperialistische Hetze und Propaganda ausgerichteten Straßenschilder im Feindesland. Krüger bekam dafür Buchstabenschablonen und eine Liste der Straßennamen, wie zum

Beispiel »Straße der Völkerfreundschaft« oder »Straße des 7. Oktober« oder »Breschnew-Allee«.

Krüger aber war das alles herzlich egal, er war nicht mal sauer auf Stadlmair, sondern eher dankbar, als er aus dem vergitterten Fenster schaute und sah, welche ungemütlichen Arbeiten die anderen zu verrichten hatten. Bordsteine wurden mit einer weißen Linie versehen, die Grasnarben in den Rissen des Betons wurden gezupft und der Platz vor dem Kommandeurs- und dem Unterkunftsgebäude wurde mit grüner Farbe überstrichen. Der Sand um die Raucherinsel wurde geharkt und die Fenster geputzt, rote Fähnchen in Blumenkästen gesteckt, die Gulaschkanone auf den Platz gefahren, die Fahrzeuge geputzt, Lieder einstudiert, Marschieren geübt, und inmitten des ganzen Durcheinanders stand Hauptfeldwebel Futterknecht, der dies alles dirigierte wie der Zeremonienmeister Ludwigs XIV. Überall lief er herum und gab Anweisungen und gute Ratschläge. Futterknecht war selig, endlich konnte er sich mal wieder entfalten. In Anbetracht der Vorbereitungen zum 8. Mai hatte er die Gelegenheit, ein lang gehegtes Projekt zu verwirklichen: »Die Graue Wand«.

Nicht dass dieses hässliche überdimensionierte Ding irgendwo aus dem Boden hochgewachsen wäre und plötzlich dagestanden hätte, nein. Ihm war sie nur eines Tages aufgefallen. So wie einem plötzlich ein Haus in der Stadt auffällt, das da schon seit Jahrhunderten steht. Diese Wand war schon vor Futterknechts Zeit errichtet worden und stand mitten im grünen Gürtel. Keiner konnte sagen, welchen Zweck diese graue Wand vorher erfüllt hatte. Sie ragte empor, nutzlos, einsam und absurd, mitten im Nichts. Nichts verdeckend, nichts schützend, nichts zierend. Eine graue Wand, einfach so.

Hundertmal war Futterknecht gedankenlos an dieser Wand vorbeigegangen, hundertmal war nichts in ihm passiert. Doch plötzlich hatte er eine Eingebung: Er wollte dieser Wand einen Sinn geben, eine Funktion.

Nach langer Suche unter den Soldaten war er fündig geworden. Ein Soldat, der Absolvent der Kunsthochschule in Weißensee war und den es kurz vor Vollendung des 26. Lebensjahres noch erwischt hatte, zeichnete für die Genossen seiner Einheit nackte Frauen gegen Bezahlung. Je nach Kundenwunsch Dicke, Dünne, Große, Lange, Blonde, Braune, Schwarze und manchmal, je nach Geldbeutel des Auftraggebers, auch sexuelle Szenen. Seine Zeichnungen waren begehrt, weil sie naturalistisch und dem Leben nachempfunden waren. Diesen Soldaten schnappte sich Futterknecht und bestellte ihn in sein Büro.

»Können Sie so was malen?«, fragte Futterknecht, während sich sein Finger in einen Kunstdruck bohrte und einen kleinen fettigen Abdruck hinterließ.

»Aber das ist doch ein Leonardo da Vinci«, stotterte der Soldat mit trockener Kehle.

Futterknecht konnte sehr zornig werden, wenn er spürte, dass sich jemand seinen Ideen in den Weg stellte, da war er nicht anders als viele der großen Visionäre ihrer Zeit.

»Na und«, zischte er schmallippig, und sein Kinn wurde noch fliehender, als es eh schon war. »Leonardo da Vinci, nun haben Sie sich nicht so.« Dann holte er noch ein paar Prachtbände hervor und ließ eine Reihe großer Maler vor dem Soldaten auffahren und bemühte sich mit einfachen Worten, seine Idee nachvollziehbar zu machen. Van Delft und Dürer und Otto Nagel und Watteau blätterten an den Augen des Soldaten vorbei, eine kleine Zeit- und Stilreise im Zeitraffer und dazu die Anmerkungen von Hauptfeldwebel Futterknecht.

»Pferde, Sonne, Licht, all das, Sowjetischer Realismus mit einer Prise Fresko dazu, machen Sie sich mal Gedanken. Ausführung! Wegtreten.«

Am 8. Mai sollte Enthüllung sein. Nun, nach drei Monaten, war es endlich so weit. Oberst Kalt, Hauptmann Stummel, Lenk und Laucke waren von Futterknecht zur Abnahme des

Bildes, das bis dahin von einem blickdichten Tuch bedeckt war, gebeten worden.

»Na, denn zeigen Sie mal, Genosse Soldat, das Fresko!« Bei dem Wort Fresko zuckte es Oberst Kalt nervös um die Augen. Dünkel, er hat einen Dünkel, dachte er noch, dann wurde das Tuch weggezogen.

»Ist das schön«, riefen Lenk und Laucke wie aus einem Munde. Auf einer grünen Wiese unter einer strahlenden Sonne saßen Buben, die in großen Büchern lasen oder sich gegenseitig Blumen schenkten. Einer half einem Väterchen über die Straße. Eine Gruppe in Pionierkleidung sammelte Altstoffe und eine andere sang Lieder zum Lobe des Sozialismus. Im Hintergrund kamen Männer von der Arbeit, vom Felde, aus dem Büro, aus der Schmiede, aus dem Bergwerk. Alle strebten freudig einem Ziele zu. Im Vordergrund übermächtig ein Soldat auf einem Wachturm, der all das Schöne bewachte: die roten wehenden Fahnen, eine Gruppe Männer, die einen Maibaum errichtete, und eine andere in der Uniform der Kampftruppe und dann wieder Männer, diskutierend über die Probleme dieser Zeit. Die Schornsteine der Fabriken bliesen hellblaue Wolken in den Sommerhimmel und die Silhouette der Hauptstadt lockte verheißungsvoll, während ein Traktor auf dem Felde seine Furchen zog. Der Soldat, der Künstler war, hatte zwar ein schlechtes Gewissen, aber er sah das Ganze als Übung für seinen späteren Lebenslauf. Man wird sich später seine Aufträge auch nicht immer aussuchen können.

»Sehr schön«, sagte auch Hauptmann Stummel. »Und sehr begabt«, fügte er gönnerhaft hinzu.

Nun sahen alle auf Oberst Kalt, dessen undurchdringliches Gesicht noch nicht verriet, in welche Richtung der Daumen gehen würde. Hoch oder runter? Oberst Kalt schritt das Gemälde ab, als gelte es, eine Truppenparade abzunehmen. Dann ging er zu Hauptfeldwebel Futterknecht und flüsterte ihm etwas ins Ohr. Futterknecht machte ein erstauntes Gesicht, dann sagte er, nicht ohne ein Beben von Bewunderung in seiner Stimme: »Jetzt wo Sies sagen, Genosse Oberst, da sehe ich es auch …«

»Meiner Tochter würde das so nicht gefallen, haben Sie mich verstanden, Genosse Hauptfeldwebel? Ich habe keine Ahnung von Kunst, aber meine Tochter, die würde sagen, dass da was fehlt«, sagte Oberst Kalt. Dann ließ er sich zu einer neckischen Geste herab, zwinkerte Futterknecht zu und entschwand.

Futterknecht, der die Neugierde der anderen Offiziere spürte, sagte: »Der Genosse Oberst hat einen Blick, das muss man ihm lassen, da fehlt was, in dem Bild, das ist klar.«

Und in dem Moment, wo er es aussprach, sahen es auch die anderen. Es fehlten die Frauen.

Futterknecht wandte sich an den Soldaten, der schon geglaubt hatte, alles sei überstanden:

»Wo sind denn die Frauen?«

Und Hauptmann Stummel fügte hinzu: »Unsere Mütter und Ehefrauen? Die Bäuerin auf dem Felde, die Arbeiterin am Webstuhl und die Postbotin in unseren Städten?«

»Malen Sie«, ermahnte Futterknecht den Soldaten. Dann stapfte das Quartett von dannen.

Oberfähnrich Lenk wunderte sich. »Ist mir gar nicht aufgefallen, dass da keine Frauen drauf waren, dir, Laucke?«

Leutnant Laucke zuckte die Achseln. »Ich hab sie nicht vermisst«, antwortete er gleichgültig.

Der Soldat machte sich an die Arbeit, zaghaft setzte er die erste Bäuerin ins Bild.

27

»Möchte jemand ein Steak, schön durch?«, rief Mischke. Dann nahm er das Stück Fleisch vom Bügeleisen und teilte es in gleichmäßige Teile. Stadlmair machte sich gar nicht erst die Mühe, »Hier!« zu rufen, denn seit seinem Verrat an Krüger hatte niemand mehr mit ihm gesprochen. Er wurde geschnitten, wo es nur ging.

Henrik lag im Trainingsanzug auf seinem Bett. Krüger sah ein rosa Papierknäuel in den Papierkorb fliegen.

»Gut getroffen«, sagte Krüger. Und dann setzte er vorsichtig hinzu: »Der war wohl von Eva?«

Henrik antwortete nach einem kurzen Moment des Schweigens: »Eva? Wer ist Eva?«

Krüger musste lachen. Henrik hatte ihm natürlich längst von dem Mädchen an der Mulde erzählt und dass er nicht wusste, wie sie hieß und wo sie wohnte und wie er sie erreichen konnte, und das ganze Elend, das ihn umtrieb.

»Na, ich dachte nur, weil doch das Mädchen von der Mulde, du weißt ja nichts über sie, und ich dachte, lieber den Spatz in der Hand als die Taube auf dem Dach.«

Henrik schwieg wieder eine Zeit lang. Manchmal mochte er den Humor von Krüger überhaupt nicht. Krüger monologisierte weiter.

»Ich hab ja mit meiner gleich Schluss gemacht, und ich sage dir, bald bekomme ich säckeweise Post, und dann kannste auch eine abhaben. Ich meine, wenn das mit dem Mädchen mit diesem wunderbaren Arsch, das wie ein Junge rennt und so komisch spricht, das Mädchen mit dem goldenen Haar, also wenn du die nicht wiederfindest, dann gebe ich dir gerne von meinen Annoncenmädchen eine ab.« Krüger dachte kurz nach, denn es waren ja Monate vergangen, seitdem er die Annonce abgeschickt hatte, und es war noch kein Brief angekommen.

»Sag mal, Henrik, meinst du, die fangen hier die Briefe ab?«

Doch Henrik konnte sich gerade nicht mit Krügers Problem beschäftigen.

»Wenn die hier die Briefe lesen, warum sollten sie gerade die lesen, ist doch vollkommen harmlos, aber man steckt ja in deren Köpfen nicht drin.«

Dann erhob sich Krüger langsam, ging zum Bett vom Stadlmair, packte ihn am Kragen seiner Trainingsjacke und zog ihn zu sich auf Gesichtshöhe. Stadlmair schloss die Augen und stellte sich tot.

»Warum lest ihr unsere Briefe? Was habt ihr für einen Grund, meine Briefe zu lesen?«

»Lass mich los, du … du …« Stadlmair suchte nach einem passenden Schimpfwort für Krüger, den er heute noch mehr hasste als je zuvor, »vielleicht will dich ja keine, du Glatzenheini.« Krüger öffnete seine Faust und Stadlmair glitt zu Boden wie ein Putzlappen. Krüger nahm sich ein Stück Steak und stopfte es sich in den Mund.

»Du schiebst dir so was Leckeres auch nur im Unsinn unter deiner Nase rein«, bemerkte Mischke wie ein beleidigter Koch.

»Krüger, ich muss dir was erzählen«, kam es aus Henriks Ecke, »etwas Lustiges, obwohl es eigentlich gar nicht so lustig ist, aber es ist bewundernswert und doch irgendwie Scheiße.«

Krüger sprang begierig auf Henriks Bett.

»Na denn erzähl mal«, sagte Krüger, und machte es sich gemütlich. Und während Henrik erzählte, kochte Mischke Tee für alle.

Es war die Geschichte von Henriks Freund Schell und wie er auf Eva aufpassen sollte und wie sich Henrik darauf verlassen hatte, weil er doch im Rollstuhl saß, und wie er dann an seinem 27. Geburtstag aus seinem Rollstuhl aufgestanden war und verkündet hatte, er könne jetzt wieder gehen. Und wie Eva dann zu Schell gesagt hatte, sie würde ihn, Schell, schon eine ganze Weile beobachten und lieben, ob mit oder ohne Rollstuhl und auch wegen seiner inneren Werte. Und dann erzählte Henrik, dass Eva und Schell sich verlobt hatten und dass es sowieso schon die ganze Zeit gefunkt hätte zwischen den beiden. Sein ehemaliger Freund Schell war zwar ein Idiot, aber der begnadetste Simulant aller Zeiten. Und während er dies erzählte, reifte in Krüger der Entschluss, sich Schell zum großen Vorbild zu machen.

»Und wahrlich, ich sage euch«, sprach er mit einem Seitenblick auf Traubenwein, »noch vor Ablauf dieser Woche werde ich im Paradiese sein.« Und mit dem Paradiese meinte er die Quisisana. Weil die Sache mit der Annonce zu langwierig war, wollte er sich nun höchstpersönlich um das Kennenlernen einer oder mehrerer Frauen bemühen.

Zur selben Zeit irgenwo ganz in der Nähe, in ihrem Zimmer in einem Reihenhaus mit einem überdurchschnittlich gepflegten Garten lag ein Mädchen in seinem Bett und dachte an den komischen Soldaten mit der Panzerfaust, der so verwirrt ausgesehen hatte. Sie mochte es nicht, dass sie an ihn dachte. Du hast ihn nur gerettet. Sie musste still vor sich hin lachen, als sie daran dachte, wie der graue Gummisack auf dem Grund des Sees gezappelt hatte und wie sie mit Sonja kurz entschlossen in den Fluss gesprungen war, ihn an Land geschleppt und, sie musste wieder lachen, diesmal laut, ihn aus dem nassen Zeug geschält hatte. Und dann hatte die dicke Inge, weil sie die Ältere war, Mund-zu-Mund-Beatmung gemacht (wobei alle sie ermahnten, nicht immer gleich die Zunge zu nehmen).

Du sollst nicht an ihn denken, schimpfte sie mit sich selbst, das wär ja noch schöner, ich und eine Uniform. Sie knipste das Licht aus, und der Mond beschien ihr schönes Gesicht. Obwohl, ohne Uniform sah er eigentlich ganz passabel aus …

Draußen hörte sie ihren Vater, der wieder einmal die Katze suchte: »Miez, Miez, Mulle, Mulle, wo bist du denn, du kleiner Racker.« Während sie einschlief dachte sie, nichts gegen meinen Vater, aber ich muss hier raus. Und die letzten Gedanken waren, nach Berlin, nach Berlin.

»Wie willst du denn hier rauskommen?«, fragte Henrik. Krüger sagte trocken: »Plan A.« Plan A war die Sache mit der Fünf-Punkte-Simulation:

1. Über Kopfschmerzen klagen.
2. Sich zum Medpunkt schicken lassen und Kopfschmerztabletten verschreiben lassen.
3. Mittels Überdosierung dieser Tabletten und einem Glas Cola und Zahnpasta Fieber und Kreislaufprobleme erzeugen.
4. Beim Exerzieren umfallen.
5. Liegen bleiben und dann ab ins Krankenhaus.

Er hatte den Plan schon längst verdrängt, weil Krüger sich so blöd angestellt hatte, schauspielerisch so unbegabt war, dass kein Mensch ihm diese Sache glauben würde. Kopfschmerzen, Schwindelanfälle, das war irgendwie zu kompliziert für Krüger. Verstellen war Krügers Sache nicht. Henrik erinnerte sich, wie Krüger zu Hauptmann Stummel gewankt war und gelallt hatte: »Ohjeohje, Genosse Hauptmann, mir ist so schlecht, ich hab so Kopfschmerzen.« Es war nicht so, dass Krüger sich da nicht reingeschmissen hätte, so wie Henrik damals, als er noch Mitglied des Arbeitertheaters Narva war. Aber es nutzte ja nichts, Krüger blieb schauspielerisch unbegabt, sosehr er sich auch bemühte, und deshalb sah Hauptmann Stummel ihn kaum an, sondern sagte nur: »Na klar, Krüger, und meine Großmutter kriegt ein Baby.«

Krüger war dann unverrichteter Dinge wieder weggezottelt.

»Wenn nicht mal Traubewein mit seinen Allergien hier Erleichterung bekommt außer Stahlhelmbefreiung, dann musst du schon ein bisschen eleganter vorgehen, du musst dir Zeit nehmen, nicht so aufdringlich sein, sie müssen sich Sorgen machen um dich, verstehst du.« So hatte sich Henrik des Problems angenommen und ein bisschen Regisseur gespielt und sehr gelitten. Man kann aus einem Schwein kein Rennpferd machen, hatte er gedacht, nur ein schnelles Schwein.

»Wir wollen hier doch keinen Schiller, oder wie der heißt, einstudieren, wir wollen doch nur machen, dass ich hier rauskomme, und nicht erst, wenn ich hier sowieso rauskomme«, hatte Krüger Henrik angeblafft. Henrik hatte den Inhalt aufgrund des komplizierten Satzbaus nicht verstanden und wenig später die Regie niedergelegt. Krüger ließ die Simulationsangelegenheit nach und nach im Sande verlaufen lassen. Verstellen war seine Sache nicht. Er hatte auch kurz an Selbstverstümmelung gedacht, aber ihm war die Geschichte eines EKs aus der Nachbarkompanie zu Ohren gekommen, so einem haarigen Tier mit Knasterfahrung. Der hatte eine ganze Batterie Flaschen in den Waschraum und sich dann hinterhergeschmissen, sodass er danach aussah wie der heilige Sebastian. Er war tatsächlich ins Krankenhaus gekommen, weil er sonst fast verblutet wäre, und als die Wunden verheilt waren, hatten sie ihn nach Schwedt geschickt, weil Selbstverstümmelung strafbar war, und die Zeit musste er nachdienen.

»Also, bevor so was nach hinten losgeht«, sagte Krüger, »muss was anderes her, und zwar ein Plan B.«

Was das für ein Plan sein könnte, wusste er noch nicht genau, aber er glaubte an Spontaneität.

28

Liebenswürdig waren diese Leute hier nicht, dachte Henrik, nein, auf keinen Fall waren die hier liebenswürdig. Henrik machte sich Sorgen. Es war nicht wie immer. Das Geräusch der Stahlseile an den Fahnenmasten, der zugige Wind, das Echo, ja, das war wie immer, aber es lag etwas in der Luft, was unangenehmer, bedrohlicher, man könnte sagen lebensverändernder war. Richtig unangenehm. So unangenehm, dass man hätte weglaufen wollen.

Weglaufen, dachte Henrik, warum nicht? Weglaufen vor diesem Platz mit seinen Mauern, seinen Wachtürmen, seinen Gummistiefeln, seiner Gewöhnlichkeit, seinen ordinärschmierigen Gerüchen, den bösen Menschen, den fremden Leuten, den Männern in der Gemeinschaftsdusche, die einem mit feuchten Handtüchern auf den Rücken kloppten, die einen nicht in Ruhe ließen. Weglaufen zu ihr, zu dem Mädchen, das er nicht einmal hatte kennen lernen dürfen. Warum eigentlich nicht, dachte Henrik, wer gibt ihnen das Recht, uns hier einzusperren, wer gibt ihnen das Recht, uns vorzuschreiben, was wir zu lieben haben? Henriks Herz schlug ihm bis zum Hals, während das Echo von Oberst Kalts Stimme wie ein scharf geworfener Bumerang von den Wänden zurücksauste. Das Echo machte die Situation besonders dramatisch.

Oberst Kalt liebte es, wenn seine eigene Stimme zu ihm zurückkehrte. Er liebte es zu schreien, er liebte es, die Pausen dazwischen lang zu halten, um dann erneut einem Orkan gleich seiner Wut, seiner Alte-Schule-Wut, Luft zu machen. Brüllen gehörte für ihn zu seinem Beruf. Er hatte eine geheime Wissenschaft entwickelt. Gerne verglich er den Aufbau, die Struktur des Brüllens mit einer Leiter, die man erklimmen muss, und mit jeder Stufe kommt man seinem Ziel näher. Man muss nach oben steigen, immer weiter und weiter, bis man das Ende der Leiter erreicht hat, man sollte nicht, während man nach oben steigt, nochmal einen Tritt zurückgehen, sondern unaufhörlich nach oben, zwischendurch Luft holen (das waren die Pausen zwischen den Ausbrüchen), dann weiter und lauter und kräftiger und böser und schärfer und monströser brüllen.

Er liebte die erschrockenen, sorgenvollen Gesichter der Soldaten, denen ein leichter Nieselregen die Gesichter glänzend feucht sprühte.

Musik, dachte Henrik, Musik setzt ein, so in der Art von »Dr. Schiwago«. Langsame Kamerafahrt auf einen Soldaten, der vor die Kompanie hatte treten müssen und dessen Gesicht nichts, aber auch gar nichts von innerer Aufgewühltheit erkennen ließ. Krüger stand regungslos da. Kreisler wird kommen, dachte Henrik, der Kreisler wird wieder kommen. Es wird nicht gut ausgehen. Henrik fixierte Krüger. Krügers linkes Auge zwinkerte Henrik leicht zu, die Kamera schwenkte abwärts und da, tatsächlich, in Zeitlupe bewegte sich die mächtige Kinnlade von Krüger hin und nach einem unermesslichen Zeitraum wieder her. Krüger kaute Kaugummi. Die Titelsequenz setzte ein. »Geächtet«, eine Henrik Heidler Production.

Solange Krüger Kaugummi kaut, dachte Henrik, ist zwar nicht alles, aber doch ein bisschen was noch in Ordnung.

Krügers Schuldenkonto war auf ein gefährliches Maß angewachsen. Krüger hatte sich einiges geleistet. Er hatte den 8. Mai, den Tag der Befreiung, für sich so interpretiert, dass dies wohl der Tag der Befreiung für Krüger sei. Auf seine unnachahmliche Art hatte er die Feierlichkeiten zum Einsturz gebracht. Er hatte praktisch alles, was den Offizieren, allen voran Oberst Kalt, heilig war, mit Füßen getreten und diesen Feiertag zu einem schwarzen Tag werden lassen.

Eine Pioniergruppe hatte vor einer Mauer gestanden und auf ein Bild gestarrt, dessen Farbe noch feucht war, das gerade erst fertig gestellt worden war, sodass dessen Inhalt nicht mehr hatte abgenommen werden können. Die Pioniere starrten auf die monumental ausgefertigten Brüste wollüstiger Frauen, die sich nun überall zwischen den Bauern auf dem Felde, den Badenden in der Ostsee rekelten und die ihre Kleider geschürzt hatten, sodass bei einigen die Schambehaarung deutlich zu sehen war. Die Pionierleiterin, deren Erscheinung durchaus zum Thema des Bildes passte, zerrte den Alphapionier vom Bild weg in der Hoffnung, die anderen würden folgen. Doch ihre unschuldigen Kinderaugen hatten sich bereits an dem Bild festgesaugt. Vor allem waren die elfjährigen Rotznasen an einer Szene interessiert: Ein Arbeiter, nackt, mit gelbem Helm, hielt zwei Frauen im Arm, wobei er eine dritte fickte, was das Zeug hielt. Der Künstler hatte, um die Bewegung deutlich zu machen, Vibrationsstrichelchen um die Figuren gezeichnet.

»Weg hier!«, brüllte die Pionierleiterin bleich wie der ewige Quark der Schulspeisung und prügelte die Pioniere vom Bild weg zum Platz, wo sie sich um die Gulaschkanone versammelten.

Kaum hatte Hauptfeldwebel Futterknecht Laucke zugeflüstert: »Wand wieder grau machen«, da rief ein Jungpionier, sein Kochgeschirr schwenkend: »Die Gulaschsuppe schmeckt ja total nach Seife.« Daraufhin kippten alle Kinder ihre Suppe einfach auf den Platz. Bis dahin war der 8. Mai überhaupt nicht gut gelaufen, aber es sollte noch nicht vorüber sein.

Auf einmal hörte man von dort, wo die Lackiererei war, eine

Stimme rufen. Ein kleiner sechsjähriger Junge stand gebannt vor dem Kellerfenster.

»Godzilla!!!!«

Plötzlich waren die Hälse in Richtung dieses Schreies gewendet. Mit ausgebreiteten Armen stolperte ein graues Monster auf den verängstigten Jungen zu. Der Junge ergriff die Flucht, und im nächsten Moment stürzten sämtliche Kinder in alle Himmelsrichtungen.

»Frankenstein!«

»Hilfe, böser schwarzer Mann!«

»King Kong.«

Das Weinen, Zittern und Trappeln der Kinderfüße erfüllte den Appellplatz.

Irgendwo über allem trudelte ein Spionagesatellit im dunklen All. Er glänzte und knarrte wie ein frisch geputzter Schuh. Sein Auftrag war es, den Führungsbunker zu beobachten. Jenen Führungsbunker, dessen Geheimnis noch niemand enttarnt hatte, außer Krüger, der auf dem Platz stand und zum ersten Mal die Schwierigkeiten, in denen er sich gerade befand, nicht selbst verschuldet hatte. Zwei hoch dekorierte Offiziere starrten auf den Bildschirm im Kontrollraum am Boden. Was sie sahen, waren Soldaten, die versuchten, Kinder einzufangen.

»Jetzt setzen die schon Kinder ein«, murmelte ein Offizier mit breitem texanischen Akzent und war zu wiederholtem Male froh, nicht bei den Kommunisten leben zu müssen.

»Aber was machen die mit denen?«, fragte ein anderer, der einen unaussprechlichen Dienstgrad bekleidete und aussah wie Torte zum Valentinstag.

»Experimente natürlich.«

Beide waren sprachlos. Sie hatten schon viel im Leben gesehen. Sie waren in Korea und Vietnam gewesen, sie kannten die Fratze des Krieges, aber das hier setzte allem die Krone auf.

Wenn das der Klassenfeind sehen würde, dann wären wir geliefert, dachte Oberst Kalt, während ihm Schweiß auf die Stirne trat, den er sich mit einem Papiertaschentuch abtupfte.

Inzwischen waren die Kleinen in die Gebäude geflüchtet. Soldaten in voller Montur mit geschulterter Kalaschnikow folgten ihnen in die winzigsten Schlupfwinkel und suchten nun nach den im Versteckspiel trainierten Kindern. Bis zum späten Abend war erst die Hälfte eingesammelt. Besorgte Eltern hatten sich eingefunden und halfen, so manchen versprengten, verängstigten Spross zu beruhigen, und erst gegen 22 Uhr war wieder Ruhe im Objekt.

Die Soldaten saßen in ihren Unterkünften und lachten sich schlapp. Nur der Soldat, der für das Wandgemälde verantwortlich war, begann unter Aufsicht von Hauptfeldwebel Futterknecht, die Mauer wieder grau zu streichen. War das ein Tag gewesen, mein lieber Mann.

In der Lackiererei standen zur gleichen Zeit Oberst Kalt, Hauptmann Stummel und Unteroffizier Aurich um den Soldaten Krüger, der zwar keine Schutzmaske, aber immer noch den Gummianzug trug.

»Das haben Sie mit Absicht gemacht«, erklärte Oberst Kalt gefährlich ruhig. Seine Stimme vibrierte und machte seinem Namen alle Ehre.

Krüger erklärte wahrheitsgemäß, dass die Lösungsmittel, mit denen die Lacke verdünnt wurden, gesundheitsschädlich für Geist und Körper seien. Darüber hinaus hätten sie auch eine berauschende Wirkung, weshalb er Vollschutz angelegt habe. Genau in diesem Moment entdeckten die flinken Augen Stummels ein frisch gemaltes Schild, das nicht so recht zu den anderen passte. Direkt neben der »Leninallee« ragte ein Schild »Route 66« hervor.

Es wurde still im Raum, nur noch das klappernde Geräusch war zu hören, das die Schilder machten, die man nun unter einem Stapel hervorzog: »Jim-Morrison-Allee«, »Klaus-Renft-Combo-Weg«, »Krügerring«, »John-Lennon-Straße«, »Wolf-Biermann-Park«.

»Tja«, sagte Krüger, und er musste dabei grinsen, während seine Zunge vorsichtig den Kaugummi in irgendeinem Winkel seines Mundes verbarg. Er zuckte mit den Achseln, denn er wusste ja oder ahnte zumindest, dass die Zukunft nichts Gutes für ihn bereithalten würde.

Das wird nicht gut gehen, dachte Krüger auch in dem Moment, in dem er Henrik zuzwinkerte. Noch bevor Henrik hatte zurückzwinkern können, fiel Krüger um. Vornüber direkt auf sein Gesicht. Wie ein Brett. Und blieb liegen.

Was folgte: Rennen, Sani, Trage, Medpunkt, Sirene.

Krüger hatte es geschafft. Krüger war draußen. Über Krüger zogen die Wolken und gaben die Sonne wieder frei, die sich während des Brüllens von Oberst Kalt hinter ihnen versteckt hatte.

Krügers Blick war in den Himmel gerichtet. Er genoss es, auf der Trage zu liegen und getragen zu werden. Er kaute genüsslich seinen Kaugummi, bis sich das bleiche, etwas verpickelte Gesicht Aurichs vor die Sonne schob: »So krank können Sie ja nicht sein, nehmen Sie mal den Kaugummi raus.«

Jetzt nur nichts falsch machen, dachte Krüger, nur nichts versauen, und nahm den Kaugummi aus seinem Mund, tat so, als würde er ihn wegwerfen, ließ ihn aber an den Fingern kleben und klemmte ihn sich heimlich hinters Ohr, wo er ihn für eine Weile vergaß. Der Kaugummi hinter seinem Ohr sollte dort noch gute Dienste leisten.

29

Irgendetwas musste schief gelaufen sein. Krüger, hieß es, sei wirklich krank. Man habe bei ihm ein kirschkerngroßes Geschwür im Gehirn gefunden, und Krüger sei direkt in die Abnippelstation gekommen, wo man ihn zunächst bestrahle, und falls es nicht helfen sollte, schon die Chemotherapie vorbereite. Es war auch die Rede von Elektroschocks und vom Entfernen der Schädeldecke, um das pflaumengroße Hämatom herauszuschneiden. Andere Stimmen verkündeten, dass man damit nicht weiterkomme und die kartoffelgroße Geschwulst schon hart wie eine Kokosnuss sei. Dann müsse man mit einer neuartigen Methode dieses Ding, das Krügers Kopf auf etwa die Größe eines Kürbisses habe anwachsen lassen, sprengen, was eine Heilungschance von etwa 0,5 Prozent habe. Dies und vieles mehr munkelte man in der Kaserne.

Henrik begann sich ernsthaft Sorgen zu machen und er beschloss, Krüger zu besuchen, um selbst herauszufinden, was an den Gerüchten dran war. Erst einmal weihte er Traubewein ein, der christlich eingestellt war, also auch verschwiegen sein konnte.

Traubewein war beunruhigt.

»Du willst dich durch den Zaun schneiden? Mit dem Seitengewehr? Am Sonntag?« Traubewein konnte es nicht lassen, nach jedem Satz seine geschwollenen Augen weit aufzureißen und »Mein Gott« zu sagen.

»Am Posten 3«, stieß er heiser hervor, »aber der wird doch streng bewacht?«

»Na klar wird der bewacht«, entgegnete Henrik mit einer Spur Ungeduld in der Stimme, »von dir, Traubewein.«

»Ach ja, am Sonntag habe ich ja Wachdienst. Dann geht's.«

Das Seitengewehr hieß früher Bajonett. Außer dass man das Messer, welches im E-Fall auf den Lauf der AK 47 gepflanzt wurde, auch noch zum Öffnen von Büchsen, Flaschen und anderen Gefäßen benutzen konnte, hatte es noch eine andere Funktion. Wenn man die Scheide mit dem Messer zusammensteckte, ergab das eine Art Seitenschneider, mit dem man feindliche Stacheldrahtsperren und andere Hindernisse überwinden konnte. An dem schönen warmen Sonntag benutzte Henrik dieses Ding, das ihm Traubewein vom Wachturm aus zugeworfen hatte, um ein Loch in den Drahtzaun zu schneiden, durch das er mit einiger Mühe knapp durchpasste. Traubewein hielt Wache, damit Henrik nicht entdeckt wurde.

»Da kommen Lenk und Laucke«, rief Traubewein aufgeregt, »mach hinne.«

Lenk und Laucke spazierten außerhalb des Zaunes entlang, waren in ein Gespräch vertieft und sahen in Zivil nicht besonders schick aus. Henrik duckte sich im Maisfeld, zog einen lumpigen Mantel über und setzte einen alten Filzhut auf. Obwohl Lenk und Laucke immer näher kamen, hatte er noch die Nerven, zu dem Holz-, und Strohgeflecht, das früher mal eine Vogelscheuche war, einen Dankesgruß zu schicken. Dann hörte er Laucke: »Was denkst du, wie ich den Oberst anspreche?«

»Na, mit Genosse Oberst.« Lenk verstand nicht.

»Sehr witzig, Lenk. Ich meine, wie ich an ihn rankomme.«

»Es ist ein Grillfest, da würd ich nicht über dienstliche Sachen …«

»Genau, ich setze mich zu ihm und dann quatschen wir ein bisschen über seine Frau und wie es früher war, so ungezwungen. Ich war noch Oberleutnant und der Oberst hatte noch seine Frau.«

»Laucke, es ist ein Grillfest.«

Als Traubewein sah, wie Henrik Lenk und Laucke vorbeigehen ließ und so tat, als würde er ins Maisfeld pinkeln, brachte er nur noch ein gepresstes »Oh Gott!« heraus.

Doch der Leutnant und der Oberfähnrich gingen ahnungslos weiter. Lenk schüttelte den Kopf: »Der sieht ja aus wie eine Vogelscheuche.« Er drehte sich noch einmal um und sah, ohne einen Zusammenhang herstellen zu können, ein trauriges Kreuz mit einer flatternden Unterhose.

»Und schau mal«, sagte Laucke, »die da ist ganz nackt.«

Die beiden mussten lachen. Dabei berührten sich sanft ihre Fingerspitzen und sie gingen weiter zum Grillfest von Oberst Kalt, das wie jedes Jahr anlässlich seines Geburtstags in seinem Garten im Kreise der Genossen, Kumpels und Freunde stattfand und auf das sich alle immer das ganze Jahr lang freuten.

Henrik machte sich auf den Weg zum Kreiskrankenhaus, in Sorge um Krüger und nicht ahnend, welche entscheidende Wendung dieser Tag für ihn noch bringen würde.

30

Darüber, warum die Quisisana Quisisana hieß, was dieser Name bedeutete und welches gastronomische Konzept sich dahinter verbarg, darüber dachte schon lange niemand mehr nach. Zumal einige selbst gebastelte Palmen aus ehemals gelbem, nun braunem Krepppapier durchaus ein Hinweis waren, welche Art von Bar man sich hier vorgestellt hatte.

Wie dem auch sei, die Quisisana war ein Novum, um das selbst Großstädter von Leipzig bis Berlin die Gegend im Grenzbereich zwischen Thüringen und Sachsen beneideten. Und Hänni und Änni waren die Königinnen der Quisisana. Sie waren zu allem bereit, aber nicht mit jedem. Sie lebten zusammen. Sie waren nicht lesbisch, obwohl böse Zungen dies gerne in Umlauf setzten. Hänni und Änni interessierten sich für Männer, sehr sogar. Was andere böse Zungen gerne zum Anlass nahmen, ihnen nymphomanische Neigungen zu unterstellen. So waren sie für die einen Flittchen, für die anderen Lesben und wieder für andere einfach beides. In Wirklichkeit waren sie herzensgut, arbeiteten als Krankenschwestern im hiesigen Krankenhaus und hatten Spaß an ihrer Arbeit, am Leben, an sich selbst und es scherte sie herzlich wenig, was die anderen über sie dachten. Auf dieser Ebene trafen sie sich mit Krüger, der nicht lange darum hatte baggern müssen, dass ihn die beiden ihn in die Quisisana mitnehmen. Als sich die Idee im Krankenhaus rumsprach, schloss sich spontan die ganze Schwesternbrigade an.

Die Quisisana war ihres Zeichens eine Nachtbar, die dann schloss, wenn der letzte Gast ging, oder früher, wenn die Belegschaft keine Lust mehr hatte zu arbeiten. Um am sehr dicken, sehr dummen und sehr sächsischen Türsteher vorbeizukommen, hatte man strenge Regeln zu beachten. Und der Türsteher nahm diese Regeln sehr ernst: erstens keine Jeans, zweitens keine Sandalen und keine Turnschuhe und drittens die Damen nur in Kleid oder knielangem Rock.

Hänni und Änni, Sonja und Inge ließen sich bereitwillig mustern. Sie waren in Ordnung. Nur bei dem Zimmermann war der Türsteher sich nicht sicher, ob er ihn durchlassen durfte. Aber da in den Regeln nichts davon stand, dass Arbeitskleidung unzulässig war, ließ er die vier Krankenschwestern mit dem großen dicken Jungen in der viel zu kleinen schwarzen Zimmermannstracht widerwillig passieren.

Krüger konnte es nicht fassen. Vor drei Tagen war er dem Tod noch von der Schippe gesprungen und nun betrat er ein irdisches Paradies. Wie knapp vor dem Verdursten, als sei er nach einem langen Weg durch die Wüste in den Saloon gekrochen, kippte er das gut gekühlte (mit Schweinegalle künstlich zur Gärung gebrachte) Pilsner runter.

Als man Krüger ins Krankenhaus brachte und er sah, wie sich die Tore der Kaserne hinter ihm schlossen, wurde es ihm leicht ums Herz. Als man ihn dann auf den Röntgentisch legte und er die vielen Frauen erblickte, empfand er wohliges Kribbeln in den Lenden. Und als man ihn auf die Station brachte, wo man ihn bettete, als sei er ein rohes Ei, klopfte er sich in Gedanken selbst auf die Schulter. Krüger hatte es geschafft, nun galt es, die Nerven zu bewahren.

Er lag zwar in einem Zehn-Bett-Zimmer, aber neben den stöhnenden und seufzenden Männern gab es eben auch die erwähnten blutjungen Schwestern, welche sich, so jedenfalls schien es Krüger, besonders um ihn kümmerten. Vielleicht weil er mit Abstand der Jüngste unter den Patienten war, sicherlich auch der Lustigste und (so jedenfalls sah es Krüger) der Bestaussehende.

Nur so konnte er es sich erklären, dass Schwestern Sonja, Hänni und Änni und auch die böse, argusäugige Schwester Inge stets nur bei ihm waren, sein Bett aufschüttelten, seinen Oberkörper aufrichteten und außerordentlich besorgt zu sein schienen.

Schwester Sonja massierte ihm sogar ein bisschen die Schläfen und fragte ihn ununterbrochen, wie es ihm ginge. Krüger war natürlich nicht so blöd, diese Frage ehrlich zu beantworten, und so ernassauerte er sich die wunderschönen Zärtlichkeitseinheiten. Krüger fühlte sich wie ein Pascha in tausendundeiner Nacht in seinem Harem und er erkor sich Sonja zur Lieblingsfrau. Sie hatte einen kleinen Sprachfehler, so als hätte sie früher mal gestottert. Sie brauchte für einen Satz ein Wort Anlauf, das sie dann noch einmal wiederholte, um schnell über den Satz zu springen. Darum waren ihre Sätze meist kurz, und oft blieb hinten noch das letzte Wort hängen, als hätte es mit dem Rest des Satzes nichts mehr zu tun. Außerdem hatte sie, was Krüger blitzschnell und professionell einschätzte, einen sehr süßen Arsch. Er war vielleicht ein bisschen zu groß, für andere vielleicht, aber nicht für Krüger. Sonja war das, was er schön und patent zugleich nannte. Sonja war durchaus zu vielen Schandtaten bereit und dem männlichen Geschlecht gegenüber sehr positiv eingestellt, aber sie war auch sehr schüchtern. So war sie bis auf einige peinliche frühsexuelle Erlebnisse eigentlich noch Jungfrau. Gelegentlich trank Sonja sich einen an, dann war sie lustig, zu lustig, zu kommunikativ, und obwohl ihr Sprachfehler verschwand und sie nun das genaue Gegenteil von der nüchternen Sonja war, war auch dieses Verhalten außerhalb des normalen Geschmacks.

Am Morgen (der einzige Wermutstropfen auf Krügers

Glück: am sehr frühen Morgen) hatte der Oberarzt mit mehreren Ärzten und Schwestern im Gefolge das Krankenzimmer betreten. Sein Blick war ernst, sehr ernst. Er hielt das Röntgenbild in seinen Händen und Krüger glaubte gesehen zu haben, dass diese zitterten. Ein unbestimmtes flaues Gefühl bemächtigte sich seiner, ein leichtes Surren war um ihn, ein Vibrieren, als wäre die Luft Wasser und man hätte einen großen Tauchsieder hineingehalten. Eine gallertartige Wand zog sich zwischen Krüger und der Außenwelt hoch, und die Stimme des Oberarztes erreichte ihn nur noch in kurzen Schüben.

Was ist denn mit mir los, dachte Krüger, was ist denn geschehen, um Gottes willen. Krüger wusste, was es war, er wusste auch genau, was der Arzt gesagt hatte, aber der Inhalt der Worte war wie Injektionen, die langsam durch seine Blutbahn flossen, die Wörter verwandelten sich in etwas, was Krüger nur vom Hörensagen kannte. Krüger hatte Angst.

»Tja«, sagte der Oberarzt, »wir müssen sofort operieren, Sie haben hier hinter dem linken Ohr ein kirschkerngroßes Hämatom. Es könnte ein Tumor sein, ob er gutartig ist oder nicht, das werden wir erst wissen, wenn wir ...«, da stockte der Oberarzt und Tränen traten ihm in die Augen. »Ich habe auch einen Sohn«, sagte er und streichelte Krüger über sein Haar, »er ist in Ihrem Alter.«

Des Oberarztes Hände blieben in Krügers Haaren, sein Zeigefinger beschrieb einen Kreis über Krügers Haupt. »Hier bitte rasieren.«

Dann ging er hinaus. Mit ihm der Tross. Stille. Betretenheit. Krüger lag da und starrte gegen die Decke, unbeweglich, als übe er schon mal den Tod. Aber es war nicht nur die Gewissheit, bald seinem Schöpfer gegenübertreten zu müssen, die Krüger dieses Gefühl von atemloser, schmerzhafter Schwerelosigkeit gab, es war noch etwas anderes, das ihm die bis dahin gute Laune verdarb. Jetzt verstand Krüger, warum man sich so intensiv um ihn gekümmert hatte. Krüger lag auf der Intensivstation, in humorvollen Patientenkreisen auch »Abnippelstation« genannt.

Krüger fand das übertrieben, fing sich wieder, als Schwester Inge mit einem Friseurset an sein Bett trat und ohne viel Federlesen begann, ihm die Haare auf sehr unkonventionelle Art abzuschneiden. Sonja konnte das nicht mit ansehen.

»Entschuldigen Sie, Schwester Inge, aber Haareschneiden ist mein Hobby. Dürfte ich wohl? Damit der Herr später noch was hermacht ...«

»Meinetwegen«, sagte Schwester Inge und übergab freiwillig und ausnahmsweise ohne mahnende Worte die Schere. Hänni und Änni stützten Krüger und Sonja setzte die Schere an.

Und während Sonja sanft kitzelnd die Stelle, die der Arzt bezeichnet hatte, von den Haaren befreite, machte sie eine Entdeckung, genau dort, wo der Tumor Krügers saß. Krüger dachte währenddessen an seine Idole, die alle längst im Himmel waren, Jimi, Janis, John und Elvis, und die dort auf ihn warteten. Er sah seine Kumpels an seinem Grab stehen und seinen geliebten Motorradhelm auf den Sarg legen. Er sah die Blumen, die Kränze und er sah, wie jedes Jahr Mädchen an sein Grab pilgerten, die andächtig vor einer Skulptur knieten (Krüger in Sandstein auf einer Harley), die vielleicht doch nur ein Stein oder ein Findling war ...

Sonja drückte plötzlich Krügers Kopf in das Kissen und ritzte mit der Schere seine Haut an. Aber anstatt sich zu entschuldigen, guckte sie ihn böse an und verließ die Station. Hänni strich Krüger dafür versöhnlich über den Kopf und sagte: »Mach dir nichts draus, die is ein bisschen ...«

Änni half aus: »Ansonsten ganz in Ordnung, echt nett, wär was für dich ...«

Aber dann fiel beiden wieder ein, warum Krüger hier war, und ihnen schossen die Tränen in die Augen. Krüger nutzte den Moment der Verzweiflung, indem er links und rechts vom Bett seine Hände synchron über die Hinterteile der beiden

Schwestern gleiten ließ und beide dann mit einem Ruck zu sich herabzog, um ihnen folgenden bedeutungsschweren und, wie sich noch herausstellen sollte, schicksalhaften Satz zuzuflüstern: »Bevor ich sterbe, habe ich noch einen letzten Wunsch ...«

Im Nachbarbett lag ein 40 Jahre alter Mann, der die ganze Zeit in den verschiedensten Tonlagen und Variationen vor sich hin stöhnte. Er hatte große Schmerzen. Er war Zimmermann und betrunken vom Dach gefallen. Dabei hatte er mehrere Knochenbrüche und andere (sehr schwere) innere Verletzungen davongetragen. Er drehte seinen Kopf zu Krüger und zwinkerte ihm zu.

»Du bist richtig«, sagte er, »genieße das Leben, solang du kannst, das ist die richtige Einstellung.« Dann wurde er von zwei Schwestern aus der Station gebracht. Er schaute sich noch einmal um: »Machs gut, Kumpel!« Sein letzter Blick fiel auf seine Zimmermannskluft, die über der Stuhllehne hing. Die Schwestern schoben ihn durch die viel zu enge Tür (typisch Osten) hinaus.

»Wir kennen da eine Nachtbar, da sind wir öfters. Wenn du willst, führen wir dich dahin aus, bevor dich deine Kräfte für immer verlassen, und das könnte sehr bald sein«, setzt Hänni etwas grob nach.

»Kannst du nochmal richtig einen losmachen«, vervollständigte Änni, die Sanftere von beiden.

»Ja«, sagte Krüger, »so richtig abhotten, ein letztes Mal.« Und bevor die Angst wieder von ihm Besitz ergreifen konnte, schlief er ein. Die Ereignisse hatten ihn müde gemacht.

»Was ist das?«, schrillte es, und Krüger schreckte hoch. Direkt vor seinen Augen eine riesige Hand. Er zoomte sich die richtigen Proportionen zurecht und schob den Raum, sich und die

Hand wieder auf ein realistisches Maß. Er erkannte Sonja und dass sie einen Kaugummi in der Hand hielt. Seinen Kaugummi. Es war der Kaugummi, den er sich hinter das Ohr gedrückt hatte. Der Kaugummi war der Tumor, den sie mitgeröntgt hatten. »So geht das nicht«, sagte Sonja und runzelte die Stirn. »Ich muss das melden, das geht so nicht, das kostet doch alles Geld hier und Mühe und du besetzt ein Bett, schließlich gibt es noch andere und …«

Sie schaute auf die Zimmermannskluft und auf das leere Bett.

»Andere sind hier, weil es ihnen sehr schlecht geht. Viele überleben diese Station nicht und du …«

Krüger ergriff ihre Hand. Er riss die Augen so weit auf, wie er es mal bei Burt Lancaster gesehen hatte, den er auch sehr verehrte, und sagte: »Was kann ich dafür, dass wir in einem Land leben, wo man krank sein muss, damit man sich gesund fühlt.«

Krüger fand den Satz toll, er hatte ihn von Henrik geklaut, der ihn hatte fallen lassen, als es um Simulation und wie man das anstellen sollte, um Plan B und die ganze Sache eben ging.

Er wird es mir nicht übel nehmen, dachte Krüger, wenn ich ihn hier verwende. Sonja wurde sanfter.

»Komm doch mit in die Quisisana«, flüsterte Krüger ihr zu. Bevor sie schüchtern mit dem Kopf nicken konnte, wurde der Vorhang von seinem Bett beiseite gerissen, und vor Krüger stand ein Mann, der aussah, als sei er gerade einem Spaghettiwestern entsprungen. Langer Mantel, Schlapphut, außer Atem.

31

Ob die Szene wirklich so pathetisch war, konnte Krüger später nicht mehr sagen, auf jeden Fall kniete Henrik vor seinem Bett: »Was ist mit dir, mein Freund, ich habe Furchtbares gehört, sprich!« Er packte Krüger an den fleischigen Schultern und rüttelte ihn sanft. »Geh nicht«, flehte Henrik. Sonja sah sich die Szene ein wenig belustigt, aber gleichzeitig auch genervt an und wagte sich schließlich verwegen vor: »Lass gut sein, Kumpel, er ist noch nicht tot, wird es nie sein. Es war der Kaugummi hinter seinem Ohr, der die Diagnose verursacht hat, weswegen dein Freund Krüger morgen Abend operiert werden soll, alles klar?«

Henrik hob den Kopf. Er schaute Krüger an, der nickte. Er schaute Sonja an, die ein wenig lächelte, und dann erkannte er in Sonja eines der Mädchen, die ihn am 8. März aus der Mulde gezogen hatten.

Wenige Minuten später war Henrik wieder unterwegs. Mit einem Zettel in der Hand, auf dem der Weg zu dem Mädchen beschrieben war, an das er die ganze Zeit hatte denken müssen. Was heißt denken müssen, an das er Briefe geschrieben hatte, ohne ihren Namen und ihre Adresse zu kennen. Die Schöne, von der er geträumt hatte, wegen der er sich von Eva gelöst hatte.

Sonja selbst kannte ihre Kollegin nicht so gut. Sie wusste nur so ungefähr, wo diese wohnte und wie ihr Vorname war.

»Wir reden uns hier nicht mit Nachnamen an«, hatte sie gesagt, »ich bin hier Schwester Sonja und ich finde, das reicht auch, aber ich glaube, sie heißt Kowatsch, Kowalski oder Nawrocki oder so ... Sie wohnt auf jeden Fall in so einem Reihenhaus, das weiß ich, weil ich mal zu einer Party bei ihr war, aber ansonsten weiß ich nicht viel über sie. Du musst Hänni und Änni fragen, die sind eher mit ihr befreundet.«

Henrik bog stürmisch von der Veilchenstraße in die Fliederstraße, wie es auf dem Zettel stand. Vorbei an Reihenhäuschen, den davor parkenden Autos, den hübsch gepflegten Vorgärten in einer Welt voller Frieden, mit dem Geruch von Gras und Holzkohle, Grillwürstchen in der Luft und dem Zwitschern von Vögeln, dem Ruf eines Käuzchens, dem Bellen eines Hundes, dem Rauschen gut geschnittener Hecken. Ach, dachte Henrik, der inzwischen rot angelaufen und klitschnass geschwitzt war, ach, eine Welt, in der die Straßen Blumennamen tragen, muss in Ordnung sein.

Jetzt stand er vor der Nummer 220. Ein Einfamilienhaus, erbaut irgendwann in den sechziger Jahren, ragte vor ihm auf, während dahinter langsam die Sonne unterging. Die Schatten wurden länger.

Die Beete im Vorgarten waren wohlgeordnet, man hätte fast sagen können, in Reih und Glied waren Tomaten neben Möhren streng ausgerichtet zwischen den Gehwegplatten, als salutierten sie einem unbekannten Kommandeur. Zierblumen standen stramm, die Rosenbeete sahen aus wie ein poetischer Lageplan einer Schlacht gegen das Unkraut, und die geharkten Rillen im Kies des Weges schienen Autobahnen in ferne, zu erobernde Länder zu sein.

Und dann sah er das Mädchen, von dem er jetzt wusste, dass es Marie hieß, durch den kleinen, selbst gemauerten Torbogen gehen. Sie hielt schmutziges Geschirr in der Hand. Und hätten in seinem Kopf die Beatles nicht ihr »All You Need Is Love«

gesungen und wäre nicht alles plötzlich in einer rosa Wolke verschwunden, er hätte den Schriftzug sehen müssen, der über dem Torbogen groß den Namen des hier Wohnenden verkündete. Aber selbst wenn er ihn gesehen hätte, auch dann hätte Henrik wahrscheinlich nicht begriffen, wo er war. So sprang er husarenhaft über den Gartenzaun und kam direkt vor dem Mädchen auf den Knien an. Marie trug wieder ihr rotes Kleid (wahrscheinlich ihr Lieblingskleid). Unter dem mit falschem Wein bepflanzten Torbogen nahm sie sich aus wie eine der griechischen Grazien, von denen Henrik immer nicht wusste, ob es fünf oder sieben waren, aber auf jeden Fall schien sie ihm die Obergrazie, falls es so etwas gab, zu sein.

»Kalt!«, sagte sie mit einer merkwürdigen Intensität. »Kalt.«

Henrik warf sofort seinen Hut und seinen Mantel weg: »Nein, mir ist nicht kalt, ich bin nur so gerannt.«

Marie hatte zwar durchaus Humor, aber in diesem Moment konnte sie beim besten Willen keinen aufbringen. Sie zeigte auf den Keramikschriftzug über dem Torbogen: KALT.

Henrik begriff immer noch nicht. Marie fuhr fort: »Du bist bei deinem Oberst. Mein Vater ist Oberst Kalt.«

Jetzt verstand auch Henrik. Aber komischerweise fühlte er keine Angst. »Ich liebe dich.«

Marie war für einen Moment sprachlos. »Ich liebe dich«, hatte in der Form noch keiner zu ihr gesagt. »Ich hab dich gern«, oder »ich hab dich ganz schön lieb, du«, ja, das kam schon vor, aber »ich liebe dich« schoss direkt in ihr Herz und blockierte jede Rückzugsmöglichkeit.

Auch Henrik kam es so vor, als hätte er diese Worte zum ersten Mal, na ja nicht ausgesprochen, aber zum ersten Mal auf eine sehr erwachsene Weise verstanden. Und er freute sich darüber, während sich der Himmel verdunkelte und die Sonne nur noch zwischen den Zweigen einer halb toten Silbertanne hervorlugte.

Nun begriff Henrik auch, wo er hier hineingeraten war. Er fand es irgendwie lustig und dramatisch zugleich. Offensichtlich fand heute Oberst Kalts Geburtstagsfest statt, offensichtlich waren Gäste geladen, die Henrik ganz gut kannte, und offensichtlich wurde fröhlich gegrillt. Henrik war direkt ins Haifischbecken gefallen.

»Du bist desertiert, weil du mir sagen wolltest, dass du mich …?« Sie konnte den Satz nicht zu Ende sprechen, nicht weil sie so gerührt war, sondern weil Unteroffizier Aurich, ebenfalls in Zivilkleidung, sich dem Gartenzaun näherte. Er hielt ein riesiges Blumenbukett in den Händen und etwas Flaches, in Geschenkpapier Eingewickeltes, das nur eine Schallplatte sein konnte.

»Hallo«, rief er zu Marie hinüber, die nun allein unter dem Torbogen stand, »hallo, schönes Mädchen.« Aurich gab sich galant und schritt durch das Gartentor auf Marie und die halb tote, völlig zerzauste Silbertanne zu, die plötzlich viel mehr Volumen hatte als vorher. Henrik hatte sich hinter dem Baum versteckt und sein Einstrich-Keinstrich war die perfekte Tarnung. Aber er war ja in der Nähe des Mädchens, das er liebte, und dies verlieh ihm Sicherheit, Stärke und das Gefühl von Unbesiegbarkeit. Henrik verstand zum ersten Mal, seit er darüber nachdachte, warum Menschen heiraten. Er wurde Zeuge, wie ein Arschloch sein Mädchen anmachte, während sich Marie redlich bemühte, Aurich von der Tanne wegzukriegen.

»Bist du die Tochter vom Oberst?«, fragte Aurich.

»Nein«, antwortete Marie mit einem kurzen Blick zur Tanne hin, »ich bin seine Adjutantin.« Aurich war verwirrt, sie war doch eindeutig das Mädchen auf dem Foto. Dann begriff er, dass es ein Witz war, und verhielt sich entsprechend. Er lachte und das, wie Henrik fand, ein bisschen zu lang und ein bisschen zu laut.

»Ich bin zum ersten Mal hier«, sagte Aurich, als ob das jemanden interessieren würde.

»Ach«, tat Marie interessiert, »dann würde ich mal schnell reingehen und mir noch einen guten Platz sichern.« Mit diesen Worten versuchte sie, Aurich durch den Torbogen zu schieben, aber Aurich wollte noch ein wenig mit Marie unter diesem kleinen Torbogen stehen.

Musik und Gelächter wehten aus dem hinteren Teil des Gartens herüber.

Gleich komm ich raus und hau dir eins auf die Schnauze, dachte Henrik.

»Hast du einen Freund?«, fragte Aurich unvermittelt und, wie Henrik fand, bewundernswert mutig.

Marie war erstaunt, erschrocken und angeekelt zugleich. So jedenfalls interpretierte Henrik ihren Gesichtsausdruck. Nun war aber auch Henrik an der Antwort interessiert.

»Klar«, antwortete Marie.

Da wäre Henrik fast, wenn es ihm nicht ein bisschen albern vorgekommen wäre, in Ohnmacht gefallen. Aurich schien es nicht anders zu gehen.

»Wen denn«, fragte Aurich, »ist er von hier?«

»Nein«, sagte Marie, »nicht von hier.«

»Kommt wohl aus Berlin«, sagte Aurich höhnisch, sich innerlich schon die Chance ausrechnend, dass man dieser Wochenendliebe schon irgendwie mit Geduld und Spucke beikommen könnte.

»Ja«, sagte Marie, »und er ist Soldat bei euch in der Einheit.«

Aurich war nun endgültig entsetzt, und Henrik hinter der Tanne begriff, auch unterstützt durch einen Blick, der schnell zwischen der Tanne und den Augen von Marie hin- und hergesaust war, dass er der Soldat aus Berlin war und soeben ein Herz geschenkt bekommen hatte.

Aurich aber war hartnäckig. Aurich war keiner, der schnell aufgab.

»Na, da seht ihr euch aber selten, bei der rigiden Urlaubs- und Ausgangsstrategie deines Vaters.« Als er sah, dass Marie rot geworden war, weil sie sich schämte, was er aber für Verwirrung hielt, setzte er nach und stellte die entscheidende Frage: »Und kommste mit in die Quisisana? Wenn die Fete hier vorbei ist, dann gehe ich noch rüber in die Nachtbar, weeßte, mal richtig abhotten.«

Marie lachte und sagte: »Nein«. Dann versuchte sie erneut, den beleidigten Aurich durch den Torbogen zu schieben. Doch in diesem Moment betrat Oberst Kalt die Szene. Er schien schon leicht angesäuselt und schwankte, was bei ihm allerdings aussah, als würde er über ein bei Windstärke 9 schaukelndes Kanonenboot schreiten: »Ah, Unteroffizier Aurich, Sie sind auch hier, das freut mich aber. Marie, wolltest du nicht Kartoffelsalat holen?«

Marie wusste absolut nicht, was sie tun sollte. Hier bleiben, die da lassen, wo ihr neuer Freund hinter der Tanne verborgen als Deserteur jederzeit entdeckt werden könnte, oder besser leichtfüßig weggehen, um durch natürliches Verhalten abzulenken.

»Papa, den ersten Tanz hast du mir versprochen«, schoss es aus ihr raus.

»Nach der Rede von Futterknecht«, antwortete Oberst Kalt, »der quatscht und quatscht und quatscht. Außerdem bin ich zu alt.« Dann strahlte sein knurriges Gesicht und er gab Aurich einen Stups: »Hier, ihr seid doch ein Alter, habt Spaß miteinander.« Er schob die beiden durch den Torbogen und drehte sich zur Tanne. Er schaute in Henriks Richtung. Henrik hätte schwören können, dass er ihm direkt in die Augen sah, die zwischen den Zweigen hervorlugten.

»Mulle, Mulle, Muschi, Muschi«, kam es aus dem Mund von Oberst Kalt, der sich bückte und ein Schälchen Milch zurechtrückte.

»Wo bist du denn, Muschi?«

Da hörte Henrik das tiefe, gequälte, unsympathische Miauen eines Katers. Zu Tode erschrocken musste Henrik feststellen, dass das Tier sich zwischen seinen Beinen herumschlängelte und zu knurren anfing.

Henrik bekam nun doch Angst, und während er sah, wie Aurich die unwillige Marie vor sich herschob und wie Lenk und Laucke locker miteinander tanzten, nicht ohne sich gelegentlich zu berühren, und wie ein russischer Offizier wodkaselig auf der Schaukel hin und her schwankte, kroch Oberst Kalt in seinem kratzigen Anzug unter die Zweige der Tanne, das heißt beinahe zwischen die Stiefel von Henrik, um Muschi zu greifen. Bis seine Hände Henriks Stiefelspitzen berührten, diese abtasteten und sich schließlich erstaunt an den Hosenbeinen hoch arbeiteten.

Oberst Kalt riss seinen Oberkörper nach oben und nahm Haltung an: »Treten Sie vor, Genosse Soldat.«

Während er dies verhalten, um nicht zu sagen leise, sagte, sah er seine Tochter. Marie weinte, nicht ganz ohne Berechnung, war doch der Vater spätestens an dieser Stelle meist weich geworden.

»Auf dein Zimmer«, zischte er seiner Tochter zu. Er hatte sofort erkannt, dass sie durchaus mit von der Partie, wenn nicht gar Auslöser dieser Ungeheuerlichkeit war.

»Nein«, sagte Marie standhaft. Im Hintergrund rief Hauptmann Stummels Stimme: »Kutte, komm doch mal her, ich will eine Rede auf dich halten, komm doch mal.«

Oberst Kalt packte Henrik, zerrte ihn in eine dunkle Ecke. Er schaute ängstlich zur Festgesellschaft.

Marie war ihnen gefolgt, Oberst Kalt lief weiß an: »Ich befehle dir, auf dein Zimmer zu gehen.«

Sie schaute ihren Vater traurig an. Die drei standen im Halbdunkel des Gartens, zwischen Hortensien und Stiefmütterchen, Möhren und Petersilie.

»Kutte, Kutte«, skandierte es vom Grillplatz aus, und noch immer wusste keiner, was er sagen sollte, bis Henrik als Erster die Fassung und auch seine Sprache zurückgewann. Und Henrik sagte den Satz, von dem Oberst Kalt nie gedacht hätte, dass er jemals an einem solchen Abend, an einem solchen Ort hier in seinem Garten von einem Soldaten gesagt werden würde, der gerade desertiert war, denn so nannte man das in seiner Berufssparte, nicht ausbüchsen oder mal kurz wegmachen, nein, alle kannten das Wort Deserteur, der Deserteur sagte leise: »Genosse Oberst, ich liebe Ihre Tochter.«

32

Der Schwoof war in vollem Gange. Krüger aber saß, einem hawaiischen Häuptling gleich, noch immer auf seinem Stuhl. Alle anderen hatten sich längst auf die Tanzfläche gestürzt. Eine polnische Kapelle spielte an diesem Abend Oldies. Gerade lief »Monday, Monday«. Sonja rückte, ein ungeheuerlicher Akt der Überwindung und des Mutes, an Krüger heran. Ihre Hand umklammerte ein grünes Etwas, das sie hier Südseeperle nannten. Es war mit Apfelstückchen als Ananasersatz garniert worden und sollte für südkaribisches Flair sorgen.

»Tanzenwa«, sprangen ihre Wörter so schnell ins kalte Wasser, dass es Krüger jäh erwischte und er genauso schnell wie erschrocken antwortete: »Ich tanze nicht.«

Das war feige, er wusste es, er hätte gerne getanzt, aber lieber im Kreis von Leuten mit langen Haaren, Motorradjacken und Parkas, und dann hätte das Ganze auch nicht tanzen geheißen, sondern Peitschen schwenken.

So aber fühlte er sich, vor allem in Sonjas Nähe, viel zu dick, teigig und ungelenk. Für Sonja, dachte er, muss es was Leichtfüßigeres geben als mich, etwas Schwebendes, etwas … Sonja griff ihn am kleinen Finger, drehte ihn um, bis es ein wenig wehtat, und zwang ihn mit der so genannten Sonja'schen Fingerquetsche auf die Tanzfläche, wo er, und das muss an Sonjas Magie gelegen haben, nicht einfach nur tanzte, sondern schwebte. Hätten ihn seine Kumpels aus früheren Tagen so gesehen, die mit ihm immer in Treptow im Zenner rumgehangen hatten, auf der Insel der Jugend, als sie sich gegenseitig mit den Nähnadeln ihrer Mütter Tätowierungen in die blutende Haut ritzten oder die Sitze der S-Bahn aufschlitzten, wenn der 1. FC Union Berlin wieder verloren hatte, was oft vorkam, also, wenn die gesehen hätten, wie der Krüger hier abhob, sie hätten sprachlos gestaunt und wären zur Poesie konvertiert.

Doch es war Aurich, der glaubte, einer der besten Tänzer zu sein, weswegen er auch die ganze Tanzfläche für sich beanspruchte. Er hatte sich einfach zwischen Hänni und Änni gedrängt und flippte hin und her, machte Pirouetten, schwenkte die Hüften, und wer nicht aufpasste, flog an den Rand der Tanzfläche. Aurich tanzte ebenso rücksichtslos, wie er seine Karriere durchsetzte. Er tanzte wie ein Idiot, der nicht merkt, dass er einer ist. So tanzte er selbstverliebt und in (wie er glaubte) Ekstase. Hin und wieder kam ihm so ein dicker Zimmermann in die Quere, gegen den er die Tanzfläche verteidigte, als sei es der antifaschistische Schutzwall.

Krüger, der nur Augen für Sonja hatte, erkannte nicht, in welcher Gefahr er sich befand. Nun sprang er auf die Bühne, entriss einem Musiker, den man hier »Eingeschlafene Hand« nannte, die E-Gitarre und haute in die Saiten, nicht ohne vorher durchs Mikro zu brüllen: »Für dich, Sonja!«

Was er spielte, war Rock 'n' Roll, nicht sehr gekonnt, aber was man nicht kann, das ersetzt die Seele.

Er spielte »The Death of A Clown«, ohne zu wissen, dass er sein Schicksal auf prophetische Weise vorwegnahm.

»Hey«, rief Aurich, »it's only Rock 'n' Roll, but I like it!« Er flippte total aus, eine Drehung hier, eine Drehung da, ein Sprung hier, ein Sprung da. Hänni und Änni zogen sich zurück.

Als der Song durch war und Krüger die Gitarre an den etwas eingeschnappten »Eingeschlafene Hand« zurückgab, brüllte Aurich zur Bühne hoch: »Mach noch einen, gib uns noch einen, na los, du bist echt gut!«

Das war der Moment, wo beide sich erkannten. Das Brummen der Lautsprecherbox, die Gespräche der Betrunkenen und das Drehen der Diskokugel traten in den Hintergrund, während sich die Papierpalmen im leichten Zugwind bewegten.

Krüger lächelte, als die Militärpolizei eintrat. Er lächelte, als man ihn über die Tanzfläche abführte. Er sah das zuversichtliche Gesicht von Sonja, die ihm zunickte. Sie lächelte, weil sie wusste, dass das Krüger Kraft geben würde, er sah noch, wie ein Betrunkener die Faust gegen die MP schüttelte, die ihm aber seine Freundin nach unten drückte. Doch in dem Moment, wo einer der Soldaten, dem das alles auch ziemlich unangenehm war, Krüger am Arm greifen wollte, um ihn durch die Schwingtür des Ausgangs zu führen, fiel Krüger vornüber auf sein Gesicht. Auch das sah echt aus, so wie damals auf dem Appellplatz. Doch dieses Mal nahm es ihm keiner ab. Aber Krüger hatte es wenigstens versucht.

33

Oberst Kalt hatte eine blitzschnelle, taktische Entscheidung getroffen, die vielleicht anders ausgefallen wäre, wenn da nicht private Interessen eine Rolle gespielt hätten, die die Gefühlswelt seiner Tochter betrafen. Als gewiefter Stratege hatte er im Laufe seines Lebens gelernt, eine Entscheidung zu treffen und daraus dann weitere Schritte abzuleiten. Es konnte in diesem Fall auch nur eine Entscheidung geben. Futterknecht war auf der Suche nach seinem Oberst aufgetaucht, und mit Erstaunen und Misstrauen hatte er seinen Vorgesetzten, dessen Tochter und einen Jungen entdeckt, die dort schweigend standen.

»Dieser Soldat wurde von mir eingeladen, um …«, Oberst Kalt machte eine kleine Pause, denn der Grund wollte selbst ihm nicht ganz einleuchten, »… um die Tradition des jährlichen Grillfestes um eine neue Tradition zu erweitern.«

Und während Oberst Kalt sich so reden hörte, wurde ihm die ganze Unglaubwürdigkeit bewusst.

»Dieser Genosse, der Soldat…«, er unterbrach seine Rede kurz. Er schaute in die offenen Münder seiner Gäste, denn er hatte seinen kleinen Vortrag von vorne begonnen, nachdem er Henrik zum Tisch genötigt hatte, um ihn in die Gesellschaft »einzuführen«: »Wie heißen Sie?«

Henrik war wie gelähmt. Er spürte den Blick von Marie.

»Der Genosse Heidler also«, rief Oberst Kalt fast schon verzweifelt heiter aus, »repräsentiert hier das Kernstück unserer Streitkräfte, den einfachen Soldaten.«

Oberst Kalt wirkte jetzt erschöpft und füllte mit stumpfen Augen sein Wodkaglas, um es lustlos hinunterzukippen.

»Sehr gut«, rief Hauptfeldwebel Futterknecht aus. »Da sitzt auch mal ein einfacher Soldat an unserem Tisch.«

»Das ist wirklich eine sehr gute Idee«, riefen nun alle aus.

»Wie alle Ideen von dir, Kutte.«

Marie hatte in ihrer Hilflosigkeit einfach ein paar Würste vom Grill genommen und unter dem Vorwand, diese zu verteilen, sich an Henrik herangearbeitet.

»Du musst hier verschwinden, wenn dir dein Leben lieb ist«, flüsterte sie ihm zu.

Doch Henrik wusste nicht genau, wie. Wie stellte sie sich das vor, einfach so verschwinden, damit würde ja das Gebäude zusammenstürzen, das der Oberst da spontan in Schnellbauweise errichtet hatte. Nein, Henrik musste mitspielen, vor allem im Interesse einer außergewöhnlichen Anekdote, die er später ganz sicher bis ins hohe Alter seinen Enkeln immer wieder und wieder erzählen würde. Er sah sich in einer Bibliothek in einem hohen Chesterfield-Sessel sitzen und die zahlreichen Mitglieder und Freunde seiner Familie herbeieilen: »Kommt alle, der Papa, der Onkel, der Opa erzählt wieder von der Armee! Au fein!«

Und nach dem dritten Glas Wodka breitete sich eine angenehme Wärme in Henriks Herzgegend aus, die bis in die Fingerspitzen ging und ihm das Gefühl gab, sich dafür, dass Oberst Kalt ihn gerettet hatte, bedanken zu müssen. Er wollte dem gemeinsamen Geheimnis, der Lüge, die sie zu Verbündeten machte, gerecht werden. Natürlich wunderten sich einige, warum der Soldat zum Beispiel keine Ausgehuniform anhatte und wieso gerade er, der der Unbegabteste von allen war, hier eingeladen zu sein schien, und warum sich Futterknecht nicht daran erinnern konnte, je einen Ausgangsschein ausgefüllt zu haben, der auf den Namen dieses Soldaten lautete. Henrik ahnte, dass niemand hier etwas von dem glaubte, was der

Oberst ihnen erzählt hatte. Aber sie taten so, als sei es das Natürlichste von der Welt. Eigentlich hätten sie gerne, allen voran Oberst Kalt, diesen dunkelhaarigen Schönling dort gesehen, wo sich Krüger zu einem späteren Zeitpunkt einfinden sollte, nämlich in der Arrestzelle im Kontrollpunkt.

Henrik klopfte mit einem Messer an sein Wodkaglas und erhob sich. Marie schaute zwischen den Parteien hin und her. Auf der einen Seite die versoffenen Schnapsnasen, denen die Mütter ihre Söhne anvertraut hatten, und auf der anderen Seite der hübsche Junge, der schon ein wenig blau war und gerade Gefahr lief, die Situation zu unterschätzen. Marie hatte Angst, dass Henrik alles verspielte und sich ihre Liebe in dieselbe Verachtung verwandeln könnte, wie sie Marie gegen alles empfand, was sie hier zu Hause, hier im Ort und nicht zuletzt hier in diesem Land umgab. Sie verachtete ihren Vater, der ihre Mutter wegen seiner Prinzipiengläubigkeit zur Flucht nach Polen getrieben hatte.

Maries Mutter war Polin. Oberst Kalt hatte sie bei einem Manöver mit den Streitkräften des Warschauer Paktes kennen und lieben gelernt. Später dann, als in Polen die Solidarnosz alles Gute und Schützenswerte in Frage stellte, bat Oberst Kalt seine Frau, doch für eine Weile zu vergessen, dass sie Polin sei, oder es wenigstens auf keinen Fall an die große Glocke zu hängen, um unangenehmen Diskussionen der Art: »Wie stehen Sie denn zu den Ereignissen im Vaterland Ihrer Frau?« aus dem Wege zu gehen. Seine Frau verstand, dass es zu dieser Zeit nicht besonders populär war, Polin zu sein. Da sie verantwortungsbewusst war und an die Familie glaubte, respektierte sie den Wunsch ihres Mannes. Aber die vielen unangenehmen Fragen zur Herkunft seiner Frau trieben Oberst Kalt zu oft in die Enge. Irgendwann antwortete er einer hoch dekorierten Nervensäge spontan und unter dem Druck, eine schnelle Entscheidung treffen zu müssen: Sie komme aus der Sowjetunion.

Als er bemerkte, dass diese Antwort offensichtlich die ersehnte Wirkung hatte, nämlich keine Fragen mehr, gab er diese Antwort immer wieder. In einem stillen Moment beichtete er seiner Frau, dass er ihr eine andere Nationalität gegeben hatte, und bat sie doch auch, dieses Spiel geduldig mitzuspielen. Auch hier wehrte sich die Frau von Oberst Kalt nicht.

Sie stellte die Bedingung, auf nicht allzu vielen Veranstaltungen, Empfängen, Feiern und Gedenktagen repräsentieren zu müssen, und Oberst Kalt ging gerne auf ihren Wunsch ein. So kam sie mit ihren spärlichen Russischkenntnissen ganz gut durch. Es sprach sowieso kaum einer Russisch oder konnte Polnisch von Russisch so richtig unterscheiden. Alles ging gut, bis nach dem Tode Breschnews in Russland merkwürdige Bewegungen vor sich gingen, die man zunächst lieber ignorierte, als sie zu diskutieren, lieber leugnete, als sie zu deuten. Als diese Bewegung einen Namen bekam, wurde Oberst Kalt gefragt: »Was halten Sie eigentlich von den politischen Vorgängen im Vaterland Ihrer Frau?« Als Oberst Kalt seine Frau schließlich bat, sich zu entscheiden, ob sie lieber Tschechin oder Rumänin sein möchte, war sie am nächsten Nachmittag verschwunden. Sie hatte einen Brief unter die Bettdecke ihres Mannes gelegt und war nach Polen zurückgegangen.

Marie schaute zu ihrem Vater und dachte auch heute, wie jeden Tag, was ist der bloß für ein Mensch, bin ich auch so, und es wird Zeit, dieses Haus und diesen Ort zu verlassen.

Oberst Kalt hatte eine undurchdringliche Miene aufgesetzt. Nur seine Augen verrieten, dass er unruhig wurde. Er hasste Kommissionen, die alles durchwühlten, er hasste die Stasi, der er unterstellt war und die ihm ununterbrochen auf den Sack ging. Er hasste die Parteileitung, die ihn in Parteiversammlungen gängelte und zu Selbsteinschätzungen der Art »Hier sind wir alle Genossen und vor allem alle gleich« zwang. Oberst Kalt dachte, bin ich eigentlich Oberst, bin ich eigentlich befehlsberechtigt oder befehlen mich andere?

Und dann war da dieser Schwung neuer Leute, die zu ihm in die Einheit einberufen worden waren, ein absoluter Taljahrgang. Seiner hoffnungsvollen Theorie nach kamen und gingen zwar jedes halbe Jahr abwechselnd Berg- und Taljahrgänge, aber was er bis zu diesem Zeitpunkt erlebt hatte, das war schon fast nicht mehr intern zu regeln.

Oberst Kalt hörte schon wieder das Telefon klingeln. Er sah sich Rechenschaftsberichte schreiben, er sah sich vor der Parteiversammlung eine Rechtfertigung verfassen und laut vorlesen, er sah sogar ein Parteiverfahren auf sich zukommen. Er sah sich den Dienst quittieren, er hatte Angst. Er schwitzte und er dachte: Jetzt kommt auch noch dieser Bubi, dieser zu jeder Soldatentätigkeit unfähige Bubi und verliebt sich in meine Tochter, ich hätte sie schon lange wegschicken sollen, zum Studium meinetwegen nach Moskau. Oberst Kalt lachte sich für diesen Gedanken selbst aus: Na klar, Kutte, deine Tochter wäre ja auch gegangen, freiwillig, nach Moskau! Da lachen ja die Hühner. Aber noch ist nichts verloren, wenn diese Pfeife da am Tisch das Spiel mitspielt wie jeder hier. Eine Bestrafung werde ich mir später ausdenken, eine, die schmerzhaft und pädagogisch ist und die meine Tochter mir nicht nachweisen kann. Oberst Kalt kam sich kurz blöd vor.

Davon wusste Henrik, der gerade verzweifelt nach geeigneten Worten suchte, natürlich nichts. Doch er bemerkte die sekundenlangen Blicke von Oberst Kalt (seinem zukünftigen Schwiegervater, haha): Spiel das Spiel mit, wenn dir deine Zukunft lieb ist.

»Genossen Offiziere, lieber Oberst Kalt«, von nun an sprach nicht mehr er, Henrik, sondern es sprach aus Henrik. »Im Namen der Genossen meiner Einheit, im Namen auch und vor allem der Genossen in meiner Unterkunft wollen wir Ihnen gratulieren und …« Henrik glaubte seinen Ohren nicht zu trauen, »… und weil wir gerne unter Ihrer Führung unserem Vaterland als Speerspitze dienen, Schild und Schwert der Partei sein möchten, wollen wir uns anlässlich Ihres Geburtstages verpflichten, unseren Kampfauftrag noch gewissenhafter auszuführen, als es bisher geschehen ist.«

Hatte es das wirklich gesagt, fragte Henrik bei sich selbst ungläubig an.

Der Beifall, die zustimmende Reaktion gaben Henrik nicht mehr das Gefühl von Sicherheit, er fürchtete sich vor der Person, die all das gesagt hatte.

Hauptmann Stummel beugte sich zu ihm und kam so nah an ihn heran, als wolle er ihn küssen. Er fragte: »Gefällt es Ihnen bei uns?«

»Ja«, sagte es.

»Warum«, fragte Stummel, »machen Sie dann nicht drei Jahre oder länger? Wollen Sie keine Verantwortung übernehmen? Was ist mit Ihnen los?«

Henrik wusste nichts darauf zu sagen.

»Gefällt es Ihnen also nicht bei uns?«

»Doch, doch«, beeilte Henrik sich zu beteuern.

»Drei Gründe, warum es Ihnen bei uns gefällt«, bohrte Hauptmann Stummel tiefer und tiefer.

»Oh, doch, doch, mir fallen viele Gründe ein. Zum Beispiel lernt man hier marschieren!«

Stummel war nicht blöd, ihn befriedigte der erste Grund nicht. Als Politoffizier war er jetzt ganz in seinem Element.

»Erzählen Sie mir doch nicht, dass Sie gerne marschieren!« Stummels Ton war zwar immer noch der scheinbaren Heiterkeit des Abends angepasst, aber eine leichte Schärfe hatte sich daruntergemischt. Sie war wie ein Pfannkuchen mit Senffüllung.

»Sie sind doch ein kluger Kerl, Mensch, so was wie Sie brauchen wir!« So kam es aus Futterknechts Ecke. »Also drei Gründe, her damit!«

Henrik streckte die Finger seiner Hand nach oben und begann aufzuzählen, warum es ihm bei der Armee gefalle, und die Finger, die er mit jedem Punkt berührte, brachen ab wie morsche Äste. Sein Mund war trocken. Es roch nach Sommer, nach Liebe. Der Mai zeigte sein schönstes Gesicht.

»1. Hier lernt man schießen und 2. Verantwortung und 3. man reift zum Manne.«

»Bravo«, riefen alle, und irgendjemand legte die Schallplatte von Unteroffizier Aurich auf. Es ertönte das Lied des Oktoberclubs: »Sag mir, wo du stehst, sag mir, wo du stehst, und welchen Weg du gehst ... Zurück oder vorwärts, du musst dich entschließen. Wir bringen die Zeit nach vorn, Stück um Stück. Du kannst nicht bei uns und bei ihnen genießen. Denn wenn du im Kreis gehst, dann bleibst du zurück.«

»So einen wie Sie brauchen wir hier«, lallte es von Futterknechts Seite herüber. Stummel riss ein Stück von der Papiertischdecke ab und knallte den Fetzen direkt vor Henrik hin: »Das geht doch ganz einfach, hier unterschreiben und schon sind Sie Unteroffizier«, grölte der Hauptmann.

»Ich hab keinen Stift«, versuchte sich Henrik herauszuwinden.

»Egal«, riefen Lenk und Laucke, »Sie finden doch Theater gut, tun Sie doch einfach so, als ob Sie schreiben.«

Henrik tat ihnen den Gefallen.

Futterknecht hatte aus Stanniolpapier, das sie zum Grillen benutzten, Schulterstücke gebastelt, die er jetzt an Henrik befestigte. Hauptmann Stummel erhob sich, und trotz seines besoffenen Zustands gelang es ihm, seine Beine im Exerzierschritt nach vorne zu werfen, ohne hinzufallen, und eine feierliche Meldung an Oberst Kalt zu machen: »Genosse Oberst, die Kompanie ist angetreten. Stillgestanden.«

Der Oktoberclub fuhr unbeirrt mit seinem Gesang fort:

»Du schmälerst durch Schweigen die eigene Größe. Ich sag dir, dann fehlt deinem Leben der Sinn.«

Oberst Kalt spielte mit säuerlichem Gesicht das Spiel mit: »Ich befördere den Genossen Soldaten zum Unteroffizier. Herzlichen Glückwunsch.«

»Warum tust du das, Papa?« Maries Haare flatterten im Wind und ihr Körper zitterte leicht. Es war still geworden, die meisten Gäste schauten in ihre Gläser oder begannen sich zu erheben, um nach Hause zu gehen oder einfach nur so.

Da klingelte das Telefon schrill und laut und beängstigend. Oberst Kalt entschuldigte und entfernte sich.

Henrik schämte sich. Die Schulterstücke aus Silberpapier auf seiner Uniform fingen das Licht der bunten Glühbirnen ein und das Mondlicht tränkte den Garten in eine blaue, undurchsichtige, traurige Farbe, als kündige sich der nahende Untergang an.

Oberst Kalt kam in Uniform aus dem Haus, er war mit einem Schlag nüchtern. Er sah aus wie ein alter Mann. »Ein Vorkommnis zwingt mich in die Einheit zurück.« Er strich sich die Uniform glatt, packte seine Aktentasche fester und erklärte die Feier für beendet. Dann verließ er den Garten. Ohne sich umzudrehen und in beiläufigem Ton, als hätte er einfach was vergessen, bemerkte er: »Sie, Genosse Soldat, kommen mit, wir haben denselben Weg.«

Henrik trabte los, seine Augen suchten verzweifelt Marie. Er hätte ihr so gerne noch was gesagt, aber sie war weg.

Sie wird mich für ein Arschloch halten ohne Haltung, ohne Rückgrat, dachte Henrik panisch.

Kratzig drang die Melodie des Oktoberclubs in sein Ohr. Die Stimme des widerlichen, aalglatten Sängers verfolgte ihn bis zum Gartentor: »Wir haben ein Recht darauf, dich zu erkennen. Auch nickende Masken nützen uns nicht. Ich will beim richtigen Namen dich nennen. Und darum zeig mir dein wahres Gesicht.«

Mit den letzten Takten stieg er zu Oberst Kalt in den Wagen. Die Fahrt verlief schweigend. Hinter dem Kontrollpunkt öffnete er die Tür. Henrik sprang hinaus. Oberst Kalt fuhr weiter.

Er hatte mal wieder eine Entscheidung zu treffen. Scheißentscheidungen, dachte Oberst Kalt. Er sehnte sich nach seiner Frau, seiner Tochter, seiner Familie. Scheißentscheidungen, dachte er nochmal. Während er quer über den Hof schritt, entrang sich ihm ein Seufzer: Scheißentscheidungen.

34

Still war es auf der Bude. Keiner hatte Lust zu sprechen. Mischke, Traubewein, Stadlmair und Henrik saßen um den Sprelakattisch auf diesen kleinen, quadratischen, braunen Hockern. Traubewein klopfte auf die Tischplatte, was allen auf die Nerven ging. Die Tür zu Krügers Spind war offen. Das Vorhängeschloss war weg. Krügers Bett war abgezogen.

Der Abschied war kurz gewesen. Krüger war nach Schwedt gekommen. Ohne viel Aufhebens. Nach Weisung des Kommandeurs, der das Recht hatte, diese Entscheidung bis zu einer Länge von drei Monaten ohne Militärstaatsanwalt zu treffen.

»Er ist ja nicht tot«, sagte Mischke, der lieber fröhlich war. Traubewein schaute ihn strafend an. Unsensibler Bauerntölpel.

»Na ja, was soll's, was macht er auch so was«, Stadlmair warf seinen Seesack auf Krügers Bett.

»Was machst du denn da?«, fragte Henrik.

»Na, ich nehme mir Krügers Bett«, antwortete Stadlmair. »Ist doch besser hier an der Wand.«

Stadlmair flog quer durch den Raum und landete irgendwo zwischen Mülleimer und Putzspind. Dort blieb er für eine ganze Weile liegen, bis er sich im Verlauf des weiteren Abends wieder langsam und unauffällig zu seinem Bett hinbewegte.

Henrik schlief in dieser Nacht sehr schlecht. Er dachte an Krüger, der nun in Schwedt in der Strafkompanie war. Mein Gott, er wollte doch nur tanzen. Er dachte an Marie, die die Tochter von Oberst Kalt war, und er dachte daran, dass sie vielleicht Schwierigkeiten kriegen würden. Vielleicht schickt er sie nach Moskau, dachte Henrik, in ein Internat, quatsch, das kann er nicht, sie ist ja 18, also volljährig. Und was wird er sich für mich ausdenken? Eine offizielle Strafe kann es ja nicht geben, schließlich ist ja offiziell nichts vorgefallen. Und Marie hält mich jetzt bestimmt für einen Idioten und wird nichts mehr von mir wissen wollen. Mann, war ich blöd, warum hab ich dieses Spiel überhaupt mitgemacht, ich Idiot, wahrscheinlich weil ich jedes Spiel mitmache, schon mein ganzes Leben lang, ich bin nicht mutig, im Gegensatz zu Krüger, wie es dem jetzt wohl geht ... Endlich schlief Henrik ein.

Auch Marie schlief in dieser Nacht sehr schlecht. Warum sind Jungs nur solche Idioten, dachte sie und wälzte sich hin und her. Ich weiß nicht, dachte sie, ob ich noch was von ihm wissen will, warum hat er bloß bei dem Spiel mitgemacht, bei diesem Scheißspiel, er hat sich demütigen lassen, das macht ihn so ... blöd ... Vielleicht ist er ja so ein Mitläufer und macht jedes Spiel mit, wahrscheinlich, na so was hat mir noch gefehlt in meiner Raupensammlung ... Marie schlief ein.

Oberst Kalt schlief in dieser Nacht zum ersten Mal sehr schlecht. Irgendwie war der Wurm drin. So dachte er, seit langer Zeit spiele ich dieses Spiel hier mit, bin selbst Spielmacher, aber so ein schlechtes Jahr hatte ich noch nie. Oberst Kalt warf sich derart heftig auf die andere Seite des Bettes, dass er fast hinausgefallen wäre, und stieß sich seinen Kopf an der Bettleiste. Er stand auf, schlüpfte in seine Pantoffeln, nahm eine Tüte H-Milch und schlurfte in die warme Mainacht. »Muschi, Muschi, Mulle«. Er füllte das Schälchen, das unter der halb toten Tanne stand. Oberst Kalt schaute die halb tote Tanne an. So was wie ein knarzendes Lächeln spielte um seinen Mund, dessen Lippen so eng zusammengepresst waren, als hätte man sie zusammengeschweißt. Er setzte sich unter die Tanne, hinter der gestern noch dieser, wie hieß er noch, gestanden hatte. Gute Uniform, dieser Einstrich-Keinstrich, dachte Oberst Kalt, aber der Kerl, also ich weiß nicht, den für meine Tochter. Oberst Kalt schüttelte langsam und bedächtig den Kopf, nein, nicht meine Tochter. Aber was mache ich mit diesem Soldaten, er braucht einen Denkzettel. Aber was könnte es für eine erzieherische Maßnahme sein? Er scheint ja ganz helle zu sein, jedenfalls hat er dieses Spiel hier ganz glaubwürdig mitgespielt und … Für einen kurzen Moment wurde Oberst Kalt abgelenkt, denn da kam Muschi und schleckte die Milch auf. Und er hat es gut gespielt, bestraft wird er trotzdem. Oberst Kalt ging wieder ins Bett. Oberst Kalt schlief ein.

Aurich gehörte nicht zu den Leuten, die ein schlechtes Gewissen haben. Und doch, irgendetwas beschäftigte ihn, weshalb er nicht schlafen konnte. Also setzte er sich auf sein Bett, direkt unter das Charlie-Marx-Plakat, und griff sich den ersten Band von Proust. Lustlos blätterte er darin rum. Dann klappte er ihn wieder zu. »Arschloch«, sagte er vor sich hin, nahm den Band und warf ihn mit großer Kraft gegen die Wand.

»Arschloch«, wiederholte er. »Dich krieg ich auch noch, Arschloch.«

Er ging ans Fenster, von wo er einen guten Blick auf den Wachturm hatte. Heidler, du Sau, irgendwie bist du da rausgekommen, und ich werde herausfinden, wie. Du bist ein guter Schauspieler und für dich scheint alles ein Spiel zu sein, doch ich werde dir zeigen, dass es bitterer Ernst ist, dich liefere ich auch noch ans Messer wie diesen Krüger. Aurich war traurig, aber das wollte er sich nicht eingestehen, weswegen er seine Wut forcierte, die er männlicher und passender fand als diese ganze angeschwuchtelte Traurigkeitsscheiße.

Statt Hänni oder seinetwegen auch Änni abzuschleppen, von Marie mal ganz zu schweigen, musste er diesen Krüger ins Objekt zurückführen und seinen Dienst wieder antreten. Aber immerhin war Krüger weg, in Schwedt. Da würde er schon zum Soldaten gemacht werden, dachte Aurich bitter, ansonsten fresse ich einen Besen, den machen sie da fertig, das könnt ihr getrost annehmen oder ihr könnt mich Muschi nennen. Bums, da saß sie in seinem Genick, die Einsamkeit. Wie eine dicke, schwarze, hässliche Echse.

Hauptmann Stummel saß in seiner Bude im Offizierswohnheim und fütterte sein Meerschweinchen. Dann las er noch ein Buch von Harry Türck zu Ende, das ihm Hauptfeldwebel Futterknecht geliehen hatte. Es war still. Hauptmann Stummel zog Stille an. In unbeobachteten Momenten pfiff er vor sich hin, unbekannte Melodien, die so allgemein waren wie er selbst. Stummel, den seine Eltern Lutz genannt hatten, war weder einsam noch das Gegenteil davon. Er war von absolut überzeugter materialistischer Lebenseinstellung, er hatte keine Hobbys, keine Interessen, keine Freunde, keine Vorlieben, er schaute kein Fernsehen, er war komplett leer. Obwohl er als Politoffizier dafür zuständig war, die Soldaten auf Linie zu halten, war Hauptmann Stummel dumm. Die entsprechenden Versatzstücke politischer Überzeugung oder das, was von ihm als solche abverlangt wurde, hatte er einfach auswendig gelernt. Ein Repertoire, das er jederzeit und überall aus dem Karteikasten seines eckigen Kopfes abrufen konnte. Hauptmann Stummel, der nach der Fütterung seines Meerschweinchens Angela noch ein Stückchen Schmelzkäse aß, sich anschließend die Zähne putzte und seine Armbanduhr aufzog, schlief schließlich ein. Es war der Schlaf des sorglosen Militärs, ein Schlaf, der dem Ritual nach um sechs Uhr enden würde, bevor ein neuer, streng geregelter Tag begann.

In derselben Nacht vergrub der Waffenwart Horst etwas spitzes Längliches. Dort, wo der Rasen wild wucherte und die Kaserne offiziell zu Ende war. Sein schweißnasses Gesicht leuchtete so weiß wie der Mond.

Sommer

35

Krüger war jetzt schon zwei Monate weg. Marie hatte sich nicht mehr gemeldet. In der Einheit ging alles seinen gewohnten Gang. Man tat seinen Dienst, Fahrzeuge wurden bewegt, Soldaten rückten ein und wieder aus, Wache wurde geschoben, die Sonntage über die Runden gebracht. Aus den Soldaten wurden Gefreite, und Henrik wurde trübsinnig.

Der August war heiß. Henrik erinnerte sich an den Sommer vor einem Jahr. Da waren sie alle mit ihren Freundinnen nach Ungarn getrampt. Appel mit Gudrun, Henrik mit Eva und Schell im Rollstuhl als fünftes Rad am Wagen, wie er gerne lachend scherzte. Inzwischen hatte fast jeder auf der Bude, in der Einheit, in der Kompanie seinen ihm gesetzmäßig zustehenden KU oder VKU – Kurzurlaub oder verlängerten Kurzurlaub – gehabt.

Als Henrik mit seinem ordentlich ausgefüllten Antrag auf Urlaub bei Hauptfeldwebel Futterknecht ankam, hatte der ihn nur grinsend entgegengenommen und an Oberst Kalt weitergereicht. Abgelehnt. Stattdessen hatte Kalt ein paar Sonderwachdienste befohlen, sodass Henrik nun Tag für Tag auf Posten 3 Wache schob und sehnsüchtig auf den Busch schaute, der das Loch im Zaun verbarg.

Oft musste er auch noch nach Dienstschluss mit einem Besen den großen, heißen, staubigen Appellplatz fegen. Es wehte kein Wind, kein Lüftchen, nicht mal ein Hauch regte sich. Henrik lief der Schweiß am Körper herunter. Sein Käppi schien in seinem Kopf zu versinken. Während Henrik in merkwürdig kreisenden Bewegungen den Hof fegte, wirbelte nicht nur der Staub auf, sondern auch seine Gedanken. Es ist die Tristesse, die uns willfährig machen soll. Es ist nicht das Marschieren oder das In-den-Dreck-Schmeißen. Es sind nicht die Schießübungen und die politische Agitation. Gegen das alles kann man sich wehren. Es ist die Tristesse. Das ist das eigentlich Grausame. Die Tristesse, in die man uns zwingt. Tristesse statt Liebe, Tristesse statt Freude, Tristesse statt dass man durch Reisen und Gespräche die Welt kennen lernt. Alles kann man ihnen verzeihen, aber nicht die Ödnis der Tristesse, in die sie uns gezwungen haben. Diesen Lebenszeitdiebstahl können sie nicht wieder gutmachen.

Henrik fegte nicht, er schlug den Besen in den Staub, während im Kommandeurszimmer Oberst Kalt am Fenster stand und auf den fegenden Soldaten herunterschaute, einen geöffneten Brief seiner Tochter an Henrik in den Händen: »Warum antwortest du nicht auf meine Briefe. Was ist los?«

Kalt verstand nicht, warum er diese Beziehung nicht wollte. Was war eigentlich mit ihm los? Vielleicht, so dachte er, kannst du nicht anders. Vielleicht kannst du nicht über deinen eigenen Schatten springen. Vielleicht bist du aber einfach ein Idiot wie dieser Aurich. Vielleicht aber tust du auch nur deine Pflicht. Oberst Kalt wusste es nicht. Er war müde, und seitdem merkwürdige Dinge in der Sowjetunion passierten und der Warschauer Pakt am Bröckeln war, fühlte er sich nicht nur von seiner polnischen Frau und seiner Tochter, sondern von der gesamten sozialistischen Welt verlassen. Er hatte, weil er nicht anders konnte, Maries Briefe an den Gefreiten Heidler, die Briefe seiner Tochter an einen jungen Mann, der ihr nicht gleichgültig war, abgefangen, so wie man nun mal Briefe in Kriegszeiten abfängt. So, als wäre sie nicht seine Tochter, so, als wäre sie ein Klassenfeind.

Seine Tochter schrieb aus Polen, weil ihre Mutter im Krankenhaus lag. Marie war mit einem Sondervisum nach Warschau gefahren, um sie auf einem Weg zu begleiten, der nicht auf der Landkarte der Atheisten vermerkt war. Maries Mutter lag im Sterben. Dies hatte Oberst Kalt aus den Briefen erfahren, die seine Tochter an Henrik schrieb. Der Lauscher an der Wand hört seine eigene Schand. Der da unten ist glücklich, dachte Kalt, und du hier oben bist es nicht. Du neidest dem da unten sein Glück, das ist dein Problem.

Hinter ihm hüstelte es zaghaft, ach ja, den hatte er ja fast vergessen. Oberst Kalt drehte sich zu Aurich um, der seit fünf Minuten im Stillgestanden verharrte. Oberst Kalt hatte vor lauter Nachdenklichkeit vergessen, »Rührn!« zu sagen. Das holte er jetzt nach. Aus Aurich entwich ein Teil des Drucks und er stand nun vor Oberst Kalt in lockerer Haltung, so locker, wie es Leuten vom Schlage Aurich eben möglich ist.

Oberst Kalt musterte ihn. Zum wiederholten Male stellte er fest, dass er diesen Kerl nicht mochte. Aber wen mochte er schon? Eigentlich keinen. Komisches Leben, dachte Oberst Kalt.

»Sie können wegtreten«, sagte er zu Aurich. Aurich machte Meldung. »Schon gut«, sagte Oberst Kalt, drehte ihm wieder den Rücken zu und schaute auf den Appellplatz.

M+H stand dort in großen, staubigen Buchstaben, darum war ein großes Herz gefegt. Henrik stand dort und betrachtete sein Werk bis doch noch Wind aufkam und alles wegwehte. Henrik schaute traurig nach oben zum Fenster von Oberst Kalt. Für einen kurzen Moment trafen sich ihre Blicke, wie damals im Garten beim Grillfest, doch diesmal war es anders.

36

»Scheiße«, Leutnant Laucke haute mit der Faust auf den Tisch, »da kann ich mir doch den Oberleutnant in den Arsch schieben.«

Lenk blickte verschämt nach unten. Hauptmann Stummel schaute auf die Tischdecke. Er hatte Sandkuchen mit Zitronengeschmack mitgebracht, denn es war Mittwoch und mittwochs war immer ein anderer dran, Kuchen mitzubringen. Auf der linken Seite des Tisches saßen Lenk und Laucke. Ihnen gegenüber Hauptmann Stummel und neben ihm Hauptfeldwebel Futterknecht. Sie rührten stumpf in ihren Kaffeetassen. Am Kopfende thronte Oberst Kalt. Sein Blick wanderte von einem zum andern. Futterknecht entdeckte in seinem Kaffee interessante Kreise, die immer dann entstanden, wenn er mit seinem Löffel darin rührte. Hauptmann Stummel schabte mit seinem Fingernagel an der Kokarde seiner Mütze, die auf dem Tisch lag. Während Leutnant Laucke eine Mauer aus Zuckerstückchen baute.

»Darum geht es jetzt nicht, Leutnant Laucke.« Lenk hatte das Leutnant zu stark betont, jedenfalls glaubte das Laucke. »Ja, verflucht, ich weiß, dass ich nur Leutnant bin.«

Hauptmann Stummels Nerven lagen blank. Dabei hatte er im Laufe seines Lebens dafür gesorgt, dass Sandsäcke, Panzersperren und Tretminen seine Nerven vor Angriffen schützten. Aber mit einem Mal wurden die gesamten Vorsichtsmaßnahmen über den Haufen geworfen. In ihm explodierte alles:

»Scheiße ist gar kein Ausdruck. Riesenscheiße. Riesenscheiße. Riesenscheiße.«

Es war nicht mehr zu übersehen, es quoll einem entgegen, in Schrift und Wort durchs Radio, in den Zeitungen, von überall her, es war nicht mehr zu verdrängen. Futterknecht summte ein Lied vor sich hin: »Oh du lieber Augustin, alles ist hin …« Na ja, dachte er, noch ist August.

Kalt hatte gerade mit der Hauptstadt telefoniert und gab eine optimistische Losung aus: »Wir machen weiter wie bisher.«

»Wir stehen geschlossen hinter dir, Kutte.« Futterknecht atmete befreit auf.

Oberst Kalt musterte alle, wie sie da saßen, in der immer gleichen Ordnung, wie sie ihn anstarrten. Auf ihren Tellern war der Kuchen ordentlich verteilt.

»Wie lange wir allerdings die Stellung halten können, weiß ich nicht, Genossen«, sagte er, »die Welt verändert sich, falls Sie es noch nicht gemerkt haben.«

Dann legte er die zwei Briefe auf den Tisch und schob sie zu Hauptfeldwebel Futterknecht rüber: »Diese Briefe hier können Sie jetzt weitergeben.«

Dann zeigte er auf zwei Postsäcke, gefüllt mit Briefen: »Und diese da auch.«

37

Mischke strahlte. Sein Kopf leuchtete wie die aufgehende Sonne. Er schwenkte einen Brief: »Meen Moppelchen is schwanger.«

Er hüpfte im Zimmer auf und ab. Henrik war auch glücklich. Er hatte endlich die Briefe ausgehändigt bekommen. Sie waren von Marie und er hatte damit überhaupt nicht mehr gerechnet.

Sie riet ihm, wenn er ihr schreiben wolle, den Brief doch einfach einem Soldaten mitzugeben, der in Ausgang oder Urlaub ging. Da würde niemand die Briefe lesen und der Brief würde todsicher ankommen.

Henrik hatte natürlich diese Möglichkeit bereits erwogen. Doch zurzeit war wegen der angespannten weltpolitischen Lage absolute Ausgangs- und Urlaubssperre verhängt worden. Auch Rundfunk- und Fernsehempfang waren schwer, wenn nicht gar unmöglich.

Außerdem wurden jetzt öfters die Fragen gestellt, was das hier eigentlich für eine Einheit sei und welche Aufgaben sie im Kriegsfall zu erfüllen habe, außer Fahrzeuge raus- und reinzufahren und Wache zu schieben.

Henrik dachte an Krügers Bericht über diesen Bunker. Vielleicht, dachte Henrik, ist es der Bunker, den wir hier bewachen, vielleicht sind wir hier ja alle eine einzige große Tarnung. Vielleicht ist das ja gar keine typische Krügerspinnerei, so wie die Sache mit seiner Freundin, mit der er angeblich Schluss gemacht hat, oder die Geschichte, dass er sich damals in seinen wilden Jahren Wodka in die Venen gespritzt hätte. Vielleicht stimmt es ja, dass es hier einen geheimen Bunker gibt. Henrik gruselte sich und dachte an was Schönes, an Marie.

Mischke sprang auf. »Leckts mich am Arsch, Leute«, sagte er, »ich muss in Urlaub und Urlaub steht mir zu. Meene is schwanger. Wolln wir wetten, dass ich morgen in Urlaub komm. Ich hol mir jetzt meinen Urlaubsschein«, und schon war er aus der Tür.

Henrik schaute auf die zwei Postsäcke, die auf Krügers Bett lagen. Futterknecht hatte sie dort abgestellt und zu Henrik gesagt: »Sie sind doch der Freund vom Genossen Krüger, dann können Sie die hier doch in persönliche Verwaltung nehmen.«

Futterknecht war es unangenehm, was man mit Krüger gemacht hatte. Er war nicht traurig darüber oder etwa besorgt, es tat ihm auch nicht besonders Leid um diesen Krüger, den er sowieso nicht gemocht hatte. Nein, er befürchtete nur, dass diese Sache auf sein persönliches Schuldenkonto geschrieben würde und dass er dafür eines Tages Verantwortung übernehmen müsste, nicht vor dem Jüngsten Gericht, aber im schlimmsten Fall vor irgendeinem.

Henrik nahm die ersten Briefe aus dem Postsack. Sie waren geöffnet. Alle waren sie geöffnet worden. »Die haben sie tatsächlich alle gelesen«, sagte er und schaute auf die Absender. »Wo die alle herkommen, aus Hintertupfingen von einer Nancy Frettwurst, und hier eine Gabi Meier und eine Marianne Fleischmann aus Dresden und alle für Krüger. Jetzt hat der wirklich säckeweise Post bekommen und kann sie nicht beantworten.« Nachdenklich schob Henrik die Briefe wieder zurück in den Sack.

»Genosse Hauptfeldwebel, gestatten Sie, dass ich Sie in einer dienstlichen Angelegenheit spreche?« Mischke sah immer irgendwie drollig aus, wenn er Meldung machte, und Futterknecht schaute ihn mild lächelnd an.

»Wann kann ich denn mal Urlaub kriegen?«, fragte Mischke.

»Was heißt kriegen?«, fragte Futterknecht zurück, »hier kriegt man keinen Urlaub, hier wird Urlaub befohlen, außerdem brauchen Sie dazu einen Urlaubsschein, außerdem ist erhöhte Gefechtsbereitschaft.« Futterknecht unterbrach sich: »Das wissen Sie doch, Sie sind doch nun schon neun Monate hier.«

»Ja, und zwar am Stück bin ich jetzt hier, ich muss doch mal Urlaub kriegen, der steht mir doch auch zu«, bohrte Mischke weiter. »Und meene ist schwanger, dringende Familienangelejenheit, das heißt, ich darf heeme.«

Triumphierend, aber voller Zärtlichkeit legte er den Brief auf Futterknechts Schreibtisch.

»Tja, wenn das so ist, dann brauchen wir ein ärztliches Attest von Ihrer Frau.«

Mischkes rotes, glückliches Gesicht drohte seine Farbe zu ändern, es spielte leicht ins Bläuliche rüber mit einer Spur Lila.

»Kann ich doch nachreichen!«

»Na gut«, sagte Futterknecht, »ich werde mich für Sie bei Oberst Kalt einsetzen. Wegtreten.«

Mischke hatte mehr erreicht, als er zu hoffen gewagt hatte.

Henrik hatte gerade seinen Brief an Marie beendet, als Mischke zurückkam und verkündete, dass er bald in Urlaub fahren werde. Henrik freute sich. Jetzt hatte er einen Zuverlässigen, der für ihn den Brief rausschmuggeln würde.

Traubewein, der nun endlich sein Bandmaß zu Ende bemalt hatte, fragte plötzlich, ganz ohne aufzublicken, so als schäme er sich für diese Frage: »Sag mal, Mischke, wenn du jetzt neun Monate am Stück hier drin bist, dann ist es doch komisch, dass …«

»Ja wa«, unterbrach ihn Mischke heiter, »darüber habe ich auch schon nachgedacht, aber meen Moppelchen hat es irgendwie hingekriegt. Ich meene, wenn ich hier seit neun Monaten drin bin, dann ist es doch toll, wie mein Moppelchen …«

Mischke traten Tränen in die Augen, er stockte, als Futterknecht die Tür aufriss: »Gefreiter Mischke, Sie Glückspilz!« Er knallte ihm den Urlaubsschein auf den Tisch: »Darauf trink ich einen Rotkäppchensekt.« Futterknecht schaute in die Runde, er sah den heulenden Mischke und die betretenen Gesichter der anderen.

Mischke seufzte: »Was soll ich denn im Urlaub? Ich bleibe hier …«

Futterknecht verstand die Welt nicht mehr, und Henrik blickte traurig auf den Brief, den er an Marie geschrieben hatte: »Denn man kann sich an alles gewöhnen, an den Kreislauf von Sonne, Mond und Sternen, an das ewig frühe Aufstehen, an das Wacheschieben, an Stiefelputzen, an das Gebrüll der Vorgesetzten, aber wenn es an Liebe fehlt …«

Henrik sah Mischke, dessen Gesicht ganz feucht war und etwas hilflos lächelte. »… aber wenn es an Liebe fehlt, daran kann man sich nicht gewöhnen.«

In den letzten neun Monaten hatte Henrik sich an vieles gewöhnt und sogar gelernt zu essen, ohne sich zu ekeln. Das Schmatzen, Rülpsen, Spucken, Sabbern kümmerte ihn nicht mehr, ja er nahm es nicht einmal mehr wahr. Selbst das Leberwurstschießen konnte ihm das Essen nicht mehr verleiden. Die kleinen Leberwurstscheiben wurden an die geriffelte Decke geworfen, wo sie so lange hängen blieben, bis sie ausgetrocknet wieder nach unten fielen. Meist auf den eigenen Teller. Henrik hatte nie ganz verstanden, welcher Spaß sich dahinter verbarg.

Auch an diesem Abend hatte er sich wie immer eine Serviette um den Hals gebunden und aß mit Messer und Gabel sein Brot. Es herrschte eine merkwürdige Atmosphäre im großen Speisesaal, eine fast heilige Stimmung. Es war stiller und ruhiger als sonst. Die Kommandos »Essen und trinken beenden! Ganze Kompanie auf!« wurden nur normal ausgesprochen, statt sie in den großen Raum zu brüllen.

Verstohlen wanderten die Augen der Soldaten immer wieder zu einem Tisch. Da saß ein Soldat. Schmal und still, aber kerzengerade, und aß sein Abendbrot. Er hieß Krüger, und er war an diesem Morgen aus Schwedt zurückgekommen.

38

Traubewein hatte an diesem Morgen mit sich selbst zu tun. Sein kreisrunder Haarausfall machte ihm Sorgen. Er sah aus wie ein Mönch. Inzwischen hatte er alle Befreiungen bekommen, die man kriegen konnte: Stahlhelmbefreiung, Schutzanzugbefreiung, Stiefelbefreiung, Uniformbefreiung. Er lief den ganzen Tag im Trainingsanzug herum und zeigte jedem, der es sehen wollte, seine Befreiungsscheine. Nur von der Armee wollte man ihn partout nicht befreien.

»Und wenn Sie hier nackt über den Appellplatz tollen«, hatte Futterknecht gesagt, »mit ner Allergie werden Sie sich hier nicht rausstimulieren.«

Es war ziemlich klar, was Traubewein für eine Allergie hatte. Er hatte eine Armeeallergie, aber da er damit nicht alleine war und man nach diesem Krankheitsbild alle hätte entlassen müssen, blieb Traubewein da, wo er optisch und praktisch keinen Schaden anrichten konnte, in den Gebäuden der Kaserne, unter Verschluss sozusagen. Von der Colabar bis zum Stabsgebäude verrichtete Traubewein den Innendienst.

Traubewein hatte sich gerade sein Gesicht mit einer dicken Schicht Florenacreme eingerieben, da ging die Tür auf.

»Krüger, du wieder hier, wo bist du denn so lange gewesen?«

Traubewein biss sich auf die Lippen. Du Idiot, kasteite er sich, unsensibler Idiot, trete einem Orden bei, dem Orden der heiligen Dreipeinlichkeit, zur heiligen Scham, und dort schäme dich 15 Stunden am Tag in einer Schweißzelle.

Mischke hätte ihn fast nicht erkannt: »Krüger?«

Krüger reagierte nur mit einem kurzen Blick, wobei sich die Falte zwischen den Augen kaum bewegte. Sein Blick blieb leer. Er hatte jetzt einen korrekten Haarschnitt. Traubewein wollte ihn umarmen, blieb aber nach der Hälfte des Weges stehen.

Henrik kam von der Wache. In letzter Zeit kam Henrik ja eigentlich immer von der Wache oder er ging zur Wache. »Nach der Wache ist vor der Wache«, hatte Stummel ihn angelacht, aber Henrik hatte nichts dagegen. Er nannte seinen Wachturm den Elfenbeinturm, und die zehn Quadratmeter Plattform nannte er meine gute Stube.

Krüger hatte als erster begonnen, sein Bett zu beziehen. Seine Bewegungen waren exakt, fast wie ein Roboter. Nicht zu viel, nicht zu wenig. In 3 Minuten und 25 Sekunden war das Bett fertig. In einer Minute hatte Krüger ein Musterbett gebaut, das man, so wie es da stand, im NVA-Museum hätte ausstellen können. Er begab sich auf Augenhöhe mit der Bettkante, um die Fluchtpunkte der blauweißen Karos auf dem Bettbezug parallel zum Kissenbezug auszurichten und zu überprüfen, ob nicht doch eine Falte oder ein Fältchen im Laken seiner Sorgfalt entgangen war. Dabei kniff er ein Auge zu und zuppelte hier und da noch herum.

Mischke hielt Henrik zurück, als der auf Krüger zugehen wollte.

»Eigentlich ist sein Bett schon eine ganze Weile in Ordnung, aber der zuppelt immer noch dran rum.«

Henrik stellte sich neben Krüger auf und empfing nur ein Signal von ihm: LASST MICH IN RUHE.

Henrik beschloss, diesen Wunsch zu respektieren und zu warten, bis Krüger wieder zurückgekehrt war, der wirkliche Krüger. Der Krüger, der, nachdem sie die Ladeklappen des W50 geschlossen hatten und das Fahrzeug Richtung Schwedt abfuhr, Henrik noch zugerufen hatte: »Keine Sorge, Schwedt ist ein Wassersportgebiet, vielleicht gehe ich ja auch mal rudern oder so.« Der Krüger, der wie ein Fels in der Brandung gestanden und das ganze Leben zu einem einzigen Abenteuer erklärt hatte. Der Kaugummi-Krüger, der die Weiber, das Leben, Motorräder und Spaß liebte. Den sollten sie kleingekriegt haben?

39

Horst litt unter allem. War es kalt, litt er unter Kälte. War es warm, litt er unter der Hitze, war es gemäßigtes Klima, dann litt er unter sich selbst. Horst war der Waffenwart der Kompanie. Er war für die Ausgänge und Eingänge der verwendeten kleinen und großen explosiven Waffen zuständig. Horst hatte beständig Angst. Horst konnte nicht rechnen.

Eigentlich war er jemand, der im besten Sinne des Wortes nicht sauber bis drei zählen konnte. Er brachte einfach viel durcheinander: Seine Munition, das mit den Büchern, die Ein- und Ausgänge und das mit der Inventur am Ende jedes Jahres. Der Stress, den ein Manöver oder eine Schießübung mit sich brachten, und der damit verbundene übermäßige Konsum von Alkohol hatten ihn frühzeitig altern lassen. Horst war 56 Jahre alt, sah aber aus wie 65.

Horst hatte seine Frau vor einiger Zeit an den Krebs verloren und somit die letzte Sicherheit. Horst war nun auf sich alleine gestellt.

Henrik hatte sofort gemerkt, dass mit dem Waffenwart etwas nicht stimmte. Ganz am Anfang der Dienstzeit, noch in der Grundausbildung, hatte es einen Vorfall gegeben.

Aurich hatte sich die ganzen vorangegangenen Tage gefreut: Handgranatenweitwurfübung. Er liebte das Zittern der Frischlinge, ihr Winseln, ihre Stoßgebete, die sie in den Himmel sandten, um die Handgranatenweitwurfübung zu überleben.

»Diese Handgranaten sind keine echten Handgranaten«, erklärte Aurich, »es sind Übungshandgranaten, so genannte Imi-Eier, also Imitationshandgranaten, alles klar? Die sind nicht gefährlich, Sie müssen sich also nicht einscheißen, Genossen Soldaten, das sind bessere Silvesterknaller.«

»Sich einen zünden«, sagte Krüger gerade zu Henrik, weil er immer noch das Wir-erfinden-neue-Worte-für-wichsen-Spiel spielte.

»Für Sie ist das wohl alles ein großer Spaß, Genosse Krüger«, hatte Aurich ihn angeschnauzt und Krüger, den damals nichts so schnell von seiner Humorschiene runterholen konnte, antwortete: »Bessere Silvesterknaller? Klar, das hört sich doch nach Spaß an.«

Aurich ignorierte diese Bemerkung.

»Wenn wir die Granate entsichert haben, dann halten wir sie noch drei bis vier Sekunden in der Hand. Warum, Genossen?«

»Damit der Gegner die Granate nicht zurückwerfen kann«, sagte Stadlmair.

»Genau! Ich zeige!«

Aurich riss den Stift heraus, und mit einer ungeheuer angeberischen Geste warf er das runde grüne Töpfchen knapp zehn Meter weit. Alles stürzte sich mit solcher Schnelligkeit in Deckung, dass sie mit den Stahlhelmen heftig aneinander stießen. Nur einer blieb stehen. »Deckung«, brüllte Aurich, »das gilt auch für Sie, Genosse Soldat.« Dann duckte er sich.

Krüger schaute in Richtung des geworfenen Imi-Eis. Es machte kurz pfff, das war's. Krüger musste lachen.

»Bessere Silvesterknaller! So was hab ich früher immer in der Hand losgehen lassen«, sagte er.

»Ach ja, dann zeigen Sie uns das mal.« Aurich übergab eine Granate an Krüger, der sofort den Stift rauszog und zu zählen begann. Aurich brüllte ihn an: »Es gab noch keinen Befehl zum Entsichern, Genosse Soldat, und auch noch keinen Deckungsbefehl. Sind Sie verrückt geworden?«

Krüger war schon bei fünf. Seelenruhig hielt er das Töpfchen in den Händen. Alle hatten sich zu Boden geworfen. Henrik lag unter Mischke, und obendrauf lag Traubewein. Aurich schlug Krüger das Imi-Ei aus der Hand. Es machte pfff, dann gab es eine gewaltige Detonation, die Sandfontänen, Gestein und einige Bäume in die Luft schleuderte. Nun waren wirklich alle in Deckung gegangen, auch Krüger. Doch nach einer kurzen Schrecksekunde stürzte er sich auf Aurich, packte ihn am Kragen und schrie: »Bessere Silvesterknaller? Bessere Silvesterknaller?! Ich will hier lebend raus, du Affe, ist das klar?«

Aurich hätte das als Angriff auf einen Vorgesetzten werten können, aber er stand selbst unter Schock. Er drehte sich zu Horst um und schrie ihn an: »Was ist denn hier los, was haben Sie denn da in die Kiste getan?«

Der Waffenwart stotterte und suchte nach Ausreden. Er hätte den Vorfall ganz einfach erklären können, wie eine Art Befreiungsschlag für sich, aber er war noch nicht so weit: »Das ist alles überlagertes Material, ganz sicher, da hat ein chemischer Prozess stattgefunden, und der hat dazu geführt, dass …«

Ein ellenlanger und sich den ganzen Rückmarsch hinziehender Vortrag über chemische und physikalische Reaktionen nebst Beispielen aus der Vergangenheit bis zurück zum Ersten Weltkrieg mussten herhalten, um zu erklären, was nicht zu erklären war, und dann ließ man die Angelegenheit auf sich beruhen.

40

Die Wachkompanie trat an. Dann wurde gerufen: Stillgestanden! Dann stand die Wachkompanie still. Dann wurde gerufen: Rührn! Dann stand die Wachkompanie locker. Dann wurde gerufen: Zur Vergatterung stillgestanden! Dann stand man wieder still. Dann wurde gerufen: Vergatterung! Damit waren die Soldaten zur Wache vergattert, das heißt, sie waren im Ernstfall berechtigt, die Waffe einzusetzen, und sie unterstanden niemandem außer dem so genannten wachhabenden Offizier.

Henrik hatte dieses Ritual schon 100-mal über sich ergehen lassen, oft auch zweimal am Tag, wenn er zu einer Doppelschicht eingeteilt war.

Heute gab Hauptmann Stummel wegen der verschärften politischen Lage Tarnnamen aus. Niemand verstand das so recht.

Er zeigte auf den Soldaten Mischke: »Tank 1!«

Er zeigte auf Krüger: »Tank 2!«

Und Henriks Tarnname wurde Tank 3. So ging das weiter bis zu Tank 10, dann zeigte Stummel auf sich selbst. Jetzt bin ich aber gespannt, dachte Henrik.

»Everest«, flüsterte Stummel. Ich fass es nicht, dachte Henrik, damit es kein anderer hören konnte.

»Hörn Sie auf zu grinsen, Genosse Soldat«, brüllte Hauptmann Stummel.

Henrik stand nun also in seiner guten Stube und beobachtete einen Grashüpfer, dem ein Bein fehlte, bei seinen Versuchen, auf einem Bein vorwärts zu kommen. Plötzlich hörte er ein merkwürdiges, für diesen Ort ungewöhnliches Geräusch. Stöckelschuhe! Es war das Geräusch von Stöckelschuhen, das plötzlich vom Kontrollpunkt aus bis zur Colabar hallte, über die militärische Handlungsorganisation, die MHO, bis zum Kommandeursgebäude, über den Appellplatz bis zur Unterkunft. Es war das tak, tak, tak von kleinen zierlichen Absätzen, das für den Bruchteil einer Sekunde den Betrieb zum Stillstand brachte. Die marschierenden Soldaten hielten ihre Stiefel kurz in der Luft, bevor sie wieder auf das Pflaster trafen, der Trabant-Kübel hatte einen kurzen Aussetzer, dem fegenden Gefreiten fiel der Besen aus der Hand und dem Offizier, der gerade einen Rekruten wegen Nichtgrüßens zur Schnecke machte, versagte die Stimme. Auch die Fahnen vergaßen für einen Augenblick das Flattern.

»Ich suche einen Krüger«, sagte die reifere, schon etwas in die Jahre gekommene Dame am Kontrollpunkt. »Wissen Sie, ich komme aus Hintertupfingen und habe hier eine Verabredung mit einem Soldaten Krüger.«

»Sind Sie angemeldet?«, fragte der Wachsoldat.

»Nein, aber ich werde erwartet, sehen Sie hier, das Datum ist heute, er erwartet mich.«

»Dann gehen Sie schon mal in den Besucherraum«, sagte der Soldat freundlich, und ging zum Telefon, um den Besuch anzumelden.

»Ich suche einen Soldaten Krüger, ich bin mit ihm verabredet«, sagte da eine zweite Dame, die jünger war als die erste, dafür aber dicker, und die von irgendwo aus dem Norden kam, wie ihr Dialekt verriet. »Ich bin mit ihm verabredet.«

»Tja«, sagte der Soldat, »dann gehen Sie doch schon mal in den Besucherraum.«

Es hat geklappt, dachte Henrik, und klatschte in die Hände. Es hat geklappt, es hat geklappt, die Welt ist gerecht.

Dass die Welt gerecht ist, hatte Henrik auch in der Nacht zuvor gedacht, als die Sache mit Stadlmair passierte.

41

Lenk und Laucke waren nicht in die Küche gegangen, um zu kochen. Wer geht schon um 0 Uhr 30 in eine Küche, um zu kochen? Sie saßen im Vorratsraum und Lenk schälte eine Gurke. »Die Indianer in Nordamerika benutzen diese Gurkenloschn, um so samtene Haut zu bekommen, wie ich sie jetzt hab.« Laucke hörte ihm nicht zu und ging stattdessen in die dunkle Küche. Eine Stimme sagte zu ihm, lass deine Hose runter, Laucke. Und Leutnant Laucke, der früher mal Oberleutnant in einer der größten Motschützen-Einheiten des Landes gewesen war, ließ mit einem kleinen Befreiungsjauchzer seine Uniformhose herunter. Darunter trug er einen Damenslip mit Leopardenmuster. »Lenk«, rief er, »ich will dir mal was zeigen.« Gut gemacht, sagte die innere Stimme.

In diesem Moment hörte er ein schepperndes Geräusch. Zu Tode erschrocken stand plötzlich Lenk neben ihm und selbst die Hose schnellte vor Schreck wieder an ihren ursprünglichen Ort zurück.

Lenk machte das Licht an. Eine Reihe von Kesseln und Kochtöpfen stand da, als sei nichts gewesen. Nur ganz hinten, neben dem letzten Kessel brannte eine Kerze, lagen ein Handtuch und eine Monsterflasche Badeschaum von Badusan. Erst jetzt bemerkten sie, dass die ganze Küche danach roch. Sie hörten aus dem Innern des Kessels ein Klopfen, dann ein Hämmern. Schaum trat aus den Ritzen, heißes Wasser lief über und ergoss sich auf die Fliesen des Küchenbodens.

»Da badet einer.« Lenk und Laucke stürzten zum Kessel. Beide versuchten den Deckel zu öffnen und als der Sicherheitsverschluss endlich aufsprang, stürzte aus dem brodelnden Wasser ein krebsrotes Ungeheuer. Lenk wäre beinahe durchgedreht, hätte Laucke ihm nicht eine kräftige Ohrfeige gegeben und ihn damit wieder zur Besinnung gebracht. Jetzt sah auch Lenk, wer es war, der sich da schreiend vor Schmerzen auf dem Boden krümmte. Es war Stadlmair, der im Kessel seine Badewanne gefunden hatte. »Mensch, Stadlmair, war es das wert?« rief Lenk und verständigte die Sanis.

Wenn es nicht Stadlmairs Schreie gewesen waren, die die Soldaten aus dem Schlaf hatten aufschrecken lassen, so hatte spätestens die Sirene des nahenden Krankenwagens den letzten aus dem Bett gerissen. Alle standen am Fenster. Sie fragten sich, was jetzt wieder los war. Oberst Kalt eilte quer über den Apellplatz, nach seinen Offizieren brüllend. Der Krankenwagen hielt vor dem Küchentrakt. Die Tür zur Bude wurde aufgerissen, Aurich stürzte herein.

»Sie, Genosse Heidler, packen Sie ein paar Sachen für den Stadlmair und bringen Sie die schnell runter, er wird wohl eine Weile im Krankenhaus bleiben.«

Henrik schnappte sich den Brief an Marie, den er unter seinem Kopfkissen verborgen hatte, und rannte mit einem Beutel, in den er die Habseligkeiten von Stadlmair, Kulturbeutel, Schlafanzug, Uniform, Bestecktasche und fünf Tafeln seiner geliebten Schokolade, gestopft hatte, zum Appellplatz, wo der winselnde Stadlmair in den Krankenwagen geschoben wurde.

Seine Augen waren weit aufgerissen. Dankbar und flehentlich schauten sie auf Henrik, der plötzlich großes Mitleid mit ihm hatte. Stadlmair wollte, dass jemand seine Hand hielt, und streckte sie nach Henrik aus, doch Henrik drückte ihm nur den Brief in die Hand, auf dem mit großen Buchstaben »Schwester Marie« stand.

»Sorge dafür«, rief ihm Henrik zu, »dass sie diesen Brief bekommt, sie wird sich ganz besonders um dich kümmern.« Peng, die Tür vom Krankenwagen wurde zugeschlagen und mit Sirene und Blaulicht fuhr er mit seiner Ladung davon, einer halb gekochten Portion Stasi.

42

Der nächste Tag war ein schöner Tag. Herrlich geeignet zum Rasensprengen, zum Autowaschen oder Unkrautjäten. Aber Oberst Kalt hatte zu nichts Lust. Er saß im Garten und grübelte. Was ist los mit dieser Zeit, fragte er sich. Dauernd diese Störungen, dauernd kommt einer ins Krankenhaus oder nach Schwedt oder zu mir nach Hause. Was um alles in der Welt ist los? Eine Taube kackte ihm auf die Glatze. Da schützt man über Jahrzehnte den Weltfrieden und dann scheißen sie einem auf die Birne. Oberst Kalt stand zwischen seinen Beeten. Verächtlich griff er nach dem Unkraut und schleuderte es nach Schwedt, wie er seinen Komposthaufen nannte.

Seine Tochter hatte nach ihrer Rückkehr kein Wort mit ihm gesprochen. Oberst Kalt war froh, dass sie bald zur Arbeit gehen würde, ihre schweigende Anwesenheit machte ihm das Leben nicht leichter. Marie kam aus dem Haus, trug ein Köfferchen in der Hand und ging zum Gartentor. Sie drehte sich zu ihrem Vater: »Ich gehe jetzt.« »Wohin?« »Nach Berlin«, sagte Marie. »Das wirst du nicht tun«, sagte der Oberst. »Das werde ich tun«, sagte Marie, »nach dem Nachtdienst geht mein Zug.« »Du gehst nicht«, murmelte der Oberst und setzte ein ganz leises Bitte nach.

Hat mein Vater eben bitte gesagt? Marie stutzte kurz, das war das erste Mal, dachte sie, er ist also auf dem Weg der Besserung. Aber sie ging weiter, sie wollte erst dann wieder zurückkehren, wenn der Besserungsprozess ihres Vaters abgeschlossen war, und auch dann nur zu Besuch. Bis dahin, so hatte sie sich vorgenommen, wollte sie kein Fitzelchen ihrer Jugend mehr an diesen Mief verschleudern. Sie schloss das Gartentor hinter sich.

»Der Mutti geht's schon wieder viel besser«, sagte sie, noch bevor sie um die Ecke der Fliederstraße bog.

Oberst Kalt sah ihr hinterher, und in seinen Gedanken tauchten düstere Visionen der Hauptstadt auf. Schmutzige Hinterhöfe, Männer mit Rasierklingen im Ohr, Beatmusikcombos, freie Liebe, Pazifistenzirkel in Hinterzimmern von Kirchen, Umweltbibliotheken, Schwerter zu Flugscharen, Bumsmatratzen, Zillekinder, Alkohol und Drogenstrich. In all das führte der Weg, den Marie jetzt ging, und nun wäre ihm der kleine Soldat Heidler als Alternative mehr als recht gewesen.

Als Oberst Kalt den Kontrollpunkt passierte, grüßte er Henrik, der unverdrossen seinen Wachdiensten nachging.

Hauptfeldwebel Futterknecht saß in seinem Büro und versuchte, einen Brief an die Familie des Genossen Stadlmair zu schreiben. Wie ein Kaninchen knabberte er am hinteren Ende seines Kugelschreibers und konnte keinen Anfang finden.

»Was schreib ich da nur?«, fragte er Aurich.

»Schreiben Sie doch, dass es uns gelungen ist, ihren Sohn lebend aus dem Kessel zu holen.«

»Aus dem Kessel holen?«, fragte Futterknecht. »Ist nicht schon sein Großvater in einem Kessel gewesen? Ich glaube, es ist nicht gut, wenn wir das schreiben.«

»Warum nicht, wenn's doch die Wahrheit ist.«

»Ich frage mich nur, was die da in der Küche wollten?«

»Wer?«, fragte Aurich.

»Na, der Oberfähnrich und der Leutnant.«

»Die«, sagte Aurich, »na, die sind doch schwul, wussten Sie das nicht?«

Futterknecht war zutiefst erschrocken. Er war so erschrocken, als hätte Aurich gesagt, pädophil oder negromanisch oder sodomisch. Wörter, die für Futterknecht in einem Zusammenhang mit den anderen Reizworten standen: Faschist oder Imperialist oder bei der Nato. Für Futterknecht begann heute, genau um 13 Uhr 30, der Verfall des Systems. Er blickte auf seine Uhr, um sich diese historische Zeit zu merken.

»Die zwei sind also homo sapiens«, Futterknecht schüttelte den Kopf, er wollte gar nicht mehr aufhören damit.

Henrik beobachtete die eintreffenden Frauen und dachte an Marie, deren Vater im Übrigen gerade mit unbeweglichem Gesicht den Kontrollpunkt passiert hatte, um den Dienst aufzunehmen. Wie hatte er ihr geschrieben: »Man kann sich an alles gewöhnen, an den Kreislauf von Sonne, Mond und Sternen, an das ewig frühe Aufstehen, an das Wacheschieben, an Stiefelputzen, an das Gebrüll der Vorgesetzten, aber wenn es an Liebe fehlt, daran kann man sich nicht gewöhnen …« Ehrlich gesagt, hatte er den Brief an mehrere hundert Frauen geschrieben, was zur Folge hatte, dass nun am Kontrollpunkt ziemlich viel los war. Anarchie lag in der Luft.

Kurz nachdem die Postsäcke auf Krügers Bett gestellt worden waren, hatte Henrik die Briefe genommen und sich im Clubraum an einen Tisch gesetzt. Während die anderen, so weit war es schon mit ihnen gekommen, Turnen der Damen irgendeiner Kreisspartakiade anschauten, fing Henrik an zu schreiben.

»Guck mal, die da, die verwöhnt sich doch selbst mit ihrem Balken.«

»Kiek mal, wie die die Beene breit machen kann, die in deinem Bett und du hast ausgesorgt.«

»Die sind mir zu mager, ich freue mich schon auf das Kugelstoßen der Damen.«

»Danach kommt wieder Angelika Unterlauf, geile Ansagerin, ich glaube, die trägt nichts drunter.«

»Schau mal, ich hatte Einblick. Kein Wunder bei den knappen Höschen.«

Eigentlich hatte sich Henrik in den Clubraum zurückgezogen, um seine Ruhe zu haben, denn meistens lagen die Soldaten am Sonntag auf ihren Betten und dösten vor sich hin. Doch an diesem Tag hatte irgendein Idiot über den Flur gebrüllt: »Zum Damenturnen raustreten!« Henrik hatte noch überlegt, ob er fliehen sollte, aber das war ihm zu kompliziert, denn auf seinem Tisch lagen stapelweise Briefe und er war gerade dabei, den Brief, den er für Marie geschrieben hatte, hundertfach abzuschreiben.

»... aber wenn es an Liebe fehlt, daran kann man sich nicht gewöhnen und so wünsche ich mir, dass du nicht nur ein Bild in meinem Herzen bist, sondern leibhaftig vor mir stehst, dein dich liebender Krüger.«

Das »dich liebender« strich er wieder aus, es erschien ihm doch etwas zu dicke.

»Was machst du denn da?« Traubewein hatte Henrik schon eine ganze Weile über die Schulter gelinst. »Warum schreibst du denn diesen Brief ab? Ist der nicht für deine Liebste aus dem Krankenhaus? Warum schreibst du der denn hundert Briefe?« Traubewein kam aus dem Staunen nicht mehr heraus.

»Die schreib ich für Krüger, er kann doch nicht antworten, und wenn er wiederkommt, ist die Arbeit für ihn getan«, sagte Henrik.

»Da machst du ihm aber ein großes Geschenk«, sagte Traubewein und griff sich einen Brief.

»Hände weg von Krügers Frauen!«

»Ich will dir helfen«, antwortete Traubewein, »das schaffst du doch gar nicht alleine.«

Bei dem Wort Frauen horchte es auf: »Frauen?«

Spät am Abend murmelte es noch im Clubraum, in den Soldatenbuden und in den Betten: »... man kann sich an alles gewöhnen, aber wenn es an Liebe fehlt ... nicht nur ein Bild in meinem Herzen ... Liebe Sandy ... Liebe Mandy ... Danke für deinen Brief ... Dein Krüger ...«

Inzwischen schrieben zweihundertfünfzig Soldaten Briefe an Frauen im ganzen Land. An Nancy aus Hintertupfingen, an Monika aus Schwerin, an Lieselotte in Dresden und an Sonja in Bad Düben.

Auch Mischke schrieb mit seiner ungelenken, krakeligen Handschrift. Er begann den Schmerz mit Moppelchen, die von einem anderen schwanger war, auf seinc Weise zu verarbeiten. Das Briefeschreiben half ihm. Anderen zu helfen, dachte er, während er den Namen Sonja hinter Liebe schrieb, hilft einem. Lustig, dachte er, helfen hilft.

Oberst Kalt stand am Fenster, oder, wie er das Fenster gerne für sich nannte, auf seinem Feldherrenhügel und blickte mit einem Feldstecher in Richtung Kontrollpunkt.

»Was sind das da für Bewegungen, Genosse Stummel?«

»Frauen, Genosse Oberst, viele Frauen sind dort. Hunderte von Frauen, einige sehen gar nicht so schlecht aus«, bemerkte Hauptmann Stummel, »die wollen alle zu dem Genossen Krüger.«

43

In den Besucherraum hatten es etwa hundert Damen geschafft. Während draußen nochmal etwa hundertfünfzig standen. Warum, dachte Henrik, habe ich sie alle auf ein Datum hierher bestellt, warum nicht gestaffelt, und warum hat keine das Datum bestätigt, warum hatte keine geschrieben, ich werde kommen oder so?

Irgendwo in einem Lagerraum standen zwei Postsäcke mit noch ungelesener Post, das konnte Henrik nicht wissen, aber er ahnte es.

Ein babylonisches Dialektgewirr erfüllte den Besucherraum.

»Wo ist denn der Krüger?«

»Sie wollen auch zum Krüger?«

»Wer ist denn dieser Krüger?«

»Krüger soll kommen!«

So riefen alle: »Wo ist er denn, dieser Krüger?«

Hauptmann Stummel hatte kurz die Tür geöffnet, sie aber sofort wieder geschlossen. Nein, dachte er, da sind wir machtlos.

Er gab Befehl, Krüger zu holen, damit er das, was er hier angerichtet hatte, auch wieder in Ordnung bringe.

Das Geschnatter wurde zu einem hysterischen Durcheinandergebrüll. Da stieg Sonja beherzt auf einen Stuhl. »Ich bitte um Ruhe«, rief sie.

Sonja hatte eigentlich gar nicht mehr mit einer Antwort gerechnet. Damals, irgendwann vor neun Monaten, aus einer Laune heraus, hatte sie auf diese Annonce geantwortet. Sie fühlte sich einsam und auf dem besten Wege, eine olle Jungfer zu werden. Es war ihr Hobby, Annoncen in der *Jungen Welt*, dem *Magazin* oder dem *Neuen Leben* durchzusehen, und sich vorzustellen, wie es mit dem einen oder anderen vielleicht funktionieren würde. Und dann fasste sie sich eben ein Herz und hatte dem jungen Soldaten, der ja praktisch unter diesen Hunderten von Soldaten vor ihrer Haustür lebte, einfach einen Brief geschrieben. Wird schon nicht klappen, dachte sie und vergaß irgendwann, dass sie geantwortet hatte.

Aber jetzt war dieser schöne Brief gekommen. Gut, die Handschrift war etwas krakelig, aber er war von einem Krüger, und Krüger hieß doch der, mit dem sie tanzen gewesen war und der dort verhaftet wurde. Dass der so schön schreiben konnte, hätte sie nicht gedacht. Und Sonja packte ihr Täschchen, einen Kassettenrekorder und eine bespielte Kassette und machte sich auf den Weg. Aus der Zweiraumwohnung im Plattenbau durch das Neubaugebiet, durch das kleine Städtchen, am Bahnhof vorbei, wo sie Frauen begegnete, die in die gleiche Richtung gingen wie sie.

»Wer sind denn Sie?«, fragte eine ältere Dame aus Plauen ganz in Plauener Spitze. Sonja dachte nach, nicht sehr lange, dann sagte sie: »Ich bin Frau Krüger.« Im Besucherraum war die Hölle los.

Soldat Krüger, die Augen starr in die Weite gerichtet und alle 15 Minuten eine halbe Drehung machend, bewachte das Objekt nach allen Seiten hin, so wie es der Befehl war.

»Damenbesuch für Krüger.«

»Halt, wer da?«, rief Krüger, und nahm die Waffe in Anschlag, so wie es laut Wachvorschrift korrekt war.

»Ich bin es«, antwortete der Mischke, »Tank 1, ich soll dich ablösen, sagt Everest, und das ist ein Befehl.«

Als Krüger die Tür zum Besucherraum öffnete, saß Sonja klein und zart auf einem der Stühle, mitten im Raum an einem Tisch mit gelber Tischdecke und einem Blümchen in einer röhrenartigen Blumenvase. Krüger sah sie mit seinen leeren Augen an, kein Zeichen des Erkennens oder der Freude. Es war still. Krüger wollte wieder gehen, er hatte den Befehl ausgeführt. Also wendete er sich zackig wieder zur Tür und betätigte die Türklinke.

»Hier waren ganz viele Frauen«, schnatterte Sonja schnell drauflos, »aber ich habe sie alle weggeschickt.«

Krüger sah sie an, als würde sie eine fremde Sprache sprechen.

»Du bist mir einer«, fuhr sie fort, diesmal mit ihrem kleinen Zeigefinger neckisch drohend, »ein richtiger Schwerenöter. So viele Frauen, ich hab gesagt, sie können alle gehen, ich bin deine Frau.«

Sonja lachte auf, es klang etwas gekünstelt. Krüger drehte sich wieder zur Tür, sein Körper war schon fast draußen, als Sonja ihre Stimme wie ein Lasso nach ihm auswarf.

»Sie wollten natürlich meinen Ring sehen, die Damen, da hab ich mir schnell meinen Schlüsselring auf den Finger geschoben«, lachte sie, »und hab ihn hochgehalten, schau mal!«

Sie hielt ihren Finger in die Luft, der Schlüsselring blitzte im Schein der Abendsonne golden. Dann wurde sie wieder ernst und sagte: »So viele Frauen, Krüger, so was macht man nicht, dich muss man mal so richtig erziehen, aber wer so schöne Briefe schreibt, dem kann man einfach nicht böse sein.«

Sie wusste nicht, welche ihrer Worte überhaupt bei Krüger ankamen, aber eines wusste sie, sie würde ihn nicht aus diesem Raum gehen lassen, um nichts in der Welt.

»Ich hab dir was mitgebracht«, quasselte sie um ihr Leben,

packte den Kassettenrekorder aus und drückte auf den Knopf. Es ertönte die Stimme von »Eingeschlafene Hand«.

»Den hab ich für uns aufgenommen, in der Quisisana, darf ich bitten?«

Sie ging langsam auf Krüger zu. Krüger wollte nicht mehr fliehen. Krüger ließ sich fallen. Sie umarmten sich. Er weinte, er weinte lange. »Eingeschlafene Hand« spielte Gitarre und sang irgendein Lied. Die Kassette leierte.

44

Mücken können sehr lästig sein. Henrik hatte sich schon gewundert, dass es dieses Jahr keine gab. Aber dann waren sie doch gekommen, wie die achte Plage. Schmatzend und rülpsend nährten sie sich von Henriks Blut. Die Sonne ging mal wieder unter. Henrik konnte keine Sonnenuntergänge mehr sehen. Sonnenuntergänge hatte es genug gegeben, für seinen Geschmack jedenfalls. Jetzt Zeitraffer, dachte Henrik schlecht gelaunt, und schon waren drei Stunden vergangen, die Blüten geschlossen und die Sichel des Mondes schaute blass hinter einer dunklen Wolke hervor. Es war wieder Nacht.

Es war nicht möglich und doch, da war sie, ganz dicht, er konnte Marie berühren, es war kein Traum, die Plattform des Wachturms löste sich von ihrem Unterbau und drehte sich um sich selbst. Er küsste Marie. Sie entledigte sich ihrer Uniform und er sich seiner, was sehr komisch und ungeschickt aussehen musste. Eine Szene in Schwarzweiß gedreht, dachte Henrik, in alter Manier wie im Stummfilm, und in einem alten Dorfkino würden alle darüber lachen, wie sie sich ihren Kopf, als sie sich vorbeugte, um ihn zu küssen, an seinem Stahlhelm stieß. Henrik streifte hektisch den Riemen der Kalaschnikow über den Kopf, verfing sich in seiner Schutzmaskentasche und wickelte dabei Marie in den Riemen seines Fernglases. Und die Stiefel hätte er wohl ausziehen sollen, bevor er seine Hose runterließ, doch als er ihren nackten Körper spürte, fiel eine unsagbare Last von ihm ab. Hätte es ein Geräusch gegeben, man hätte es mächtig scheppern hören, so wie es im ganzen Lande schepperte und krachte. Millionen Lasten wurden von den Schultern geworfen, fielen ab wie rasselnder Müll von der Ladefläche eines Schrottwagens, blätterten ab von den Menschen wie eine alte Haut, rieselten aus den Seelen wie das Geröll nach einem Erdrutsch.

»Schluss mit Angst«, sagte Marie und lachte. Mit diesem Lachen wurde alles weggelacht, was sie jetzt noch daran hinderte, die Welt zu ändern, sich selbst zu ändern, den Kampf zu Ende zu denken, die Macht zu ergreifen. Hoffnung war da, weil Liebe da war.

Was auch immer, jubelte Henrik, was auch immer, ob Traum, ob Wirklichkeit, das, was du dir wünschst, das wirst du bekommen. Wenn das hier ein Traum ist, dann ist es ein schöner Traum, und wenn es Wirklichkeit ist, dann ist es eine schöne Wirklichkeit.

Es war Letzteres, Marie war auf seinem Wachturm. Und wie es manchmal so kommt, hatte keiner zum Wachturm gesehen, hatte keiner die zwei gesehen, die sich umarmten, entkleideten und auf den Boden des Wachturms sanken und dort Dinge taten, die so noch nie auf einem Wachturm, jedenfalls nicht in diesem Land, auf keinen Fall in dieser Einheit, und schon gar nicht unter der Regentschaft von Oberst Kalt geschehen waren. Dass es keiner gesehen hatte, ist natürlich nicht wahr. Aber es wäre schön gewesen.

Aurich hatte alles durch den Feldstecher beobachtet. Er benutzte ihn regelmäßig, um Henrik bei irgendwas zu erwischen, und heute schien er Glück zu haben. Vor dem Nachthimmel sah er zwei Soldaten auf dem Wachturm, die sich umarmten und küssten. Der eine war der Soldat Heidler, das war klar, aber wer war der andere?

Marie hatte sich gesagt, jetzt oder nie. Auf der Intensivstation hatte sie sich Stadlmairs Uniform genommen und angezogen, hatte sich seinen Wehrpass und seinen Dauerausgangsschein genommen, den er nun mal als Stasimitarbeiter und Parteigenosse hatte, und hatte das Krankenhaus verlassen und war zur Kaserne gegangen.

Marie war mit einem schwer besoffenen Schwung von Ausgängern (alles Unteroffiziere oder Soldaten ähnlichen Kalibers wie Stadlmair) durch den Kontrollpunkt getorkelt. Die Silhouette von Henrik auf dem Wachturm hatte sie sofort erkannt. Und sie war zu ihm nach oben gestiegen, sie hatte ihn sofort geküsst, sie hatte gesagt, Schluss mit Angst, sie hatte gesagt, zum Teufel mit meinem Vater.

Spätestens jetzt hatte Aurich begriffen, was passiert war, spätestens als der Soldat auf dem Wachturm, bevor er seine Ausgehuniform auszog, seine Mütze abgenommen hatte, so dass goldenes Haar herausgeflossen war. Das ist die Tochter des Obersts, jubelte Aurich und rannte los. Was heißt, er rannte, oh nein, er sauste, ganz Dienst, ganz Beflissenheit, zu einem einzigen Triumphe zusammengeballte Energie. Hab ich dich, schoss es ihm wie eine Ladung Dynamit aus allen Poren, hab ich dich, haha, Meldung machen, wiederholte es in einer anderen Kammer seines simplen Gemüts, wie ein SOS-Funkspruch in immer gleichen Intervallen. Bericht schreiben, Bericht schreiben, Militärstaatsanwalt. Die Sehnsucht nach Vergeltung brachte die Moleküle seiner kleinen Welt zum Tanzen. Die Aussicht auf Beförderung, die Aussicht auf Anerkennung vernebelten ihm die Sicht, und er begann, Dinge außer Acht zu lassen, die wichtig gewesen wären, die er gelernt hatte. Doch er sah sich nur noch Gefangene machen, er sah sich im Kommandeurszimmer stehen.

»Genosse Oberst, ich melde, der Genosse Gefreite von Posten 3 …«

Er sah, wie er sich selbst unterbrach, und sagte: »Genosse Oberst, darf ich Sie mal unter vier Augen sprechen? Ich werde das mit Ihrer Tochter selbstverständlich für mich behalten.« Da hatte ihm das Schicksal was ganz Großartiges in die Hände gespielt. Und dann Beförderung in ganz großem Stil, dachte er, während er über die Regimentsavenue, an der Sturmbahn vorbei, wo noch ein einzelner Soldat unter der Aufsicht von Lenk und Laucke durch den Fuchsbau geschickt wurde, vorbei an der MHO und der Colabar, vorbei am Kommandeursgebäude, vorbei an der Küche und am Sanikomplex, über das Niemandsland, bis hin zum Wachturm lief.

»Genosse Heidler«, rief Aurich mit zittriger, gieriger Stimme, »da ist eine Frau auf Ihrem Wachturm, ich habe es genau gesehen.«

Schreck! Ernüchterung! Bleib ruhig, sagte es zu Henrik, sei ruhig, Schluss mit Angst.

Während Marie genauso ruhig wie er ihre Sachen am Boden des Wachturms zusammensuchte, streifte sich Henrik die Uniformjacke und seinen Stahlhelm über, nahm seine Kalaschnikow, gab Marie einen Kuss und sagte: »Bleib ruhig, kein Problem, wir kommen hier beide raus, du kannst dich auf mich verlassen.« Aus welchem Film war das bloß? Das Klopfen zweier Herzen dröhnte im Kinosaal, das Klopfen wurde lauter, es ergriff die Herzen der Zuschauer, die nun mit den beiden Helden mitfieberten.

Aurich hatte bereits die Leiter erklommen und war gerade auf der Hälfte, da rief Henrik: »Wer da?« Er richtete seine Waffe direkt auf den Punkt zwischen Aurichs Augen.

»Halt oder ich schieße.«

Aurich kletterte weiter und Henrik lud durch. Dieses eisige Geräusch war zu hören, das kein Zurück kennt. Dieses konsequente Geräusch fuhr in die Glieder von Aurich, dessen Finger sich kurz öffneten, und er fiel von der Leiter, direkt in den Sand zu Füßen des Wachturms.

Ich mach dich fertig, freute sich Aurich. Obwohl auf Leben und Tod bedroht, freute er sich. Henrik hatte auf einen Vorgesetzten angelegt und ihn bedroht. Henrik würde nie mehr glücklich werden. Tschüss, Gefreiter Heidler, schnür dein Bündel und ab ins Wassersportgebiet, ab nach Schwedt.

»Auf den Boden, Hände über den Kopf!« Henrik hörte seine Stimme, sie war anders als sonst, härter, rauer, männlicher. Wie nach dem Stimmbruch, machte sich Henrik über sich selbst lustig, Pubertät überwunden, herzlichen Glückwunsch.

»Du kannst mich mal«, lachte Aurich und stand auf. »Jetzt wolln wir mal Tacheles reden. Heidler, du bist verhaftet.«

Henrik schoss in die Luft. Vögel schraken auf, die sich gerade zur Ruhe begeben hatten, Soldaten in ihren Unterkünften rannten zum Fenster, der Soldat auf der Sturmbahn unterbrach seine Bemühungen, über die Eskaladierwand zu kommen, Lenk und Laucke sahen in die Richtung, aus der der Schuss gekommen war, Hauptmann Stummel ergriff das Postentelefon: »Wer hat geschossen?«

Aurich, dessen Gesicht im Staub steckte, sodass er nicht sehen konnte, wie Marie die Stufen des Wachturms heruntereilte, Henrik noch einen Kuss zuwarf und wieder als Soldat, als derangierter zwar, aber als Soldat, zur Regimentsavenue eilte, sabberte ein »Herzlichen Glückwunsch, Häftling Heidler« in den Sand.

Hauptmann Stummel eilte zum Posten, vorbei an einem merkwürdigen Soldaten, den er normalerweise angehalten hätte, nur jetzt gab es Wichtigeres: Wer hatte geschossen und warum? Ein Vorkommnis im Postenbereich 3.

Marie schaute sich noch einmal um. Dort stand ihr Held, die Kalaschnikow im Anschlag auf den am Boden liegenden Aurich gerichtet. Sie nahm Abschied, denn sie würde nach Berlin fahren. Ob sie den kleinen Soldaten, den merkwürdigen Soldaten, jemals wiedersehen würde?

45

Tja, dachte Henrik, so ist das, Strafe muss sein, und seine Hacke sauste in das wilde Rasenstückchen, wird Zeit, dass wir dieses weiße Fleckchen auf Oberst Kalts Landkarte urbar machen. Es war ziemlich heiß und Henrik schwitzte. Irgendwo saß Lenk mit Laucke. Sie tranken zusammen eine gelbe, leuchtende Astoriabrause und schauten zu, wie sich Henriks Hacke immer tiefer in den Rasen bohrte und einen kleinen roten Wimpel freilegte. Ein rotes Fähnchen, dachte Henrik, die sind hier wohl überall versteckt, das ist ja wie kommunistisches Ostern.

Henrik sah noch das Gesicht Aurichs vor sich, als das Unvorstellbare geschah, an dem Morgen, als sie alle angetreten waren. Ein Wachvergehen auf Posten 3 war zu ahnden gewesen, und die Geschichte hatte sich mal wieder um hundertachtzig Grad gedreht. In Gedanken daran musste Henrik lachen und lachen, und sein Lachen schwang sich auf bis in die Weiten des Universums, wo er es in genau 20 Minuten und 33 Sekunden einholen würde.

Es war früh am Morgen nach der Nacht gewesen, in der Henrik Aurich mit der Waffe gezwungen hatte, sich in den Dreck zu legen. Dich mach ich fertig, hatte Aurich ihm da versprochen und feist und hässlich gegrinst und ihm auf eklige Art zugeblinzelt.

Auf der Suche nach der verlorenen Zeit, dachte Henrik, ich sollte es vielleicht doch mal lesen.

Und er schaute auf Futterknecht, der aussah wie vor oder nach einem Herzinfarkt, und auf Hauptmann Stummel, dessen Arschbacken eine Nuss hätten halten können, so zusammengekniffen waren sie, wie übrigens auch alles in seinem Gesicht. Im Exerzierschritt knallte er über den Appellplatz auf Oberst Kalt zu, um Meldung zu machen.

»Stillgestanden, zur Meldung die Augen links, rechts, geradeaus.« Jetzt wusste Henrik, woran ihn das hier alles erinnerte, an die Sesamstraße: Da ist rechts, da ist links und da ist geradeaus, wer, wie, was, wieso, weshalb, warum, ist alles hier so dumm. Hauptmann Stummel war endlich bei Oberst Kalt angekommen, der Weg dahin war sehr lang gewesen. Meldung Hauptmann Stummel, Schnitt auf Aurich, nah, böse grinsend: Dich mach ich fertig, Heidler. Schnitt auf Henrik, sehr nah mit Zufahrt, wir hören Hauptmann Stummels Stimme: »Aufgrund eines Vorkommnisses im Postenbereich 3 wird Unteroffizier Aurich (wir sehen einen hämischen, triumphierenden Blick von Aurich zu Henrik) zum Soldaten degradiert.«

Aurichs Augen füllten sich mit Tränen. Jetzt tut er mir Leid, dachte Henrik, den die Wendung irgendwie nicht wunderte.

Mischke, der manchmal und vor allem in letzter Zeit immer öfter lichte Momente der Erkenntnis hatte, flüsterte zu Traubewein hin: »Jetzt verstehe ich den Trompeterwitz.«

»Da hast du mir was voraus«, flüsterte Traubewein zurück.

»Ruhe«, zischte Leutnant Laucke. Mischke kümmerte das nicht mehr.

»Gerechtigkeit«, flüsterte Mischke. »Es gibt noch Gerechtigkeit«, wiederholte er leise, überzeugt, den Stein der Weisen in den Händen zu halten, den er um nichts in der Welt mehr loslassen wollte: »Das will uns der Trompeterwitz sagen.«

»Ruhe«, zischte diesmal Oberfähnrich Lenk, nicht sehr überzeugend, eher aus einem Reflex heraus.

Oberst Kalt war jetzt sehr dicht vor Aurich getreten. Er flüsterte ihm zu, so als sollten es die anderen nicht hören, was sie aber trotzdem taten, weil Oberst Kalt nicht besonders gut war im Flüstern: »Was hatten Sie im Postenbereich 3 zu suchen?«

»Nichts, Genosse Oberst«, antwortete Aurich, und es brach aus ihm heraus. Er weinte hemmungslos. Hauptmann Stummel versuchte ihm derweil die Schulterstücke abzureißen, was in Filmen meist leicht aussieht, aber in der Realität erhebliche Schwierigkeiten machte. Er riss ihm beide Ärmel mitsamt den Schulterstücken ab und machte Aurich damit zur jämmerlichsten Figur des Jahres, neben Stadlmair.

»Waren Sie Postenführer oder Wachhabender?«, fragte Oberst Kalt leise, böse und enttäuscht.

»Nein, Genosse Oberst.«

»Was hatten Sie dann dort zu suchen?«

Aurich konnte nicht mehr antworten. Die Tränen hatten seine Stimme erstickt, und das, was er sagte, klang wie: »Emotionen, Genosse Oberst, Emotionen, sie haben mich übermannt.«

Da brüllte der Genosse Oberst: »Sie sind ein Rostfleck am Schwert des Sozialismus, hören Sie auf zu flennen.« Oberst Kalt nahm kurz seine Mütze ab und umrundete mit einem Taschentuch das Schweißband, dann setzte er die Mütze wieder auf, mit der Handkante den Sitz seiner Kokarde streng prüfend.

»Gefreiter Heidler, vortreten.«

»Ist schon vorgetreten«, korrigierte Futterknecht.

»Dann Heidler zu mir«, lallte Oberst Kalt ein wenig aus der Fassung und aus der Form gebracht. Als er zu ihm trat, sah Henrik etwas, was ihn traurig machte. Auf Oberst Kalts Uniform, genauer gesagt auf seinem Kragen, war ein Fleck. Ein Kaffeefleck. Oberst Kalt spürte Henriks Blick und seine Hand zuckte leicht, er wusste von dem Fleck, aber irgendetwas hatte ihn heute Morgen, als er vor dem Spiegel stand, hinter sich die offene Tür von Maries leerem Zimmer, und den Fleck sah, denken lassen: Scheiß auf den Fleck. Er hatte einfach keine Lust gehabt, die Uniform zu wechseln, und er war stumpf zur Arbeit gegangen, um zu belohnen und zu bestrafen.

46

Es war ja klar, was dieser Fleck, für eine Bedeutung hatte, vor allem wenn man sich ins Gedächtnis rief, was für ein korrekter und pingeliger Mann der Oberst war. Der Oberst hatte sein offizielles Gesicht aufgesetzt, auf dass es ihm, was er noch nicht wusste, im nächsten Moment entgleite.

»Wegen vorbildlichen Verhaltens während seines Dienstes und vorbildlicher Pflichterfüllung bei der Verteidigung seines Postenbereichs belobige ich den Gefreiten Heidler mit Fotografieren vor der entfalteten Truppenfahne und Urkunde.«

Oberst Kalt wartete. Nichts kam. Henrik starrte auf den braunen Fleck. Oberst Kalt wartete. Es kam immer noch nichts. Henrik schaute zu Krüger hinüber, der zwinkerte ihm zu, oder es blendete ihn das Sonnenlicht, keine Ahnung.

Oberst Kalt soufflierte: »Sie müssen jetzt sagen, ich diene der Deutschen Demokratischen Republik.«

»Das kann ich nicht sagen«, flüsterte Henrik und er beugte sich für diese intime Information nach vorne, »ich werde es auch nicht sagen.«

Oberst Kalt, der solche leisen Töne nicht mehr gewöhnt war, neigte sein Ohr etwas in Richtung von Henriks Mund: »Haben Sie gesagt, Sie werden das nicht sagen? Ist das Ihr letztes Wort?«

»Was reden denn die da vorne, beim Himmel?«, Traubewein war kurz vor dem Kirrewerden.

»Nein«, antwortete Henrik, »ich werde das niemals mehr

sagen, ich werde sowieso nichts mehr sagen, was man mir vorsagt.«

»Ist das Ihr letztes Wort?«, fragte Oberst Kalt vorsichtshalber nochmal nach, obwohl er sehr gut verstanden hatte. Aber was er hier gewinnen wollte, war Zeit. Er wusste absolut nicht, was zu tun war. Er konnte doch schlecht eine Belobigung in eine Strafe umwandeln. Was tun?

»Sie werden das also nicht sagen?«, fragte Oberst Kalt noch einmal, auch auf die Gefahr hin, dieses Frage- und Antwortspiel zu überstrapazieren.

»Nein«, sagte Henrik, »das kann ich nicht sagen.«

»Was hat er gesagt?« Hauptfeldwebel Futterknecht fuhr seinen Schildkrötenhals aus und versuchte zu verstehen, was er doch die ganze Zeit geahnt hatte. Es war aus und vorbei, seine Hand suchte die Stelle, wo es ihm wehtat. Auf der linken Seite direkt unter der Brust bis zum linken Arm herauf. Lenk und Laucke versuchten der stillen Post, die um sie herum abgeschickt wurde (was hat er gesagt, irgendwas von, er sagt es nicht oder sagt nie wieder was, oder so), Herr zu werden, wobei ihnen auch nichts weiter einfiel, als »Ruhe« zu brüllen.

Aurich weinte. Natürlich hatte er gelernt, dass ein Soldat keinen Schmerz kennt, aber er konnte nicht anders.

In der Gruppe war verhaltene Aufregung. Keiner verstand, was da vorne vor sich ging. Oberst Kalt und Henrik sprachen sehr leise miteinander. Aber man ahnte, dass es etwas Ungeheures war, etwas, das es hier an diesem Ort so noch nicht gegeben, etwas, das mit Liebe zu tun hatte. Eine dramatische Windböe versuchte, die Formation auf dem Appellplatz umzublasen. Eine rote Fahne riss von der Fahnenstange und flog davon in den blauen, bewölkten Himmel. Sie wurde kleiner und kleiner und war am Ende nur noch ein roter Punkt am Himmel wie der Drachen eines Kindes, mit dem der Wind an heiteren Herbsttagen sein unbeschwertes Spiel treibt.

Henrik sah in die blutunterlaufenen, traurigen Augen von Oberst Kalt.

Henriks Hosen wurden kürzer und kürzer, er schrumpfte zusammen, aus seinem Kragen wuchs das blaue Pionierhalstuch, es schlang sich um seinen Hals, als wolle es ihm die Luft zum Atmen nehmen. Oberst Kalts Gesicht rollte sich zusammen wie ein Igel, nur waren die Stacheln keine Stacheln, sondern ein Bart. Es war das zugewachsene Gesicht seines Staatsbürgerkunde- und Sportlehrers, der verächtlich auf ihn niedersah: »Aus dir wird nie was!«

»Ich möchte nicht am Manöver Schneeflocke teilnehmen!« Henrik hatte sich damals weit vorgewagt, weiter, als er es jemals danach geschafft hatte.

»Du wirst am Manöver Schneeflocke teilnehmen wie alle Kinder. Da gibt es keine Extrawurst, bitte versuche einmal, nicht aufzufallen«, hatte ihn seine Mutter angefleht.

»Man muss auch Kompromisse eingehen«, hatte der Vater, von seiner wissenschaftlichen Arbeit kurz aufblickend, die Mutter unterstützt und sich dann wieder hinter einen Stapel Bücher abgeduckt.

»Tu es für uns, Schatzl«, hatte die Mutter gesagt. Sie tat ihm ein paar Brote in die giftgelbe, nach den Broten von Jahrhunderten stinkende Plastikschachtel, gab ihm einen lieb gemeinten, aber demütigenden Klaps auf den Hintern und schob ihn nach draußen in die eisige Kälte, in die böse Welt, wo barbarische Kinder Eisbälle, die so hart waren wie Steine, nach ihm warfen oder ihn mit hämischem Lachen, dem das Böse späterer Berufe wie Polizist oder Stasioffizier oder NVA-Kommandeur schon innewohnte, mit dem schmutzigen Schnee der Straße einseiften.

Also war Henrik auch dieses Jahr, wie jedes Jahr eben, zum Manöver Schneeflocke gegangen. Unter dem Kommando von Herrn Stadlmair, dessen Vater den Kessel überlebt hatte, so wie es später auch sein Sohn tun sollte, war Henrik über Stock und Stein gesprungen, hatte sich den Umgang mit einem Kompass zeigen und sich in der Handhabung einer K-K-Kalaschnikow unterweisen lassen, die tatsächlich so klein war, dass Kinder sie gut halten konnten, obwohl das Kleinkaliber durchaus zu töten imstande war. Henrik bekam den bronzenen Schneemann. Er bekam nie den goldenen.

Henrik sah den Oberst an, ganz gerade in seine Augen, dann tauchte er ein in das wässrige Blau des alten Mannes. Es wurde ein öder Spaziergang. Ein Spaziergang durch Moskauer Studenten- und Parteiversammlungsmief, militärischen Drill und langweilige Parteitagshefte, rot und weiß, manchmal gab es eine Aufhellung, so als Maries Mutter in Kalts Leben trat oder als Marie geboren wurde. Doch trübe war's in der Neubausiedlung mit anschließendem Umzug hierher, Parteiversammlungen, Übungen, Rechenschaftsberichte, manchmal Theater oder Konzerte in Halle, manchmal nette Nachmittage mit den Genossen, ansonsten ein freudloses Leben.

»Sie müssen das jetzt sagen«, holte ihn Oberst Kalt zurück auf den Appellplatz und versuchte, irgendwo im Autoritätskeller noch so was wie Schärfe aufzutreiben. Aber Henrik hatte keine Angst mehr, weder vor irgendeiner Schärfe in irgendeiner Stimme noch vor irgendwelchen Regeln oder vor irgendjemandem. Dieser Moment war angstfrei. Vollkommen.

»Sie können sich verpissen und sich Ihren Blechschneemann in den Arsch schieben.«

»Was soll ich mir in den Arsch schieben?«, fragte Oberst Kalt mit müdem Zorn.

Oh Gott, dachte Henrik, als ein Gefühl in ihm aufstieg, das er gar nicht mochte: Er hatte Mitleid mit dem Mann, der seinen Freund Krüger nach Schwedt geschickt hatte, nur weil der tanzen wollte, was Oberst Kalt, ganz ohne Zweifel, nicht mehr konnte. Dieser Mann verdient mein Mitleid nicht. Henrik schaute nochmals zu Krüger. Sah er richtig? Tatsächlich, Krüger hatte seinen Schädel wieder rasiert. Wie damals, nachdem Henrik ihm seinen Kopf so verunstaltet hatte.

Neben Krüger stand Mischke, der seinen Mund langsam bewegte, und Henrik konnte deutlich von Mischkes Lippen ablesen, was sie für ein Wort formten: Trompeterwitz. Dann nickte Mischke, zum Zeichen, dass er verstanden hatte. Die Fahnen flatterten nicht mehr so wie früher. Die Stahlseile, die an die Masten schlugen, hatten ihren einsamen Klang verloren. Traurig war der Mast ohne Fahne, seine Zeit war vorbei, ein bekümmerter, immer noch im Zeichen der Windböe schwankender, hoch aufgerichteter Zeigefinger, der mahnend in den Himmel wies.

Wie zwei Tanzschüler kurz vor dem Darf-ich-bitten standen sich Henrik und Oberst Kalt gegenüber. Ein Tänzchen, Genosse Oberst, dachte Henrik.

Es war wieder einer dieser Zwischenräume, da, wo alles möglich ist, da, wo wir uns entscheiden müssen, diesen oder jenen Weg zu gehen. Diese Zwischenräume, die zwischen den Zeiten liegen.

»Wenn Sie das jetzt nicht sagen, worum ich Sie bitte, muss ich Sie bestrafen.«

Henrik lächelte: »Dann bestrafen Sie mich eben.«

Hauptmann Stummel kam der Situation rettend bei: »Wir gratulieren dem Genossen Heidler mit einem dreifachen Hurra, Hurra, Hurra.« Ein sehr dünnes dreifaches Hurra kam zurück, sehr dünn, zu dünn, einer Streitmacht nicht würdig, einer Streitmacht, wie Oberst Kalt sie sich einst vorgestellt hatte.

Vergänglichkeit, dachte Futterknecht plötzlich, und wusste zwar nicht, warum, aber er wusste, dass er Recht hatte. Vergänglich sind wir alle, dachte Futterknecht, aber was haben wir getan, um diesen Prozess des Verrottens, des Vergehens, des Eingehens in die Makro- oder meinetwegen Mikrofaser unseres Seins aufzuhalten. Wer sind wir, wohin gehen wir, wann kommen wir wieder, hat man uns zur Kenntnis genommen am Ende? Er spürte es in den Knien, zuerst kommt es in die Knie, dachte er und starb auf der Stelle, aber aus Pflichtbewusstsein verschob er das Umfallen auf Nachher.

Irgendwo klingelte ein Telefon. Ein rotes. Es drang in den Kopf von Oberst Kalt wie eine SS 20, über ihnen kreiste ein Hubschrauber, der zur Landung ansetzte, begleitet von der Alarmsirene. Ein Melder kam über den Platz gerannt. War das die Erlösung, die Oberst Kalt so herbeigesehnt hatte?

Am Kontrollpunkt stießen schwarze Staatskarossen ihren blauen Dunst ungeduldig in die Atmosphäre. Die Schranken wurden hochgelassen. Die Appellordnung aufgelöst. Der Melder flüsterte Oberst Kalt etwas ins Ohr, was wohl geheim war und in Henriks Ohren so klang wie: Sie sind da.

Da hielten mehrere Lieferwagen vor dem Kommandeursgebäude. Kisten unbekannten Inhalts wurden hineingetragen. Nicht stürzen, stand darauf. Vorsicht zerbrechlich oder einfach nur delikat. Oberst Kalt wusste, es ist so weit, der Klassenauftrag steht vor der Vollendung.

Und während die Truppe in die Unterkünfte einrückte, um sofort an die Fenster zu treten und zu beobachten, was da vor sich ging, fuhren die Limousinen vor, und ihnen entstiegen eiligen Schrittes alte Menschen, die teilweise gestützt von Sicherheitspersonal, teilweise zeternd jede Hilfe ablehnend, von Hauptmann Stummel den Weg gewiesen bekamen. Auch Frauen waren dabei und ein Pärchen, das alle kannten und das eben mit einem Hubschrauber mitten auf dem Appellplatz gelandet war. Ein kleines Männchen reckte die Faust hilflos in die Luft und wurde von einer blausilberhaarigen Dame in großer Eile in das Gebäude gedrängt.

47

Nach dem Vorfall auf dem Appellplatz hatte man Henrik in aller Eile für psychisch unzurechnungsfähig erklärt und bis zum Ende seiner Dienstzeit zur ausschließlichen Verrichtung von Innendienstarbeiten eingeteilt. Zu den Innendienstarbeiten gehörte auch die Gartenarbeit. Für Henrik war das in Ordnung. Er wollte einen Garten anlegen. Einen Garten, so einen richtigen Hesse-Garten, dies sollte sein Vermächtnis werden.

Henrik hackte die Grasnarben hinter dem Handgranatenweitwurfplatz heraus und schichtete sie wie eine Mauer auf. Die Sonne brannte und Henrik legte kurz die Hacke beiseite. Er sah auf die Männer der Sondereinheit, die undurchdringlichen Blickes nun auf den Wachtürmen standen und die Gegend absuchten. Überall patrouillierten Soldaten mit riesigen Sprechfunkgeräten um den Hals. Panzer waren aufgefahren und hatten ihre Kanonen in alle Richtungen gedreht, aus denen möglicherweise was auch immer angefahren kommen konnte. Sie waren an allen strategischen Punkten des Objekts postiert, Scharfschützen auf den Dächern rundeten das Klischee ab. Das Objekt war bewacht wie die Staatsgrenze der DDR. Da kam man so schnell nicht raus.

Irgendwo im Weltraum. Der Satellit schnurrte und knarzte, sein Auge blendete auf, die Pupille war so groß, als hätte jemand Atropin reingeträufelt. Aber das Auge sah die Ameisen sehr gut, die aus kleinen schwarzen Schachteln stiegen und in ein Gebäude rannten.

Die Valentinstorte beugte sich über den Bildschirm. Seine Nasenspitze berührte die Scheibe. Jetzt wurde den beiden klar: Im Innern der Kaserne befand sich der Eingang zum Schutzbunker der DDR-Führung.

»In der Kaserne?«, fragte der Offizier mit dem breiten texanischen Akzent. »Dann ist das der Auftrag.«

»Sieht ganz so aus: Informieren Sie den Präsidenten und sagen Sie ihm, wir haben den Eingang. Und dann bringen Sie uns Champagner, Sergeant!«

»Ich glaub es nicht«, rief die Valentinstorte aus, »ich glaub es nicht. Der Eingang ist da, also in der Kaserne.«

»Und was war mit den Kindern?«

»Ablenkung.«

»Und mit den Manövern?«

»Ablenkung!«

»Und die Bewegungen der Fahrzeuge?«

»Ablenkung!«

»Genial, und jetzt ist die gesamte Führung da unten im Bunker?«

»Die gesamte Führung«, antwortete der texanische Offizier und grinste wie ein Geburtstagskind. Die Valentinstorte blickte ihn belustigt an und betrachtete prüfend seine Brust, nach einer Stelle suchend, die man noch dekorieren konnte.

Henrik arbeitete an seinem Vermächtnis. Er hackte und hackte und hackte. Bis er mit seiner Hacke auf einen Widerstand stieß. Komisch, dachte er, und holte mit einem energischen Schwung erneut aus. Die Spitzhacke drang tiefer in den Boden ein. Ein Grummeln unter der Erde. Henrik lauschte und trat ein paar Schritte zurück. Jemand brüllte: »Deckung!!!« Henrik drehte sich um und erkannte in weiter Ferne den Waffenwart Horst, der auf ihn zugerannt kam. Henrik dachte, was interessieren mich die Probleme des Waffenwarts, und holte erneut aus.

Von da an bewegten sich alle nur noch in Zeitlupe:

Diiiieeee Haaaaaackeeee saaaaust gaaaaanz laaaaangsaaaam hiiiinunter uuuuuund triiiiiift eineeeeee Teeeeelleeeermiiiiineeeee.

Eine mächtige Detonation. Henrik flog in die Luft. Seine Seele genoss die Aussicht, während unten von allen Seiten Sanitäter mit Tragen und Geräten über den Appellplatz liefen. Mit Schreien und Pfiffen bahnten sie sich einen Weg durch den Rauch und die Trümmer und Krater und die aufgeregten Menschen.

Auch im Kontrollraum des Satelliten macht sich Aufregung breit.

»Was ist das für ein Ablenkungsmanöver?«, fragte die Valentinstorte in die Runde, die sich um den Bildschirm versammelt hatte. Ratlosigkeit. Immer wenn sie glaubten zu verstehen, was die Menschen da unten im Schilde führen, wurden sie durch neue Wendungen überrascht.

Ein Panzer, ein russischer Panzer aus dem Zweiten Weltkrieg, ein T 34, kam plötzlich ins Rollen und brach von seinem Zementsockel, auf dem er vierzig Jahre lang als Denkmal gestanden hatte, mit ohrenbetäubenden Geräuschen aus. Mitten auf dem Appellplatz blieb er stehen, verharrte für den Bruchteil einer Sekunde, und dann bewegte sich wie von Geisterhand die Kanone. Knirschend fiel der Rost von 45 Jahren aus dem Gelenk, das sich nach einem Ziel suchend um sich selbst drehte, und im Geschützturm erschien das rote Gesicht des Waffenwarts. »Nicht, Horst! Tu es nicht, Horst!«, rief es von allen Seiten. »Es gibt für alles eine Lösung.«

Im Kompaniechefzimmer fragte Oberst Kalt: »Da ist doch

keine Munition mehr drin, oder, Genossen?« Im nächsten Moment plumpste eine Granate in das Büro von Oberst Kalt. Da kreiselte sie und schien leise und konzentriert zu atmen.

Im Geschützturm stand der Waffenwart Horst. Er hielt jetzt eine AK47, auch Kalaschnikow genannt, in den Händen. Auf Einzelfeuer gestellt, spuckte sie ihre tödlichen Geschosse in die Runde. »Eins, zwei, drei«, zählte Horst mit jedem Schuss. Oberst Kalt richtete sich auf, klopfte an seiner Uniform und sagte: »Wir sind noch lange nicht am Ende, Hauptmann Stummel.« »Ganz gewiss nicht«, antwortete Hauptmann Stummel.

Henrik schwebte an allem vorbei, vorbei an den Wolken, vorbei an den wilden Schwänen, vorbei an einer MIG, vorbei an seinem Lachen, das sich auf einem einsamen Stern eingenistet hatte und ihn mit neuem Leben erfüllte, hinein ins schwarze All.

Tatsächlich, dachte Henrik, dunkel ist es im All, sehr dunkel, und sein Lachen verhallte in der Unendlichkeit. Henrik flog weiter, bis er auf ein komisches Ding traf. Also ein Planet ist das nicht, sagte er sich, es ist auch nicht das Raumschiff Enterprise, die Orion auch nicht, es knarrte und surrte, als suchte jemand in einem Sternradio einen unbekannten, längst verschollenen Sender. Und er sah dem Satelliten ins Zyklopenauge. Im Kontrollraum purzelten alle Offiziere hintenüber, als ein riesiges Gesicht auftauchte und ihnen die Zunge rausstreckte. Euch mag ich auch nicht, dachte Henrik, entschloss zu landen und schickte sich auf den weiten Weg zurück.

Als er die Augen öffnete, sah er zuerst in das leidgegerbte, schlecht gelaunte Gesicht von Schwester Inge. Die warf ihr Gesicht in aufwärts strebende Falten, sie freute sich.

»Willkommen auf der Intensivstation, Sie haben Damenbesuch, Herr Heidler.«

Henrik verspürte den Schmerz von Freude, ausgelöst durch tausend Schmetterlinge, die in seinem Bauch durcheinander schwirrten. Die Tür wurde aufgestoßen und herein kam: seine Mutter.

Henrik schloss glücklich die Augen. Geschafft.

Danksagung an Thomas Brussig und andere

Ehre, wem Ehre gebührt.

Thomas Brussig hat den Beweis. Der Beweis ist auf einer kleinen Tonbandkassette. Diese Tonbandkassette ist aus seinem Anrufbeantworter und enthält meinen Anruf von vor fünf Jahren. Da schrie ich ihm das Wort NVA durch den Hörer, auf den AB. Thomas reibt es mir manchmal ganz gerne unter die Nase, ich habe nämlich auch gesagt, »nur du kannst das schreiben.« Das sage ich jetzt erst recht.

Wir haben dann zusammen ein Drehbuch geschrieben. Das hat vier Jahre gedauert und war immer noch nicht fertig, als wir mit dem Drehen anfingen. Die Materialsammlung, die während dieser Zeit entstand, ist so umfangreich, dass man daraus noch ein paar weitere Filme machen könnte, auch eine Serie böte sich an.

Der Weg zum Film und nicht zuletzt zu diesem Roman war ein sehr harter Weg. Thomas und ich sind ihn gemeinsam gegangen. Auch wenn ich diesen Roman alleine geschrieben und noch viel hinzugetan habe, hat Thomas großen Anteil an den hier erzählten Geschichten. Ich danke ihm, dass er mir ohne Bedingungen das Recht überlassen hat, den Roman zu schreiben.

Diesen harten Weg sind noch mitgegangen, von Anfang an, Wenka von Mikulicz, die Einzige, deren Glauben »an die Sache« unerschütterlich war und die selbstlos mein kalligraphisches, orthografisches und inhaltliches Gestottere in Form brachte, und die Boje Buck Produktion, allen voran Claus Boje und Detlev Buck, der auch mal eine Zeit lang am Drehbuch mitschrieb.

Dank auch meiner Frau Annika Kuhl, die im Film eine wunderbare Sonja spielt und viel zum Gelingen des Buches beigetragen hat.

Berlin, 30.06.2005 Leander Haußmann